JN121980

引きこもり
令嬢は話のわかる
聖獣番
5

引きこもり令嬢は話のわかる聖獣番5

山田桐子

TOHKO YAMADA

一迅社文庫アイリス

CONTENTS

サイラス・エイカー

聖獣騎士団の団長。
ワーズワース王国の王弟で、
公爵位を得ている。
どんな仕草でも色気が
溢れるという特殊体質で、
世の女性たちを虜にしている
という噂がある。

ミュリエル・ノルト

人づきあいが苦手で屋敷に
引きこもっていた伯爵令嬢。
天然気質で、自分の世界にはまると
抜け出せないという、悪癖がある。
現在、聖獣たちの言葉がわかる
ことから「聖獣番」として
活躍し、サイラスとは
婚約中。

WORDS

聖獣

今はなき神獣である竜が、
種の断絶の前に、
己の証を残そうと異種と
交わった結果、生まれた存在。
竜の血が色濃く出ると、
身体が大きくなったり、
能力が高くなったりする
傾向がある。

パートナー

聖獣が自分の
名前をつけ、
背に乗ることを許した
相手のこと。

聖獣騎士団の特務部隊

聖獣騎士団の本隊に
身を置くことができない
ほど、問題を抱えた聖獣
たちが所属する場所。

引きこもり令嬢は話のわかる聖獣番

レインティーナ・メールロー

聖獣騎士団の団員。
白薔薇が似合う男装の麗人で、
大変見目がよい。
しかし、見た目を裏切る
脳筋タイプの女性。

リーン・クーン

聖獣を研究している学者。
聖獣騎士団の団員としても
席を置いている。
聖獣愛が強すぎる人として
知られる青年。

リュカエル・ノルト

聖獣騎士団の新団員。
ミュリエルの弟だが、
姉とは違って冷静沈着。
サイラスの執務の
手助けもしている。

CHARACTER

アトラ

真っ白いウサギの聖獣。
パートナーである
サイラスとの関係は良好。
鋭い目つきと恐ろしい
歯ぎしりが印象的だが、
根は優しい。

レグゾディック・デ・グレーフィンベルク

巨大なイノシシの聖獣。
愛称はレグ。パートナーで
あるレインティーナの
センスのなさに、悩まされ
続けている。

クロキリ

気ぐらいが高い、
タカの聖獣。
自分に見合った
パートナーが現れる日を
待っている。

ロロ

モグラの聖獣。
学者であるリーンが
パートナーであるため、
日がな一日まったりと
過ごしている。

スヴェラータ・ジ・オルグレン

気弱なオオカミの聖獣。
愛称はスジオ。
パートナーとなった
リュカエルが大好き。
彼からは「スヴェン」と
呼ばれている。

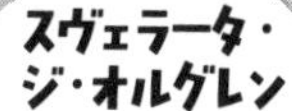

イラストレーション◆まち

引きこもり令嬢は話のわかる聖獣番 5

HIKIKOMORI REIJYO HA HANASHINOWAKARU SEIJYUBAN 5th.

プロローグ

齢二十六にして、ここワーズワース王国のエイカー公爵であり聖獣騎士団団長でもあるサイラス・エイカーは、執務室にて窓から差し込む日の光の強さに、季節の移ろいを感じていた。春と呼ぶにはまだ寒さの残る時期にミュリエルと出会ってから、はや数か月。長いような短いような時間を共に過ごしてきたが、先日、晴れて婚約者同士となった。

はじめは目も合わせてもらえなかったことを思えば、まだ多少の誘導や退路を断つ必要があったとしても、唇に触れられる今の距離は二人にとって大きな進歩だ。しかも、あの瑞々しい若葉のような翠の瞳に、一日のはじまりも終わりも映れるようになることさえ、この約束があれば時間の問題なのだ。それまでは今まで通り、このもどかしい距離を楽しみ、慈しみたい。

頭を悩ます問題は常にあれど、堂々と口も手も出せる立場になった今、ある程度のことは些末なことに思えた。それに、周りにいる者達も皆頼もしい。よって、この好ましい日々が誰かに壊されることはないだろう。もちろん、努力を怠るつもりもないが。

（だからこそ、なし崩しのままではなく、ちゃんとしたプロポーズの場を持たなくては……）

ミュリエルを想えば心は満たされるが、同時に頭をかすめるのはこの事実だ。逃してはいけないと思う気持ちが大きく、プロポーズが疎かになってしまったことを、サイラスは大変気に病んでいた。

だが、天は己に味方している。夏に向けたこの時期、聖獣騎士団が協力して貴族向けに提供する水遊びがある。趣があり特別感もあるあの場なら、プロポーズにうってつけではないだろうか。毎年大人気であきはすぐに埋まってしまうが、ここは多少の職権乱用も多めに見てもらいたい。

ミュリエルと二人で過ごせるのなら、どんな時であれ場所であれサイラスは嬉しい。しかし、一生に一度のプロポーズだ。男である自分とて、その瞬間は特別にしたいと思う。

そこまで考えて、サイラスは戒めを込めて一つ頷いた。

（……張り切りすぎて、逆に引かれてしまうのだけは、避けなくてはならないな）

浮かれている自覚が多大にある。おおらかに構えて見せて、その実、ミュリエルの可愛さに負けて無理をさせることもしばしばだ。ここ最近は頑張って応えてくれる姿がいじらしく、そうなるとついつい欲張りに求めてしまう。何も知らないまっさらなミュリエルを、今までもこれからも自分だけが手を引き導くことができるなんて、それはなんと光栄で、幸せなことだろう。

サイラスはどうしても緩んでしまう口もとを手で隠し、咳払いをした。執務室には己一人で誰にも見られてはいないのだが、なんとも我慢の利かない男のようで恥ずかしい。

「しっかりと肝に銘じなければならないな。ずっと手を引く存在でい続けるために」

独りごちるとサイラスは椅子に背を預け、心を静めるためにゆっくりと息を吐き出した。

1章　元引きこもり令嬢、お約束な毎日を過ごす

夏と呼ぶにはまだ早いが、ここのところの日差しの強さは多少動いただけでも頬を火照らせ、汗をかかせる。早朝から昼の暑さを予感させるように、見上げた空は綺麗な青だ。白い雲がよく映えている。

しかし、晴れているからといって油断してはならない。この時期のワーズワースは天気の移り変わりが激しかった。晴れていたと思えば急に雨が降り、濡れると慌てているうちにまた嘘のようにカラリと晴れる。しまいにはお天気雨なんてことも往々にして起こるのだ。

晴れと雨が目まぐるしく交互に来る。それがここ、ワーズワースでの雨季の特徴だ。

「皆さん、おはようございます！　今日も一日、よろしくお願いします！」

聖獣番になって初日より、かかすことのない挨拶をする。すっかり板についた緑の制服にエプロン姿のミュリエルは、元気に特務部隊の面々がいる獣舎の扉をくぐった。

一方、馬房から間をあけずにあがる声は自然体だ。その声は、今のところミュリエルにしかない聖獣の言葉がわかる特殊な能力、それにより耳にした初対面の時から飾らない。

「ガッチン。ギリギリ」

『おう。今朝も元気だな』

立派な前歯を鳴らしながらまず返事をしたのは、白ウサギのアトラだ。赤い目はいかなる時も鋭く、右目の下の傷も相まっていつでも大変凶悪な面相だ。

「ブフォ！　ブッフン、ブフゥ！」

『うふふ！　ミューちゃん、おはよ！』

そんなアトラの向かいの馬房から鼻息を吹き出したのは、イノシシのレグ——本名はレグゾディック・デ・グレーフィンベルク——だ。柔らかい言葉遣いだが、聞こえる声は野太い。

「ピィ、ピュルルル。ピュイ、ピュピュピュウ」

『今日も暑くなりそうだ。元気なのはいいが、ペース配分を間違えてはいけないぞ』

レグの隣の馬房からは、タカのクロキリが囀る。天窓からの日差しに黄色い目を向けて、細めながら眺めていた。

「ワフッ、ガウガウ。クーン」

『夏毛に替わっても、暑いもんは暑いっスからね。そろそろバテそうっス』

さらに隣からはオオカミのスジオが、まだ舌をのぞかせてはいないものの、若干暑そうに腹ばいに伏せながら鳴いている。

「キュイ、キュキュキュ？」

『そんならスジオはん、毛ぇ刈ってみます？』

その向かいからモグラのロロがからかい混じりに聞けば、スジオはすぐに首を振った。

ウサギにイノシシにタカ、それにオオカミにモグラ。種族は様々だが本来の種より大きく、そして賢く生まれついた彼らは、「聖獣」と呼ばれている。竜が種の断絶を前に血を繋ごうと、他種と交わったことにより生まれたとされる存在だ。

それにより一般的には、尊く崇高な生き物として認識されている。だが、長く彼らと交流を持ってきたミュリエルは、少し違った認識を持っていた。もちろんアトラ達聖獣は、文句なく格好いい。しかし、ミュリエルにとっては一緒にいて楽しく、面白いことが先にくる。そして何より、大切で大好きな仲間だ。

「ガチン、ギリギリ。ガチガッチン？」

『なんだ、ミュー。楽しそうだな？』

こうしてアトラが、些細な変化を見逃さないでいてくれることも嬉しい。気の置けない仲間との何げない時間。そのひと時にいつだって笑顔になってしまうミュリエルだったが、実は今日に限ってはもう一つ原因があった。

「はい！　実は、グリゼルダ様から手紙が来ました！」

エプロンのポケットから封筒を取り出したミュリエルは、全員の目に留まるように両手で掲げる。差出人はグリゼルダ・クロイツ・ティークロート。言わずと知れた隣国ティークロートの王女殿下だ。色々な経緯をもって彼女と朋友となったミュリエルは、今現在も手紙のやり取りをしていた。

ちなみに蝋封はされたままだ。どうせなら皆でそろってワクワク読みたいと、開封したい気持ちを抑え、ここまで持ってきたのだ。掲げていた手紙を今度は抱き締めると、ミュリエルは

目を閉じて内容に思いを馳せた。

「朝のお支度が一段落したら、一緒に読んでみま……」

『あらぁ！　ギオ、元気でやってるかしら？』

しかし、ほんわかと懐かしむ気持ちは鼻息に飛ばされる。

『元気であればいいが、鳥類としてまた恥ずべきボディになってはいないだろうな』

『それ、ありえそうっス。あと、お姫様とカナンさんの仲が進展したかも気になるっスよ』

『あちらさんも、こちらさんといい勝負やったし、そこはあんまり期待したらあきません』

間髪入れずに鳴き声が続き、目をパチクリさせていれば、最後はアトラまでガチンと歯を鳴らした。

『ミュー、気になってしょうがねぇから、先に聞かせてくれ』

手紙を優先してアトラ達の世話を後回しにするのは、聖獣番としてできない。そう考えていたミュリエルだったが、当の聖獣達が望むのなら話は別だ。

促されるままに封をあけ、一身に視線を浴びながら便せんを広げた。一度全員を見回してから、流麗でありながら伸び伸びとした筆跡に目を落とす。

「では、読みますね。えっと……。永遠なる私の朋友、ミュリエル・ノルト嬢――。時節の挨拶は省かせてもらう。なぜなら、このたびは心にしかと刻んでほしい大事な話があるからだ」

冒頭よりの三文で、ミュリエルは声の調子をやや落とした。何やら真剣な気配に眉間に力が入る。それは聖獣達も同じだったようで、皆そろってゲートから身を乗りだした。

「よいか、ミュリエル。私はカナンを愛しておる。繰り返す。私はカナンを愛しておる。私はカナンを愛しておるのだ。大事なことだから三回言った」

『ちょっと待って、ミューちゃん。え？　どういうこと？』

読んでいる自分とて、出だしに受けた印象との落差に困惑している。ミュリエルでさえそうなのだ。レグがすべて聞き終わるまで待てずに、突っ込みを入れてしまっても仕方がない。

『どうもこうもない。たんなる惚気ではないか。身構えて損をした』

『わざわざ手紙にしなくても、知ってることっスよね？』

『いやいや、ここはまだ前振りで、これからオチがあるんと違いますか？』

レグが我慢できなければ、当然他の面々も黙ってはいない。

『オマエら、ちょっと黙れ。おい、ミュー。続きを読んでくれ』

ところがアトラに諌められて、脱線しかけたおしゃべりはピタリと止まる。再び視線が自分に集まったのを感じて、ミュリエルは文字に目を走らせた。

「そしてミュリエル、そなたらも……、……、……」

『……どうした？　なんかまずいことでも書いてあんのか？』

声に出すより目で追う方が先のため、ミュリエルはいち早く内容を読み終わった。しかし、言葉にできずに黙ってしまう。すると、少し心配そうにアトラに聞かれてしまった。そんなことはない、と慌てて首を振って否定をしてしまえば、続きを読まざるを得なくなる。

「そ、そしてミュリエル、そなたらも……、あ、愛を貫け。決して離れぬよう、愛を確かめ合い、互いを深く繋ぐのだ！　いいか、約束だぞ！　絶対に雑音に惑わされるな！　絶対に、だ！　それが未来の互いを救うと信じておるゆえな。長くは語れぬのだが、まぁ、許せ。そして、どうか察してほしい。私とそなたは朋友、もちろんできるな？　――カナンしか愛さぬグリゼルダ・クロイツ・ティークロート。追伸。カナンもギオも元気だ。返事は落ち着いてからでよい」

　ミュリエルは勢いで読み切った。躊躇（ためら）えば恥ずかしさが増す気がして、文中の感嘆符まできっちりやり切る。

『えっ？　それだけ？　本当にそれしか書いてないの？』

　はじめに声をあげたのは、やはりレグだ。

『わけがわからないな。カナン君への愛だけを語って終わってしまったではないか』

　次いでクロキリが突っ込めば、手紙をすべて読み終わった今、あとは途切れない。

『でも、慌ててる感じがするような気がするっス。なんかあったんスかねぇ？』

『なんや、ボクらではようわかりませんね。裏の意味でもあるんやろうか？』

　読むともなく文字を見つめてしまっていたミュリエルは、そこまで聞いてハッとした。そしてもう一度意識して文章を読んでみる。しかし、惚気でしかない。

『サイラスに見せちまった方が早いかもな』

「え……？　サイラス様、に……？」

　ミュリエルは、今一度手紙を黙読した。

「……、……、……」

一読している、それだけでは説明しきれない長さの沈黙が続く。

『……おい、ミュー。オマエ、変なこと考えてんだろ？』

半眼の視線が五つ。瞬きもしないその目は、手紙を持つ手が小刻みに震えだしたのも、もちろん見逃さなかった。

（こ、これを、サイラス様にお見せするの？　グリゼルダ様の悋気は、いいけれど……。そこより先も、お伝えするの？　あ、愛を、確かめ合い、互いを深く、つ、つつ、繋ぐよう、勧められました……、って……？）

サイラスとミュリエルは両想いどころか、今や婚約者だ。そこに政略的なものはいっさいなく、ならば愛を確かめ合うのは悪いことではない。好きだと気持ちを伝えるのは勘違いの申し子であるミュリエルが、サイラスとのすれ違いをなくすためにも、大切なことだと言える。

すれ違い、それは大変怖いものだ。大人の階段を二十段残していようが、横穴から恋の迷路に迷い込んでいようか、サイラスを悲しませるような真似は、それ即ち悪女の所業。

そんな悪女の末路に待ち受けるのは、突然の死、だ。よって、ミュリエルは両想いになってより、自ら『悪女・ダメ・ゼッタイ』の標語を掲げてきた。しかし。

（わ、私が、す、好きだとお伝えすれば、きっと、サイラス様も、同じように気持ちを返してくださるわ……。で、でも、このお手紙がきっかけだと、サイラス様が知ったら、きっとそれだけでは、すまなくて……）

ミュリエルの翠の瞳が、うるうると涙の膜を張りはじめる。頭に思い浮かんだサイラスが、目を細め、口もとを緩めたからだ。

本当にわずかな、表情の移ろい。たったそれだけで、ふわりと咲き初めた黒薔薇に光が潤む。唇が何事かを呟くように微かに吐息を零すと、紫の瞳はしっとりと色を深くした。その変化が訪れる時を、ミュリエルはとても近くで見て知っている。

今は想像でしかないサイラスが、視界いっぱいに近づく。焦点が結ばれずにぼやけているのに、はっきりとわかるのだ。サイラスの、唇が。

（む、むむむ、無理！　無理だわ！　そ、そもそも、手を繋ぐところからお願いしたのに、一気に段階を飛ばしすぎだと思うの！　キ、キ、キスも、したことがないわけではないけれど、や、やっぱり……。も、もっと、こう……）

「ガッチン!!」

「っ!?」

ビクッ!!　と顔を上げたミュリエルは、ついでに背筋もピンと伸ばした。周りを見回して胡乱な目を向けられていることに気づいたものの、手は小刻みに震え続けているし、顔だって真っ赤なままだ。

『また変なこと、考えてんな？』

「っ！　だ、だって！　これをお見せしたら、私が、あ、ああ、愛を確かめ合いたいと、おねだりしているように、見えませんかっ!?　それって、ひいては私がキ……、うぐっ。そ、そんなの……、とてもではないですが……！」

問題の一文とアトラを何度か見比べてから、ミュリエルは慌てて手紙をポケットにしまい、上からギュッと押さえた。

グリゼルダの助言が正しいことを、ミュリエルは身をもって知っている。だから言われたことは実行した方がいいとも思う。だが、「愛を確かめ合い、互いを深く繋ぐ」と聞き、瞬間的に頭に浮かんだのは、今の自分では到底太刀打ちできない恋人同士の逢瀬だ。

むしろ具体的な行動が書かれていた方が、まだ救いがあったかもしれない。想像する余地があるために、想像力のたくましいミュリエルは勝手に窮地に追い込まれていく。

『何言ってんだ、婚約者だろ。仲良くすんのは、普通なんじゃねぇの』

いったいアトラは、どこまでを指して普通と言っているのか。ミュリエルの頭に浮かんだのは、両想いになったからとて、元引きこもりの小娘がすぐするには限界値をかなり見誤ったものだ。それを指して普通と言っているのなら、声を大にして言いたい。無理です、と。

今の自分の立ち位置では、「好意を勘違いの隙なく伝え、互いを深く理解しあう」と、言い直したくらいが妥当だと思う。ところがミュリエルの主張に、味方する者はこの場にいない。

『そうよぅ！　今までが今までだったんだから、むしろガンガン行きましょう！』

『悋気に悋気で返すのか？　低俗だが、真面目に取り合うよりは幾分ましかもしれないな』

『ダンチョーさん、さっと喜ぶっスよ！　ミューさん、頑張るっス！』

『どちらがとは言わんけど、これは張り切りすぎてから回る、楽しいやり取りが見れそうです』

性格をよく反映した個性豊かな発言だが、どの口も大変楽しげにサイラスと愛を確かめ合うことを勧めてくる。ミュリエルは顔だけでなく耳と首まで真っ赤にした。震えは激しくなる一方だし、なんなら翠の瞳に盛り上がった涙は零れそうだ。

『……あのなぁ、オレは真面目に言ってんだ。オマエ達も、からかいすぎんなよ。わかってるだろうが。本題はそこじゃねぇってよ』

アトラはギロリと赤い目で面白がっている面々を見回すと、あご下を使ってミュリエルの頭をグリグリとなでた。

『だってぇ、せっかく婚約者になったんだもの。仲良しなところが見たいわ、と思って。でも、そうね。ちょっとせっつきすぎたかしら？　ごめんね？　ミューちゃん』

長い睫毛をバサバサさせながらレグに謝られ、アトラの柔らかい毛をまさぐってやや平常心を取り戻したミュリエルは、大丈夫です、と小さく呟いた。

『……ゴホン。まぁ、なんだ、それでも真剣な話、ミュリエル君はその手紙をサイラス君に見せるべきだろう。確かに真正面から読んだら浮かれた文面だが、スジオ君の言う通りかなり慌てているし、ロロ君の言う通り裏の意味が含まれているのかもしれないからな』

からかいの雰囲気をしまったクロキリが、目をつぶりながら思案するように重々しく言う。

『もし何か意味があるなら、絶対に見落とせないっス』

『そやな。解決したにせよ、ギオはんにはもともと殺処分なんて物騒な話もあったことやし』

「っ!!」

　そして続くスジオとロロの発言で、ミュリエルは柔らかい毛の感触を楽しんでいた両手をピタリと止めた。思い返すのは、グリゼルダがワーズワースに来た経緯だ。

　ギオには「言うことを聞かない」との理由だけで殺処分の話が出ていた。それを阻止したくてサイラスに助言を求めに来たのだ。しかもその裏には、竜の復活を目論(もくろ)む秘密結社が、聖獣の命を欲していた可能性が浮上している。

「わ、私、サイラス様にお手紙を見せてきます！」

　ポケットの上から手紙の存在を確かめたミュリエルは、そこに含まれているかもしれない意味の重さに恥ずかしさなど吹き飛ばした。目もとをキリリと引き締める。

『その必要はねぇ』

　だが、今にも駆けだしそうなミュリエルの首根っこをアトラがくわえて止める。言葉の意味するところはすぐに知れた。獣舎の入り口に、見間違えるはずのない姿が現れたからだ。

「サイラス様！　グリゼルダ様からお手紙が来たんです！　私、どうしたらいいですか⁉」

　挨拶をするために口を開きかけていたサイラスは、ミュリエルの勢い込んだ発言に数度瞬きしたものの、長い足を使ってすぐに傍(そば)までやって来る。それを前のめりに待っていたミュリエルは、アトラが突然襟首(えりくび)を放したために見事につんのめった。

　正面にいたサイラスの胸に飛び込む勢いだったのだが、遠慮も羞恥心(しゅうちしん)も今は頭にない。抱き留めてもらって体勢を立て直してすぐに、ポケットから手紙を出してサイラスに渡す。

「私が読んでも、構わないものなのか？」

「はい！　むしろ、お目を通していただきたいんです！」

手紙を渡し終わってあいた両手を、祈りの形に組んだミュリエルは、目力を込めてサイラスを見上げた。再度瞬きをしたサイラスは、一度アトラに視線をやったものの、ミュリエルの必死な様子にそれ以上言葉は重ねずに手紙を広げる。

サイラスの紫の瞳が文字を追って動く様を、ミュリエルは真剣な眼差しで見守った。

「ミュリエル……」

「はい！」

名前を呼ばれ、即座に返事をする。注がれるサイラスの眼差しも真剣だ。見おろす紫の瞳と見上げる翠の瞳は、互い以外など少しも映さない。

「好きだ」

しかし、思ってもみないサイラスの言葉に、ミュリエルの思考は完全に停止した。

「私は、君が好きだ」

多少前後を装飾されても、ミュリエルの反応は変わらない。

「私は、君のことがとても好きだ」

そしてミュリエルの硬直が直らずとも、サイラスはなおも言葉を重ねた。さらに、ふわりと微笑む。

「大事なことだから、三回伝えた」

ここでやっとミュリエルは瞬きを繰り返した。徐々に動き出した頭の回路が、事の次第を繋ぎはじめる。

「君は？」

だがそこにサイラスから問いかけが来て、再び脳が活動を見合わせた。

『えーと？　サイラスちゃんの激甘発言はご馳走様、なんだけど……』

『緊急性はない、ということだな。本当にただの惚気とは……。恋というものは、これほどまでに人を馬鹿にするものなのか？』

『気が抜けたのはわかるっスけど、クロキリさん、ちょっとストレートすぎるっスよ』

『ひひっ、馬鹿ばっかで楽しいやないですか！　ボク、こういうの大歓迎です！』

ミュリエルと同じく、成り行きを息を潜めて見守っていた聖獣達が、同時にドッと体から力を抜いて騒ぎだす。

『……まぁ。大事じゃねぇんなら、よかったな』

投げやりなアトラはドカリと座ると、自分の用はすんだとばかりに前脚を舐めて顔を洗いはじめてしまった。アトラや他の聖獣達は、それでいいかもしれない。しかし、ミュリエルはそうはいかない。何しろサイラスからの問いかけが、いまだ宙に浮いたままだ。

「ミュリエル、君は？」

当然サイラスは応えを求めてくる。気が長いため、ミュリエルの混乱による沈黙が続いても、微笑みを崩さないどころか、その時間さえ楽しそうにしていた。

応えるまで終わらない。サイラスの鷹揚さは、現時点では押しの強さと同義だった。

「わ、わ、私……」

ミュリエルとて、サイラスのことは好きだ。「悪女、ダメ、ゼッタイ」の標語とてある。それを胸に逃げ出したくなる心を奮い立たせ、サイラスに悲しい顔をさせないよう、よいと思う言葉や行動を心がけなくてはならない。ならば、ここでも素直に想いを口にするべきだ。

しかし、考えてみてほしい。ここにはいったい、いくつの目と耳があるのかを。たとえ前脚で顔を洗うのに夢中だろうと、大きな体でゲートの陰に無理矢理隠れていようと、念入りに胸毛を毛繕いしていようと、丸くなって両前脚の間に顔を伏せていようと、さらには黒パンに擬態していようとも。あの目は、耳は、一言一句逃さない構えだ。

サイラスのことは大切だ。好きだ。それも、とても。だがしかし、こんな場で愛を叫ぶ甲斐性を、ミュリエルは持ち合わせていなかった。

「あ、あの、待って、待ってください！　そ、その、だって、違っ、違うんです！」

しかも頭をよぎるのは、この手紙を渡すことで、ミュリエルがサイラスとの深い触れ合いをおねだりしていると取られてしまう可能性だ。激しい羞恥心が、早く諸々の勘違いを解かなくてはとミュリエルを焦らせる。

「……私のことは、好きではない？」

それなのに違う勘違いを引きよせてしまい、ミュリエルはブンブンと首を振った。サイラスの眉は、早々に悲しげに下がってしまっている。

「そ、そうではありません！　わ、私は、サイラス様が……」

成り行きに引きずられて唇は「す」の形をいったんは作ったものの、音にはならないし「き」の形にも移らない。言葉を発しようと吸ったままの息は、吐き出されないままミュリエルのなかに溜まる。息苦しさに顔の赤さは増すばかりだ。

このままでは呼吸困難で気絶する。誰の目から見ても明らかな状態に、サイラスは困ったように一つ息をついて目もとを緩めた。

「では、好きか？」

頷くだけで応えることができる質問に、ミュリエルは飛びついた。目をつぶって全力で首を縦に振る。

『ミューの歩みが亀な理由の半分は、サイラスが甘やかすからだよな？』

『ね。でも、サイラスちゃん、ミューちゃんが可愛くて仕方ないのよ』

『見ているこちらが焦れったい。せめて慌てた亀くらいにはならないものか』

『確かにそうっスけど、本人達は幸せそうなんで、いいんじゃないっスか』

『ほんま気ぃの長いことで。ダンチョーはん、焦らし耐性高すぎます』

聖獣達の呆れを含む生暖かい視線にさらされていることを露知らず、ミュリエルはギュッとつぶっていた目をそろそろとあけながら、サイラスをうかがい見た。柔らかく微笑むいつもの優しい顔に、力が入って縮こまっていた体から強張りが取れる。

「……あ、あの」

「ん？」

首を軽く傾(かし)げて先を促すサイラスに、ミュリエルはやっと構えなくサイラスに向き直った。

そして、つっかえながら手紙を慌てて見せた経緯を説明する。しばし何かを考えるように沈黙したサイラスだったが、すぐにミュリエルを安心させるように頷(うなず)いた。

「……なるほど。では一応その懸念を考慮して、この手紙はしばらく私が預かってもいいだろうか」

「は、はい。もちろんです」

すでに畳まれ封筒に戻されている手紙を、ミュリエルの返事を待ってから、サイラスはポケットにしまった。これで安心だ。ミュリエルがおねだりしたわけではないとわかってもらえたし、万が一裏の意味があったとしても、サイラスの手もとに手紙があれば気づくのが手遅れになることはないだろう。

自分の用件が綺麗に片づいて、ミュリエルはホッと笑顔を見せた。しかしそこで、はたと思い至る。

「あ！　あのっ、サイラス様は何かご用がおありでしたか？　すみません。私が慌てていたから、お時間をいただいてしまいました！」

わざわざ早朝からサイラスが獣舎に顔を出したのだ。用があったに決まっている。事前通達もないのだから、きっと急遽(きゅうきょ)必要となった何かに違いない。そのため、ミュリエルは再び慌てだした。

「いや。今日は、朝の支度を手伝おうと思って来たんだ」

「えっ？　ですが、お忙しいのではありませんか？」

言葉と共にシャツの袖をまくりはじめたサイラスに、ミュリエルは戸惑う。騎士としての職務のみならず、立場的な書類仕事やその他諸々で、サイラスはいつだって忙しそうにしている。聖獣番になりたての時ならいざ知らず、今のミュリエルは一人でも十分に領分をまっとうできた。それなのに忙しいサイラスに手伝ってもらうのは、申し訳ない。

「実はリュカエルが来てから、各所より回ってくる書類が格段に減ったんだ。だから、少し前までを振り返ると考えられないほど、今は時間に余裕がある」

ミュリエルは目をパチクリさせてから、パッと喜色を浮かべた。ミュリエルの弟であるリュカエルはこのたび、スジオと絆を結び聖獣騎士となった。

だが、もともと騎士としての下積みのないリュカエルにとって、日々の訓練は簡単についていけるものではなかった。そのため午前は鍛錬に当てるが、午後は休憩も含めてサイラスの書類仕事を手伝うというのが、ここ最近の一日の流れになっているらしい。

サイラスが嬉しそうにしているのだから、リュカエルの働きは褒めてしかるべきものなのだろう。ならば、姉としても鼻が高い。

「スジオ……と、呼んでいいのだったな」

振り返ったサイラスが、そういうわけでめでたくパートナーを得たスジオに声をかける。聖獣と騎士とが絆を結びパートナーとなれば、騎士は聖獣に名を贈る。

身体的特徴からつけられた仮の名から、本当の名に。スジオはリュカエルから、スヴェラータ・ジ・オルグレン、という素敵な響きの名をもらっていた。そして、この名にはある工夫がある。今まで通り「スジオ」と呼べるようになっているのだ。

しかし、リュカエル自身は「スヴェン」と呼ぶと言ったので、当初は周りもそれに倣おうとした。ところが、ここでスジオが言ったのだ。

『「スヴェン」はリュカエルさんだけの特別な愛称にしたいので、皆さんには今まで通り「スジオ」と呼んでほしいっス』

恥ずかしそうに、だがはっきりと主張したその言葉により、気弱だが優しいこのオオカミは今まで通り「スジオ」と呼ばれることとなった。

「日に日にリュカエルとの息も合ってきて、私も指導の甲斐がある。今日も期待している」

大好きなパートナーとまとめて褒められて、スジオの耳と尾がピンッと立つ。どの聖獣も喜怒哀楽がはっきりしているが、スジオの様子は誰が見ても一目瞭然だ。それがとても微笑ましくて、ミュリエルは笑みを深めた。

「では、手早くすませてしまおうか」

「はい！」

すっかり話し込んでしまったせいで、朝の支度が何も進んでいない。だが、二人で手分けをすればあっという間だろう。アトラ達とおしゃべりしながら一人でせっせとこなすのも、楽しいし達成感があるが、そこにサイラスも加わってくれるのなら、きっともっとずっと楽しい。

サイラスが微笑みを見せてから、獣舎から出る。その後ろ姿を軽く見送って、残ったミュリエルも自分の作業に取りかかった。

「ミュリエル」

「はーい！」

だがすぐに名を呼ばれ、サイラスが出て行った先に顔を向ける。姿は見えないし、戻ってくる気配もない。何か不備があったのかも、とミュリエルは小走りに獣舎から出た。

「どうしました？」

戸口の脇に立っていたサイラスは、難なく見つけられた。しかし、顔は何かを眺めるように遠くに向けられたままで、声をかけたのに返事もなく、こちらに視線も戻ってこない。不思議に思ったミュリエルは、サイラスの顔が向いている先を見やる。

すると、目前に素早く落ちてくる影が。

「っ⁉」

それを認識するより先に、柔らかいものが唇に触れる。遅れて正体を悟った頃には、視界には何もない空が広がっていた。じわじわと全身に熱が巡り、ふわふわと体の感覚が覚束(おぼつか)なくなる。不意打ちのキスの破壊力に、ミュリエルの翠の目には瞬間的に涙がわいた。

「他の目や耳がある場では、恥ずかしいようだったから。だがここでなら、君が知らんぷりをすれば、誰にも気づかれない」

ミュリエルの耳に、かがんで極限まで唇をよせたサイラスが、ごくごく小さく囁(ささや)く。吐息と間違えてしまいそうな密(ひそ)やかさ。それなのに、ミュリエルの全身を包む熱は過剰なほどに煽(あお)られた。

ボンッと爆発したミュリエルは、そのままヘナヘナと座り込む。ずいぶんと低い位置に行ってしまった栗色の髪をひとなでして、サイラスは表情を緩めた。

「落ち着いたら、戻っておいで」

それはいったい、いつになるのやら。何食わぬ顔で朝の支度に戻っていくサイラスと、しゃがみ込んだ両膝に顔を埋めて固まるミュリエル。一緒の場所にいるのに、ここからしばらく会話もなければ目も合わない。とはいえ二人の胸の内は、互いのことでいっぱいだ。


汗ばんだ額に張りついた前髪を指先で払って、空を見上げる。二人で手分けをして仕事に当たったおかげで、聖獣番の業務に遅れはない。太陽はまだ、天頂には届かない位置だ。

「ずいぶんと、夏が近づいてきた感じがするな」

同じく眩しそうに額に手をかざして、サイラスが空を見上げている。

「はい。皆さん、もう暑そうで……。夏本番が、今から心配です」

庭に出た聖獣達は、そろって日陰で伸びている。なんなら土を少し掘って、より冷たさを追求しているほどだ。聖獣番として迎える季節すべてがはじめてになるミュリエルは、彼らと過ごす夏がどんなものになるか想像もつかない。

「心配はいらない。本格的な夏が来れば、聖獣騎士団は拠点を山の方に移す。あちらはここよりずっと涼しいから、きっと体感的には今が一番暑く感じる時分だ」

　空から木陰へ視線を移したサイラスは、伸びている白ウサギの様子に小さく笑う。

「それに、山に拠点を移すまでの間は、君の聖獣番の権限でもって近くの湖まで出向き、皆で涼を取ってもらって構わない」

　アトラの姿を見て笑いを堪えていたミュリエルは、思わぬ提案を聞いて、隣に並んだサイラスを見上げた。紫の瞳も、あわせたようにこちらに向けられる。

「午後に時間を作るから、湖まで一緒に行ってみよう。それに夏の間、湖での活動が主となる聖獣が二匹いる。これを機に、彼らと君を引き合わせておきたい。心積もりをしておいてくれないか」

「は、はい！　楽しみにしています」

　ミュリエルは笑顔で力強く頷いた。挨拶のできていない聖獣は、あと四匹。イヌ、ネコ、クマ、カメ、となる。今度は誰とどんな出会いになるだろう。今までを考えれば、きっと一筋縄ではいかないはずだ。それでもミュリエルの胸は、ワクワクとドキドキでいっぱいだ。

（少し前の私からしたら、考えられないわね。だってはじめてのご挨拶なんて、できれば避けたいものの一つだったはずだもの。でも、今は……）

　アトラ達との出会いがミュリエルに、聖獣との出会いが素敵なものであると教えてくれた。だから忌避感はない。きっと今回も忘れられない「はじめまして」になるだろう。

「あと一つ、聞いておきたいことがある」

サイラスに問いかけられて、ミュリエルは笑顔のまま首を傾げた。

「耳にしたことはあるだろうか。湖に毎年夏に用意されるもので、とても人気があり、なかなか機会を得るのが大変な、『あるもの』について……」

謎かけのような問いに首を傾げる角度をさらに深くしつつ、ミュリエルはあごに手を添える。眉間にしわがよるまで考えたが、とくに思いつくものはない。

今ならいざ知らず、引きこもっていた頃のミュリエルは、「夏に湖で」と言われた時点であまり興味のある分野ではない。人気で得るのが大変ならなおのこと、深く追求するようなことはしなかっただろう。

「……、……、……全然思い当たりません。なんでしょうか？」

やっと首をもとに戻して、ミュリエルは答えを求めた。

「ではそれも、あとでのお楽しみ、にしよう」

それなのにサイラスは、立てた人差し指を唇にあてて嬉しそうに微笑んだだけだった。てっきり答えを教えてもらえるとばかり思っていたミュリエルは、意表を突かれた。答えがわからないままのもどかしさに、思わず少しだけ唇がとがってしまう。そんな様子にサイラスはさらに笑みを深める。

「あとで、な。ほら、皆も来たようだから」

完全にはぐらかされたが、後半の言葉に嘘はない。そろそろパートナー持ちの聖獣は、訓練に出る時間だ。こちらに向かってくるのは三人。

一人目はレグのパートナーであり男装の麗人でもあるレインティーナだ。銀髪をなびかせながら、大きく手を振っている。その後ろからは二人目であるリュカエルが、聖獣騎士の黒の制服を着てついて来る。さらに隣には三人目、ロロのパートナーである聖獣学者のリーンがいた。

三人はそれぞれ挨拶をしながら足並みそろえて来るかと思いきや、途中からリーンが小走りに脇道へそれる。当然、溺愛しているロロに抱き着くためだ。日陰で岩の冷たさを堪能していたロロは、一見すると岩と同化している。

「ロロー！　ロロー！　あぁ！　見るたびに可愛くて可愛くて、どうしてこんなに可愛いんでしょうか！　僕、困っちゃいます！　でも、どうぞもっと困らせてくださいー！」

かなり遠くからでも見間違えることなく、リーンはロロに突進した。

『大好きなリーンさん困らせるんは、かなり難しい注文です。えぇと、どないしましょー』

いつもと変わらず絶好調でロロに愛を告げるリーンは、モノクルの奥の糸目をフニャフニャにしながら、高速の頬ずりを繰り返した。ロロも擬態を解いて、大きな爪がリーンに当たらないように気遣いながら抱き締め返している。

残りの二人は、サイラスとミュリエルのところまで来て足を止めた。リュカエルは冷めた横目で、レインティーナは大きな変化なく、それぞれリーンの溺愛行動を眺める。するとこの二人のパートナーであるレグとスジオが、足取り軽く傍に来た。

「今日もよろしく。僕、筋肉痛がひどくって。スヴェンは平気？」

『平気っスよ！　じゃあ、いつも以上に丁寧に乗せるっスね！　こちらこそ、よろしくっス！』

目が合った瞬間に軽く微笑んだリュカエルの表情は、なかなかお目にかかれない柔らかさだ。

朝から顔じゅうをベロベロと舐め回されるのは回避したかったのか、鼻先をよせてきたスジオから一歩距離をとった。つれない態度だと思ったが、すぐに代わりに手を差し出すと、好きに舐めさせている。スジオは耳を倒しながら尻尾を振り回し、喜んでいた。

「レグ、君は今日も美しく綺麗だ。そのたくましい背に、私を乗せてくれないか？　今日も君と素敵な一日を過ごしたい」

『うふ。レインったらぁ！　アナタもいつだってとっても綺麗よ！　アタシに上手に乗れるのはレインだけ！　二人でいれば、いつだって素敵な一日になるでしょ！』

レインティーナが芝居がかった仕草で白薔薇を背景に語りかければ、レグは容赦(ようしゃ)なく巨体をすりよせる。それをものともせずに抱き留めて、レインティーナは快活に笑い声をあげた。

『……はぁ、羨(うらや)ましい。ワタシにも、早く似合いのパートナーが現れないものか』

アトラと共に日陰に残っていたクロキリの小さなぼやきを耳ざとく拾ったミュリエルは、ここは私が、と口もとに片手を添えながらもう一方の手を振った。

「クロキリさーん！　いつ素敵な出会いがあるかわかりませんから、今日の毛繕いも気合を入れていきましょう！　私にも、お手伝いさせてくださいね！」

ミュリエルの励ましに応えて、クロキリが胸毛を大きくふくらませる。クロキリに、よい相手が現れるのが待ち遠しい。だが、きっと素敵な運命の出会いがあるに違いない。だから焦る必要はないのだ。スジオとリュカエルの様子を通して、ミュリエルはそう思っていた。

「アトラ、では、行こうか」

『おうよ』

それぞれのやり取りを見守ってから、最後にサイラスとアトラが短く言葉をかわす。今までダレていたのが嘘のように、アトラは一足飛びでこちらまで来ると、軽く持ち上げたサイラスの手に、気安く鼻先でポンッと触れた。

そろって出発、という気配に、ミュリエルもお見送りをするために体の向きを変える。ところがこの段になって、ロロに夢中だったリーンが少し慌てて振り返った。

「あ！　ちょっと待ってください！　先にお耳に入れたい件が！」

全員がそれぞれの触れ合いをしている間、ずっと激しい頬ずりをしていたリーンは髪も乱れているがモノクルもずれている。一応その状態に自覚はあるらしく、なんとなく直しながら皆の注目が集まったのを確認して言葉を続けた。

「今朝一番にあがってきた書類に、こーんな分厚い嘆願書がありまして」

「嘆願書？」

その場の全員が訝しげにするなか、リーンは人指し指と親指を使って嘆願書の分厚さを表現した。二つの指が示す距離を信じるのなら、かなりの厚みだ。

「えぇ。多くは市民からなのですが、城内各部署からもあがってきた嘆願書です。ざっと目を通した感じ、正負織り交ぜた内容で……」

話が長くなることを感じたからか、日向に出ていた面々を、サイラスがリーンとロロがいる日陰に入るように促した。全員がひとところに集まってから、リーンの説明がはじまる。

まず、先日行われた武芸大会とチャリティバザーで聖獣人気に火がつき、至るところで反響がすごいこと。そして、好意的なものなら有り難いが、どうも各所に飛び火して、迷惑な事態も起こっているらしいこと。

聖獣の人気がすさまじいことは、ミュリエルも耳にしている。そのガス抜きとして、サイラスが聖獣騎士団の訓練の様子を、一般公開したのはついこの間のことだ。場所は件の円形闘技場で、ミュリエルもその場で見聞きしたため高まる聖獣人気は体感していた。

「やはり、単発に行われたたった一回のそれでは、足りないか」

ある程度結果を予測していたのか、サイラスはとくに困った様子もなく頷いた。そして状況を説明するために、主にミュリエルとレインティーナに向けて続ける。

「こうした供給が圧倒的に不足している事態が続けば、好意が悪意に反転してしまう可能性が出てくる。先程、リーン殿が言った『正負織り交ぜた』とは、もうその芽が出てしまっていることに他ならない」

異論がないかを視線で問うたサイラスに、リーンは困ったように眉毛を下げた。そしてその顔のまま、サイラスのあとを引き継ぎ口を開く。

「聖獣の露出が少なくて、文句を言っている方の意見はまだいいんです。問題なのは、文句を言っている方の行きすぎた言動で、迷惑を被った方の意見ですね。己の領分を越えたところから問題を押しつけられたら、人は不満を持つものでしょう？　その不満は、大きくなれば悪意や敵意に変わります」

　ここまで説明してもらって、ミュリエルは途端に不安になった。平静さを保っているリュカエルと、難しい顔をしているレインティーナが何も言わないので、おずおずとその不安を口にする。

「で、では、このままでは、好意が悪意に反転するのも時間の問題、ということですか？　そんな……」

　聖獣を守るために人気を得たはずなのに、人気がありすぎると今度は危険になるだなんて、ミュリエルは少しも考えつかなかった。悪意や敵意は身近で感じるだけで怖い。それが大好きなアトラ達に向けられるのなら、なおさらだ。

　気持ちを反映して、ミュリエルの背は縮こまっていく。だが、その背に大きな掌がすぐに添えられた。暖かく力強い感触に落ちていた視線を上げれば、紫の瞳に焦りはいっさい見られない。いつもと変わらない色に励まされて周りを見回せば、皆も変わらずそこにいる。

「リーン殿、ここで口にしたのだから、何か妙案あってのことなのだろう？」

　そして向かいにいるリーンなどは、不安そうにするどころか何やら楽しそうですらあった。

「需要に対して、供給が追いつかないからこその不満でしょう？　ならば大々的に供給してしまえばいいと思うんです。そこで、提案です。嘆願書に多くあがっている要望に乗っかってみる、というのはどうでしょうか」

　糸目がニンマリとした形を作り、いよいよ状況を楽しんでいるのを隠そうともしない。ミュリエルは、少し前とは違う気持ちで何を言われるのかと身構えた。

「今度開かれる市民主催の仮装祭に、お誘いが来ているんです。ゲストとして」

「仮装祭……」

その場にいる皆が、頭に一連のお祭りを思い浮かべた。手の込んだものからちょっとしたものまで程度の差はあれど、祭り当日は多種多様な仮装をした人々で街が溢れかえる。とくに気合の入った仮装をする者達のために、パレードやコンテストも用意されていた。

さらに出店はもちろん、一般の店舗もこの日に合わせた商品を展開したりもする。食べ物の店は普段にない限定品が並び、服飾や雑貨の店は話題作りのために凝った仮装一式を展示したり、簡単に仮装が楽しめるような小物類を充実させたりする。そのため、個人で何も用意せずとも、その日に街に出れば誰でも簡単に仮装気分を味わえるようなお祭りだった。

ちなみにミュリエルは人の多いところがあまり好きではないため、当日からずらした日程でなら見て回ったことがある。その年ごとに流行が違うため、毎年見ても飽きずに楽しいのだ。

『仮装祭、か。アレのことだよな、って知ってはいるけどよ』

『楽しそうね！　って、思ってたわよね？　参加できるなら、嬉しいじゃない？』

『レグ君は本当に祭りごとが好きだな。まぁ、ワタシも嫌いではないがな』

『でもゲストだなんて、ジブン達も仮装するってことっスか？　な、なんの？』

『楽しいのはボクも好きやけど、このデカイ図体でできる仮装なんてあるんやろうか』

ミュリエルが仮装祭について思い返していると、聖獣達はただ「楽しいもの」という認識だけで盛り上がりはじめてしまった。詳しい話を聞く前に、すでに参加する気満々だ。

「それで、概要になりますが。竜と花嫁の仮装をして、市街を一周するパレードに参列する、になります」

続くリーンの説明に、込められた気持ちはそれぞれなれど、聖獣達は同時に鳴き声をあげた。ゲスト出演という言葉だけならともかく、リーンの様子からコンテストの審査員程度ではすまない気配をミュリエルも感じていたので、ここは大きく驚くことなく次の説明を待つ。

「市街一周なので見物人も分散しますし、決まった道順で要所に警備も立つので、この上なく安全に聖獣を露出可能だと思うんですよね。この方法なら、混乱も少ないのではないでしょうか。実はコレ、市民からだけではなく、迷惑を被っている各所からの代案、という体裁でも意見がよせられています」

ミュリエルは単純なため、信頼するリーンからの提案ならば簡単によい案だと思ってしまう。そして、もとより乗り気の聖獣達は言わずもがなだ。

『わざわざ見世物になるのは気が進まねぇが、竜の仮装ってのには興味がある』

『そうね！　本当は花嫁役がやりたいけど、竜も絶対に素敵だもの！　やりたいわ！』

『気品のあるワタシが、竜の荘厳さを兼ね備える、か……。うむ、悪くない』

『竜の仮装なんて、きっとめちゃくちゃ格好いいっスよ！　でも、ジブンはいっぱいの人に見られるのは怖いので、皆さんがやってるのを見て楽しむだけにしたいっス』

『そやな。ボクも仮装は見てるだけにして、お祭りだけ楽しませてもらいます～』

いつものノリで楽しそうにしているアトラ達のおかげで、深刻な気持ちが霧散したミュリエルは、すっかり笑顔になって会話を聞いていた。

「無下にしては、余計に反発を受けてしまう、か……。それに、どうやらアトラ達もやる気らしい」

サイラスは少し思うところがあるようで思案げだが、却下した場合に生じる不利益と、アトラやミュリエルの様子を見て参加する方に心は傾いたようだ。

そこでミュリエルはふと、この場合仮装をするのは誰になるのだろうか、と今この場にいる面々を見回した。聖獣達はやる気になっているので、竜の役には事欠かない。しかし、花嫁の役はどうなるのだろう。すると、目に留まったのはリュカエルだ。明らかに嫌そうな顔をしている。

「……リーン様、ちなみにソレ、誰に役を割り当てようと思っていますか？」

自分とよく似た声が、完全に何かを勘ぐった様子で言葉を紡ぐ。

「え？　えっと、それは、ね？　ほら、やっぱり……」

「はいはいはいはいっ！　私がレグとやります！　やりたいです！」

言い淀んだリーンを遮り突然激しく挙手をしたのは、ずっと静かにしていたレインティーナだった。挙げてない方の手で、レグの体をバシバシと力強く叩きながら主張している。

『割り込むんじゃやねぇかと思ったら、やっぱりか。好きだもんな、バカ騒ぎが』

『アタシが竜で、レインが花嫁ね！　……って、花嫁!?　レインが、花嫁!?　えっ？

えぇっ!!　レインが……、花嫁の役をするのっ⁉』

『そうか、花嫁役の者がいないと駄目なのだな。ここは残念だが、レグ君とレイン君に譲るしかあるまい。それにしても、レイン君が花嫁か』

『たぶんレインさん、レグさんの竜の仮装を見たい、その一心で飛びついただけじゃないっスかね？　ちゃんと理解してるか怪しいっスよ』

『えぇんちゃう？　男装の麗人が花嫁姿を披露だなんて、話題性はバツグンです』

いっせいに話し出した聖獣達に、ミュリエルもまざりたくて仕方がない。しかし、ミュリエルが聖獣の言葉がわかるのは、サイラスとリュカエルしか知らない極秘事項だ。

そのため、他の者達が聞いても不自然にならない言葉を探したが、すぐには思いつかなかった。よって、意味もなく握った手を上下に動かして伝えたい気持ちを表すだけになる。

（男装した姿しか見たことはないけれど、レイン様が花嫁の格好をしたら、絶対にお綺麗だもの。ぜひ、見たいわ！　それに、レグさんの竜の格好も……。竜の、格好も……、……、……）

レインティーナの花嫁姿は容易に想像できたものの、レグの竜の姿は難しくて、ミュリエルの脳内は一時停止した。一般的に知られる竜は四足歩行で翼と角のある姿だが、イノシシのレグがその格好をしようとすると、体型的にどうやっても難がある。思うだけで口にはできないが、主に首と足の長さが足りない。

「きっと誰もが、レグの堂々たる竜の仮装に見惚れるだろう！」

やる気満々のレインティーナは、隣のレグを見上げてすでにうっとりとしている。いったいどんな形で想像しているのか。ミュリエルはとても気になった。

『だから、ね！　ちょっと待ってちょうだいってば！　レインは、自分が花嫁姿になることには抵抗がないの？　今まで自然すぎて聞いたことも考えたこともなかったけど、アタシはアナタが女装したところを一度も見たことがないのよ⁉』

長々と勢いよく鼻息を吹き出すレグに、レインティーナは満面の笑みを浮かべると腰に両手をあて、大げさな動きで力強く頷いてみせた。

「そうだろう、そうだろう！　やはりレグも、竜の役に相応しいのは自分だと思うんだな！」

予想通り、ミュリエルはここから全然嚙み合わない両者の会話を聞くことになる。

『だから！　アタシじゃなくて、まずはアナタよ、ア・ナ・タ！』

「こう、強そうな感じで黒光りした衣装がいいな！」

『絶対に似合うのはわかってるの！　だって、もとがこんなにいいんだもの‼　見たいのよ？　本当はアタシだって見たいの、レインの花嫁姿！　綺麗でしょうねぇ……』

「そうそう、肝心の羽を忘れてはいけない！　日の光に透けるように綺麗で、ブンブンと風を切る音が聞こえてきそうな、綺麗な羽を！」

『って、レインの、花嫁、姿……？　やだ、アタシ、なんで涙なんか……。レインの幸せがアタシの幸せよ。でも……、相手は絶対に一発ぶっ飛ばすわ‼』

「あと、角も二本必要だ！　黒光りする体に映えるよう、しなやかなデザインがいいな！」

『って、やっだぁ！　竜と花嫁やるんだから、相手はアタシじゃなぁい！　うふ！』

互いの意見はまったく聞かず、大声で自己主張をしているだけのはずなのに、発言の終わりが上手い具合に収まるのはなぜなのか。だが、そのヘンテコな会話の行方より、気になるのはやはりレインティーナのセンスだ。

頭をよぎるのは、恐怖の化身とも呼べる黒いアイツ。よくないモノが脳裏でカサカサ動きだして、ミュリエルは慌てて首を振った。

「あ。レグが竜の仮装をすることだけに夢中になっていたが、そうなると私が花嫁の仮装をするんだな……、……、……、ま、いっか！」

『えっ？　いいの？　軽いわね。でも、じゃあ、やっちゃう？　ねぇ？　やっちゃう？　アタシが竜で、レインが花嫁の仮装！』

自らの主張に夢中でレインティーナの発言をよく聞いていなかったのか、はたまた聞いていてもその想像に行きつかなかったのか、趣味にうるさいはずのレグが意気揚々と名乗りをあげる。やる気のある者に決まるならば、それが最良だ。

しかし、これはよくない流れだ。早い段階で方向を修正しなければ、レインティーナとレグの狭間でミュリエルが苦労する未来が、ありありと見える。

「レインにレグ、乗り気なところにすまないが、君達にその役を任せるわけにはいかない」

ところが労せずして、流れを変えるどころかサイラスがもとからスッパリとぶった切った。提案の形ではなく完全に却下を言い渡されたことに、すっかりやる気になっていたレインティーナとレグは、同時に驚愕の表情でもってサイラスを振り返った。

「うーん。レインさんはともかく、レグ君に市街一周してもらうのが厳しいですからね。大きさ的に」

続けてリーンからも決定的な要因を挙げられ、二者は目に見えてしょんぼりとした。仮装の衣装についてはさて置き、ここまで意気消沈した姿をされては可哀想になってくる。しかし、体の大きさばかりは改善のしようがない。

だが、この二者が駄目となった今、いったい誰が引き受けることになるのか。ミュリエルは当初からうっすらとした予感を持っていたものの、確信がなかったためにサイラスとリーンに恐る恐る問いかけた。

「あの、では、どなたに……？」

二人の目がそろって向けられた先には。

「……嫌ですからね」

心底嫌そうな顔をしたリュカエルが、まだ何も言われていない時点で拒否をした。そして、そんなリュカエルの返答にスジオもびっくりしている。

『えっ!?　リュカエルさんがってことは、ジブンが竜ってことスか？　見るのはいいけど、やるのは嫌っス！』

パートナーであるリュカエルに倣いながらも、スジオもしっかり主張した。その両者の反応に、場が一瞬で静まり返る。しかし流れている空気を察するに、サイラスとリーンは説得する言葉を探しているようだ。

「えーと。あのですね、リュカエル君。色々と加味した結果、やはりここは貴方が適任だと思うんですよ」

口火を切ったのはリーンだ。そしてここから、いつか見たような怒涛の畳みかけが開始された。

「まず竜の役をする聖獣は中型以下に限定され、仮装をすることを加味した体形で、街道での長時間安定した四足歩行に耐えられることが望まれます。ここまでであれば、他にも合致する聖獣はいます。ですが花嫁となると、体格に恵まれた者ではやはり見栄えがよろしくありません。せっかく得た人気を、ここで下火にするのはいくらなんでも残念だと思いませんか。リュカエル君なら女装の経験もあり、似合うことはこの場にいる全員が太鼓判を押せます。どう考えても、やはり適任は……」

「お断りします」

長口上は、締めの手前でリュカエルに遮断された。最後まで言わせてもらえなかったリーンは、うっ、と言葉につまっている。

「確かに、今の条件に合致するのは僕でしょう。ですが、そんな大勢の前で堂々と女装をしろ、と？　逆にお聞きしますが、リーン様はできるんですか？　女装が似合うならば、多くの目にさらされる場で、後々語り継がれる覚悟を持って、よりにもよって花嫁姿を」

自分ができないことを、相手に強要してはいけない。暗にそう言ったリュカエルの言葉に対して、リーンは下を向いてしまった。しかも、表情を隠してしまったリーンの肩が微かに震えている。リュカエルの言い方がきつすぎたのかと、ミュリエルは励ましの言葉をかけようとした、だが。

「ふっふっふっ……」

含みを持った笑い声が、下を向いたままのリーンから漏れ聞こえてくる。何が彼の笑いを誘ったのか。まったくわからなくて、ミュリエルは怪訝な表情のままリーンの出方をうかがった。

「できますよ！」

ガバッ、と顔を上げた途端に大きな声を出したリーンに、ミュリエルはビクッとした。

「僕は女装、できます！　他人様に不快感を与えたら申し訳ないので、正視に耐える程度が保てたらの話ですが……、あ！　そして口々に嫌われない確約がもらえるのなら、ですが。今回に限っては、できますっ!!」

力一杯主張された内容に、全員から真偽を問う眼差しが向けられる。それを一身に浴びながら、リーンはニッコリと胸を張った。

「今年の仮装祭、女装が流行っているそうですよ！　さらに人気なのは、男装だそうですけどね。理由はもちろん……」

そこで糸目が向けられたのは、すっかり大人しくなってしまっていたレインティーナとレグだった。注目が予期せぬものだったからか、両者共にきょとんとしている。そんな当事者に代わって、ミュリエルが閃いた。

「あ！　もしかして、武芸大会でレイン様に人気が出たことと、チャリティバザーで売った絵が関係していますか？」

「えぇ、お察しの通りです」

すぐさまリーンから肯定をもらったミュリエルは、深く納得した。武芸大会では色々あったが、レインティーナは大変目立っていた。そのパートナーであるレグも、一緒に注目されていてもおかしくない。

しかもリーンがチャリティバザーで売った聖獣を擬人化して描いた絵は、とても素晴らしい出来であった。それはレグの絵も同じ。旧版ならいざ知らず、ミュリエルが物申して書き直してもらった新版レグは、男性らしい骨格を持ちながらも女性らしい雰囲気をまとう、完璧な女装男子であった。それはもう、男装の麗人であるレインティーナと並んで、これ以上なく映えると思えるほどの。ならば男装及び女装人気は、ここから来ていると考えて間違いない。

「ただ、一番人気は聖獣の仮装らしいですけどね。耳とか尻尾とか、着ぐるみとか。それって、モグラもありますかねぇ？」

すぐさまウサギの耳を想像したミュリエルは、続くリーンの言葉に引っ張られるようにモグラの仮装を想像する。再現するには、なかなかに難しい造形だ。着ぐるみしか手はないのでは、と考えたが、大きな爪のついたグローブならばいけるかもしれない。

「リーン殿の話を今まで聞いて思ったのだが、今回の件はやはりリュカエル、君に引き受けてもらいたい」

すっかり楽しい想像で頭がいっぱいになっていたミュリエルは、サイラスの発言で冷静さを取り戻した。緊迫した空気は完全になくなったが、起こっている事態は深刻だ。脇道を楽しく進んでいる場合ではない。

「リーン殿が言っていた理由もあるのだが……。この話を聞いた時、まず私は、竜の仮装をするのならスジオが一番似合うだろうと思った」

リュカエルではなく、スジオが主なのだとサイラスは言う。確かにレグでは竜の仮装に無理があると思っていたミュリエルは、今度はスジオで当てはめてみた。

「聖獣に仮装をさせるとなると、動きづらいものでは困る。だから頭部から背、そして尾にかけて上側からかぶせる形のものになるだろう。本来の尾に添って、竜の尾も緩やかに動けば見栄えもいいはずだ。スジオの体型と動きならば、たとえ装いが鱗(うろこ)の重ねられたデザインになろうとも、乱れず美しく見せられる」

サイラスの言葉が重なって、ミュリエルの想像も捗(はかど)る。一つ一つ順を追って想像を固めていっても、不自然なところはない。これはイイ。大変素敵だ。しかし、リュカエルだけではなくスジオも嫌がっていることが問題だろう。

『……やっぱり、格好いいよな。おい、スジオ。オマエがどうしても嫌なら、今回に限ってはオレが代わってやってもいいぜ?』

『ちょぉっと、待ってぇ！　アトラが竜なら、サイラスちゃんが花嫁をやるのよ!?　それは色んな意味で事故が起こりそうだから、駄目だと思うの！　ここはやっぱり、アタシが！』

『いやいや、諸君。ここは目先を変えてはどうだろう。花嫁の役さえ誰か引き受けてくれるのなら、ワタシが適任だと思わないか。見たまえ。ワタシには、自前の翼がある！』

『えっ。皆さん、そんなにやりたいんスか？　そ、そんなにいいもんスかね？　本気の本気で？　ほ、ほんとに!?　えっ、どうしよう。取り合うほど、本当にそんなにいいものっスか？』

『ひひっ。ほらほら、スジオはん。早いとこ決断せんと、せっかくお声がかかったのに、いいとこ持ってかれますよ』

どうやら同時進行で想像していたのは、ミュリエルだけではなかったらしい。アトラ達がそれぞれどんな竜の仮装を思い浮かべたのかはわからないが、さらなる盛り上がりをみせた。

役の取り合いが起きているとは知らないサイラスは、アトラ達の反応がいいことだけを感じ取る。そして、最後に駆け引き上手らしい言葉を添えた。

「それに、これが君達にとってのはじめての任務になるのなら、華やかでいいと思ったんだ」

穏やかな微笑みを向けられたのは、リュカエルとスジオだ。リュカエルは無表情を貫いたが、スジオの変化は劇的だった。

『は、初任務？　リュカエルさんと初任務!?　ジ、ジブン！　やっぱり、やりたいっス！　華々しく、リュカエルさんと初任務をまっとうしたいっス！』

ピンッと立った耳に、激しく振られる尾。おねだりするようにクンクンヒンヒンと鳴らされはじめた鼻に、リュカエルは少々困惑した顔をした。ぬかりなく両手で顔を守ってはいるが、濡れた鼻は躊躇わずに受け止めている。

「あ、スジオ君、なんだかやる気になりました？」

片方の同意が得られればもう勝ったも同然と思ったのか、リーンの声の調子は明るい。そして、最後のひと押しもやはりサイラスが引き受けた。

「例年の仮装祭では、確か城門前からパレードがはじまって街を一周していたように思う。はじまると同時に姿を現し、城門前に戻ってきたら、すぐにこちらに帰ってきて構わない。その方が混乱も少ないだろう。その他、要望があればできるだけ聞く。遊びではなく任務の一環なのだから、もちろん特別賞与もつけよう。今一度、考えてはくれないか？」

聞く形をとってはいるものの、引き受けてくれると信じて疑わないサイラスの微笑みに、リュカエルはそっとため息をついた。いまだスジオの濡れた鼻を受け止めつつ、視線はリーンに向かう。

「……リーン様、本当の本当の本当に、間違いなく、女装が流行っているんですね？」

「えぇ！　ロロに誓って本当です！」

リーンに、これ以上の宣誓があるだろうか。この瞬間をもって、竜の役はスジオに、花嫁の役はリュカエルに決定した。ちなみに周りではアトラ達がちょっと残念そうにしていたのだが、それはミュリエルしか知らない。

太陽は天頂を過ぎたが、一日のなかでは一番暑い時間帯。約束通り時間を作ってくれたサイラスに連れられて、ミュリエルはアトラ達と一緒に湖に向かっていた。

当然のようにサイラスとの二人乗りでアトラに騎乗しているのだが、最初の頃のような極度の緊張がないのは成長の証なのか。後方から感じる優しい視線にはむず痒さがあるものの、距離の近さにも、体を緩く囲うサイラスの両腕にも心地よさしかない。手綱を持つ大きな手を、遠慮なく観察できるのだって単純に嬉しかった。

（サイラス様の指、長くて綺麗。でも、しっかりとした男の人の手で、騎士をしている人の手だわ。だけれど、いつだって優しいのを私は知っているもの。サイラス様の手は、温かくて、大きくて、頼もしくて……。そんな手で、いつも私の……。わ、私の……）

頬に触れ、髪をとき、耳をたどり、首筋をなでる。そんな時、ゆらゆらと揺蕩うように色を濃くする紫の瞳は、いっそう甘やかだ。無理強いされたことは、一度だってない。だが、あの目に見つめられると呼吸すら忘れて囚われてしまうのだ。そうなれば、あとはゆっくり近づく唇が触れるのを待つだけ。

そんなところまで想像したミュリエルは、ボンッ、と周りからしたらなぜ今？　という状況で発火した。その場にいた全員がもちろん気づいたが、いずれも見て見ぬ振りをするだけの理解があるので、誰も突っ込んだりしない。

（だ、駄目よ、ミュリエル。今はお仕事中なのに……。そ、そう！　お仕事中なのだから、ここは道をちゃんと覚えることに、集中しないと！）

瞬時に真っ赤になった頬を、両手であおいだり押さえたりして冷ましながら、ミュリエルは目を辺りに向けた。聖獣番として湖まで出る権限をもらったからには、アトラ達と一緒だからと甘えたりせず、路程をきっちり覚えるべきだろう。

庭から湖に行くためには、王城と山野とを区切る迷路を抜ける必要がある。城壁の役割も果たす迷路の塀（へい）は歩哨所（ほしょうじょ）も設けられており、先程一度のぼらせてもらって目的の湖を眺めてみたが、手前側の湖岸は人がいれば十分に視認できるほどに近かった。

湖までの道はしっかり整備され、石畳で舗装されている。今しがた渡った小川にも、頑丈そうな橋がかかっていた。歩哨所から直線距離で見た湖はそこそこ近かったが、やはり実際に歩くとなれば、思ったより距離がある。どうも位置を考えると、王城から迷路を抜けるより、街から来た方が近いかもしれない。

「もう見えてきたな。ミュリエル、心の準備はできたか？」

「は、はい！　しっかりご挨拶したいと思います」

サイラスに聞かれて、ミュリエルは気合を入れ直した。結局、お楽しみはお楽しみのままと、どの聖獣との顔合わせになるか教えてもらっていない。だが、それが聖獣番として認められている気もして、より気が引き締まる思いだ。

「そうか。今回も期待している。そして……、到着だ」

木立の隙間からキラキラと光が零れているなと思ったら、視界が開けたと同時に予想よりずっと広い湖が現れた。

「うわぁ！　素敵なところですね！」

清い水をたたえた湖は、日の光を弾きながらキラキラとしている。生き生きとした草花は軽やかに岸を彩り、木々の湖面に落ちる影と一緒に風に揺れていた。見渡せる限りに視線を流せば、豊かな色調を見せてくれる青い湖は、どこまでも澄んでいる。対岸に建物があるが、ここからではミュリエルの掌に乗るほど小さく見えた。とても広い湖だ。

それに、深さもかなりあるようだ。可愛らしい暖色系のタイルを使っているものの、湖岸が埠頭の形にしっかり整備されているところを見れば、手前からすでに深さがあることがわかる。

そこからかけられた石造りの桟橋も、馬車が通れるほど広くて頑丈そうだ。岸壁を囲む手すりや均等に置かれたベンチは草花を模したデザインで、アイアンでできた小鳥が随所に留まっている。ちょっとした遊び心があって、とても可愛らしい。

不思議なのは、これだけ立派で素敵に造られた場所であるのに、ガゼボが不自然に乱立していることだ。一つ一つはこれまた素敵なガゼボなのだが、数が多いうえに大きさもそろっておらず、配置も近すぎておかしい。

「では、顔合わせをすませてしまおうか」

ついつい目先の景色に気を取られていたミュリエルは、サイラスに促されて、手すりの手前まで歩を進めていたアトラから降りる。ストンとついた足もとを確認してから、顔を上げた。

「まずは……」

サイラスが湖に向かって視線を投げたので、ミュリエルもそれに倣う。違和感を持ったのはすぐのことだった。水面上に先程まではいなかったはずの、何かがいる。その何かはミュリエルより少し小さく、逆光に黒く陰りながら水面を波立たせることもなく、静かに、されど確実にこちらに向かって来る。

不可解な様子に、ミュリエルは手すりにつかまって身を乗り出し、よく見ようと眉間にしわをよせた。そして気づく。不審な何かは老人だ。フードつきのくすんだ深緑色のケープを羽織り、瞑想するように目を閉じて胡坐をかいて座っている。ただし、水上に。

ミュリエルは困惑の顔で隣を見上げた。するとサイラスは笑いを堪えるような素振りをしつつ、小さい声で「付き合ってやってほしい」と告げてくる。

ミュリエルは疑問を飲み込むと、水上に少しも濡れずに座っている人物に向き直った。誰かはわかっている。聖獣騎士団に所属する老人といえば、一人しかいないからだ。

「こ、こんにちは、ラテル様。お久しぶりです」

「……」

返事はないが、久しぶりであっている。この老人は、ラテル・ブラッケ。ミュリエルのために開いてくれた歓迎会で、もう挨拶をすませていたはずだ。

ラテルは小柄な老人で、長い白ひげと、淡い黄緑色の瞳をほぼ隠してしまうほど豊かな眉毛が特徴的だ。御年九十歳とのことだが、「何年も九十歳のままずっと年を取らない爺さんだ」と自己紹介をした時に野次を飛ばされていたので、きっと実際はもっとご年配なのだろう。

「ラテル様、お久しぶりです！　ミュリエル・ノルトです！　改めまして、よろしくお願いします！」

「……」

しかし、返事がない。はじめて会った時に気難しいといった感じはなく、むしろレインティーナやミュリエルといった女子には大変優しく、好々爺といった印象だった。よって、無視をしているとは考えられない。ならば聞こえていないのだろう。

「ラテル様!!　お久しぶりで……」

「聞こえておるわーい！」

「っ!?」

豊かな眉毛に隠れていた目がカッと見開かれたと同時に、ザッパァ!!　っと平面だった湖が突如ラテルを中心にして丘のように盛り上がる。驚きで転びそうになったのをサイラスがすかさず支えてくれるが、ミュリエルはお礼を言うどころではない。

滝のように大量の水を流れ落としながら何の前触れもなく眼前に出現した小高い丘は、あらかたの水を湖に戻し終えると今までの荒々しさが嘘のようにゆっくりと岸によってくる。

「ミュリエルちゃん、驚いたかの？　ドッキリ、大成功じゃー！」

言葉もなく目をかっぴらくミュリエルに、丘のてっぺんで相変わらず胡坐をかいているラテルは「かっかっかっ！」と実に楽しそうに笑っていた。

ご満悦なラテルの言葉を鑑みれば、大成功を言明したのだからドッキリはこれで終わりのはずだ。サイラスの「付き合ってやってほしい」発言がこれだったのか、と盛大に驚いたあとでミュリエルは納得した。しかし、残念ながらラテルによるドッキリは続く。

「っ⁉」

岸のぎりぎりまで来ていた丘から、ニュッ、と別の物体がこちらに向かって伸びてきたのだ。苔(こけ)むした地面そのものの色をしたソレは、ミュリエルの顔近くまで迫ると動きを止めた。

さらに、しばしの静止。誰も何も言葉を発さないため、ミュリエルは目の前の物体を否応なしに観察することになる。そしてさらにびっくりした。

「っ‼」

パカッと黒い穴が二つ開いたと思えば、そこから顔面に向かって風が吹きつけてきたのだ。

「スピスピ、プシュゥ、スピプシュゥウゥゥ……」

『こりゃあ、めんこぉい、嬢ちゃんじゃあのぅ……』

気の抜けた鼻息に合わせて、しゃがれて間延びした声が頭に響く。考えるまでもなく聖獣だとわかる声を聞いて、ミュリエルは若干取り戻した落ち着きのもと、目の前のものをまじまじと見つめた。すると鼻の穴よりさらに先に、ラテルと同じように白い眉で隠れてしまっているものの、眠そうな大きな目が二つしっかりとある。一歩引いて顔の全体を確認してみれば、あご下にも白く長いひげがあった。

事前にあった知識がここでやっと繫がる。ラテルのパートナーは、巨大なカメの聖獣だ。名前はヨン。

「す、すみません！　すぐに気づけずに、ご挨拶が遅くなってしまいました。ミュリエル・ノルトと申します。ヨンさん、はじめまして。どうぞ、よろしくお願いいたします」

　さらに一歩さがってから、ミュリエルは膝を軽く折って挨拶をした。

『……』

「……」

　待ってみたが、返事がない。カメはのんびりとした生き物だ、そんな予想のもと、さらに待ってみる。

『……おい、ミュー。ヨン爺は耳が遠いから、もっとでかい声ではっきり言わねぇと通じねぇぞ』

　見かねたアトラから指摘されて、ミュリエルは配慮が足りなかったと気づく。すぐに大きく息を吸って、挨拶のやり直しをした。

「ヨンさん、はじめまして！　ミュリエル・ノルトと申します！　どうぞ、よろしくお願いいたします！」

『……、……、……うぅん、はぁて？　なぁん、じゃあってぇ……？』

「ヨ、ヨンさんっ！　は、じ、め、ま、し、て！　ミュリエル・ノルトと、申します！　どうぞ！　よ、ろ、し、く、お願い！　いたしますっ！」

『ふぉっ、ふぉっ、ふぉっ……！　げぇん気なぁ、嬢ぅちゃんじゃてぇ……』

　ご機嫌そうな返事はもらえたが、こちらの言葉がちゃんと届いたのかは疑問が残る。もう一度自己紹介をすべきか悩んだミュリエルだったが、甲羅（こうら）のてっぺんから滑り降りてきたラテルがヨンの頭上に座り直してからした拍手に、言葉を遮られた。

「さすがの手腕じゃの、ミュリエルちゃん！　ヨンに、ちゃんと認識されたようじゃ！」

パチパチと手を打って褒められたミュリエルは、どうやら正しい対応ができていたようでホッとした。笑顔でラテルとヨンに応える。

「じゅあ、次はあっちじゃの！」

ラテルが言葉と共に、おちゃめな感じで親指を使ってミュリエルの背後を指さした。

「そ、そうでした。今日はもうひと方、ご挨拶をしないといけない……、えっ？」

顔合わせをやり切ったと言うには、まだ一組を残している。そう思いながら振り返ったが、誰もいない。誰もいない、というか、目の前に茶色い壁が出現している。

「これは……、ひっ⁉」

茶色い壁が蠢（うごめ）いたと思えば、さらには怪物が腹を鳴らしたような音が聞こえて、ミュリエルは思わず体を硬直させた。しかし、茶色い壁はよく見れば毛皮だ。ならば、この茶色い毛皮の持ち主が挨拶をする相手となる。しかし、巨体なうえに近すぎる距離にいるため、目にしているのが体のどの部分なのかわからない。

「あ、あの、ご挨拶を、えっと、騎士様は、どちらに……」

「ここ」

「っ⁉」

いったいこの短時間に何度驚けばいいのか。今し方まで誰もいなかったはずの場所に、突如少年が現れていた。ラテルとおそろいのケープを着て、いっさいの気配を感じさせることなく現れた少年は、ミュリエルが文字通り飛び上がって驚いたところを見ても、微笑みを崩さずにいる。

　水色の髪をした少年は、前髪が長めのため蜂蜜色の瞳の片方が隠れてしまっている。彼の名は、ニコ・フラウ。リュカエルと同じ十五歳で身長も同じくらい、あまり口数は多くないがいつもほんのり微笑んでいるので、近づきがたい印象はない。ニコはミュリエルが言葉を思い出すのを静かに待っていたが、先を促すようにほんの少しだけ首を傾げた。

「ニ、ニコ様、こ、こんにちは。あの、改めまして、よろしくお願いいたします」

「……うん。よろしく」

　サイラスとはまた違う、独特の間をとって微笑み続けるニコに、ミュリエルも自分なりのひと息を置いて微笑みかけた。そのおかげでペースを取り戻したミュリエルは、いまだ眼前にそびえ立ち、波打ちながらなんとも言えない音を発している茶色い壁に視線を向ける。

　もちろん正体には気づいている。ニコのパートナーである大型の聖獣、クマのカプカだ。

「カ、カプカさん、ですよね？　あの、ミュリエル・ノルトと申します。よろしくお願いいたします」

　結局どこが顔かはわからないので、茶色い丘の外周をその場で仰ぎ見るようにぐるりと見渡した。しかし、こちらもヨン同様に返事がない。返ってくるのは、規則正しい怪物の腹の音だけだ。そこでミュリエルは、ハッとした。これは腹の音ではなく、いびきだ。どうやらカプカは寝ているらしい。

「えっと、カプカさんにご挨拶をしたいのですが、今は難しいでしょうか?」

ぐっすり眠っているのに挨拶をしたいからと起こすのは忍びない。おうかがいをたてると、ニコはどうやって納めていたのかラテルとおそろいのケープの下からリュートを取りだした。

「……カプカ、歌わないと、起きない、から」

そう言いながら、ニコはリュートをかき鳴らすのではなく指で弦を弾いてポロンポロンと優しい音を奏でだした。するとすぐに、規則正しく聞こえていたいびきが止まる。

「……これ、知ってる?」

前奏を聞かされたミュリエルは、すぐに頷いた。この曲は、小さい子に挨拶をさせるためのとても簡単な童謡だ。主だったところやお手本となる挨拶を先んじてする箇所は大人が歌い、合間の挨拶や大人のパートに倣って名前を告げるところだけを、小さい子に言わせるように作られている。

「ほぉう、さっそくミュリエルちゃんの可愛い歌声が聞けるのかの? どれ、わしも」

そしてラテルもニコと同じようにケープの陰から横笛を取り出して、すぐさまリュートの音に合わせて吹きはじめた。一音ごとに短く切るように吹かれる笛が、曲調を弾ませる。

それと同時に、どこがどこの部分かわからなかったカプカの顔がのっそりとこちら側に向けられた。しかし、まだ目は閉じている。

「……ミュリエルさん、歌って?」

「へ?」

ミュリエルはてっきり主だったところはニコが歌ってくれて、合いの手の部分だけ、つまり先に倣って挨拶をする部分だけを自分が歌うのだと思っていた。しかし、どうやらミュリエルが主だったところを歌わなければならないらしい。ということは、繰り返して挨拶を返す部分をカプカが歌ってくれることになる。

それにしてもいきなり歌え、とはなかなかに度胸がいる。ミュリエルはサイラスに視線をやった。しかし、紫の瞳は楽しげに細められていて、こちらも歌声に大変関心をよせている感じが伝わってくる。

そうこうしているうちに、前奏が終わる。ミュリエルは覚悟を決めて両手を胸の前で組むと、口を開いた。

「はーじめまして、こんにちはー。わったしの名っ前は、ミュリ、エル、ですー」

恥ずかしいことに、出だしの音が震えてしまったかもしれない。それでも止まることなく歌い続ける。なぜならカプカの目がいつの間にか、ミュリエルを真っ直ぐ見ていたからだ。

「あっなたの名っ前も、聞っかせてほしいー。大きなお声で、はい、どーぞー」

笑顔でカプカの黒々とした目と視線をしっかり合わせ、ミュリエルは笑顔で促した。すると。

「ググガ、ググガオォゥ!!」

『オラ、カプカだぁ!!』

「っ!?」

お座りの体勢になったカプカが、雄叫びのような咆哮をあげた。地響きのようにビリビリとした感覚が全身に走って、ミュリエルは思わず引きつった。しかし、曲は止まらない。

「……す、素っ敵な、お名前、聞ぃけて、嬉しいー。どぉうぞ、仲良く、いた、しま、しょー」

ポロン。と最後の音がラテルとニコによって同時に可愛らしく鳴らされた。この曲は続けようと思えば永遠に続けられる作りになっている。聞く内容を年齢や趣味、特技に変えていけばいいからだ。よって、一番だけで終わったことにミュリエルは安堵の息をついた。激しく動いたわけでも長々と歌ったわけでもないのに、息切れがひどい。

しかし、頑張って歌った甲斐はあった。カプカは眠そうな目ではあるが、しっかりとその瞳にミュリエルを映している。

『よろしくなぁ』

「はい、よろしくお願いします！」

笑いかければ、カプカは応えるようにベロンと大きな舌で自らの口周りから鼻までを舐めた。

「一回目でカプカを起こすとは、さすがだな」

先程の雄叫びが嘘のように、気の抜けた格好で座っているカプカを見上げていたサイラスが、ミュリエルに視線を移してから微笑んだ。今の言い方からすると、一回では起きてくれない可能性もあったのだろうか。

「私の歌では、起きてくれたことがない」

ミュリエルに質問されるより早く答えたサイラスは、苦笑いを浮かべている。

「それは、あれじゃ。ラス坊の歌は、より眠くなるからじゃろ」

「団長は、声がよすぎる、から」

すぐさまラテルとニコから理由が挙げられて、ミュリエルは間髪入れずにサイラスに期待の笑顔を向けた。眠くなるのはさて置き、サイラスの美声が単純に聞きたい。

「あ、あの！　サイラス様のお歌、私もお聞きしたいです！」

前のめりなミュリエルに少し目を見張ったサイラスだったが、すぐにいつもの穏やかな微笑みを浮かべた。

「今度、な」

軽くいなされてしまったミュリエルは、サイラスの歌声が気になって仕方がない。だが重ねてお願いする隙間を、サイラスは与えてくれなかった。

「ラテル、ニコ、頼んでいたものの用意はいいか？」

聞かれた二人はそろって頷いた。

「わし、今年は気合入っとるよー！　なんと言ってもラス坊が、こんな可愛いお嫁ちゃんを見つけてきたんじゃからなぁー！　わし、超張り切っちゃうー！」

「……師匠、まだ二人、結婚してない。婚約した、だけ」

「さぁ、気合入れて行こうかのー！　のう？　ヨン？」

「……あ、カプカ、また寝た」

二人はいっさい自分のペースを崩さないままに、言いたいことだけを言いあう。しかし、やることは迅速だ。まず先んじてラテルが笛を吹きはじめれば、それに合わせてヨンも滞りなく潜水を開始する。

ついで、ニコがカプカを見上げながらリュートをかき鳴らし歌う。ニコの歌声は不思議だ。高くもあり低くもあり、普段の少年らしくも控えめな声とは結びつかないほど表現豊かな声色だ。伸びやかな歌声に誘われて、再び眠りについていたカプカも目を覚ます。すると、ニコをゆっくり優しく摘まみ上げ、自らの肩に座らせた。

いったい今から何がはじまるのか。見てのお楽しみ、とサイラスから詳細を教えてもらっていないミュリエルは、見逃さないように注意深く二匹の動きを目で追う。

ヨンの体は完全に潜水してしまっているが、湖上に見えるラテルのおかげでだいたいの向きと位置はわかる。桟橋に横づけした状態で、どうやら岸に背を向けているようだ。一方カプカは、ニコのリュートと歌につられるように、岸辺に不自然に乱立していたガゼボのうち、一番手前にあるものの脇にしゃがみ込んだ。

湖に着いてから散々驚いていたミュリエルだが、まだまだのようだった。ニコがジャカジャカとテンポを上げてリュートをかき鳴らすと、カプカがガゼボの地面と接している縁に両手をかけて、ひと思いに持ち上げてしまったのだ。

動作は危なげなく軽々としたものなのだが、一歩進むたびに非常に重そうな足音が響く。ズシンズシィンと余韻を残しながら響く重い振動を、足の裏から頭の先まで感じながら、ミュリエルは瞬きもできずに成り行きを見守った。湖岸が頑丈に造られているわけだ。簡易な造りでは、この振動による負荷に持ち堪えることができないだろう。

カプカは桟橋を進んでガゼボを水際まで運ぶと、慎重に降ろすように徐々に身をかがめていく。大きく水しぶきがあがることを予想したミュリエルだったが、意外にも着水は至極穏やかに完了した。

ここからどうするのかと続けて見ていれば、着水したガゼボをカプカがスイッと押す。ゆっくりと桟橋から離れたガゼボは、少し進んだところで急にピタリと止まった。沈んでいたヨンが浮上して、甲羅のてっぺんでガゼボを受け止めたようだ。

桟橋から離れてしまったガゼボに、今度はカプカがつけ外しの利く小ぶりな橋をかける。アーチ型をした木製の橋は、桟橋の縁とガゼボの入り口にある出っ張りに、しっかりと引っかかって一時的に固定された。

「ミュリエル、どうだろうか？　これが湖上ガゼボ、聖獣騎士団が提供する、夏の涼だ」

言葉もなく二匹の動きを凝視していたミュリエルは、隣のサイラスがエスコートするために軽く曲げた肘を見て、できあがった湖上ガゼボを見る。そして、もう一度サイラスを見た。

「乗るだろう？」

「えっ、いいのですか？」

「あぁ。試乗もせずに、提供はできないからな。今年は、私と君とで乗り心地を検分したいと思う。不備があれば、都度報告をするように」

わざと硬い言葉で仕事らしさを演出したサイラスだったが、最後にパチンとされたウィンクにミュリエルは笑顔を誘われた。要するに、役得ということだ。

「アトラ達は、いつも通り自由に過ごしていてくれ。戻る時に、声をかける」

『おう。じゃあ、あとでな』

ミュリエルと違って来たことのある聖獣達は、勝手知ったる様子で思い思いの方向に散っていく。それをサイラス人の腕に手を添えて見送ってから、ミュリエルは促されるままにガゼボに足を向けた。

橋に足をかけた瞬間は、少し緊張した。揺れに備えて下を見たまま、小さな一歩を踏み出す。しかし、地続きを歩くのと変わらない安定感があり、思わず笑みが零れた。

乗り込んだガゼボには、備え付けのテーブルと背もたれのない丸椅子が二脚。それとは別に、ガゼボを囲む柵にそって長椅子風に設えられた席があった。こちらにはクッションが置かれており、景色を眺めるのならこの席の方がよさそうだ。サイラスに案内されたのはこの柵に添う長椅子の方で、ミュリエルは素直に腰かける。もちろんサイラスも隣に座った。

カプカが木製の橋をどけると、変化は緩やかに訪れた。少しずつ景色が流れはじめ、頬に涼やかな風を感じる。思わず振り返れば、ガゼボに乗り込んだ桟橋は遠くになりつつあった。ニコとカプカが手を振ってくれているのが見えたので、同じように振り返す。

しばらく進めば、四方を湖に囲まれた状況になった。それが珍しくて、ミュリエルは何度も辺りを見回した。夏の近づく緑の香りより、涼やかな水の香りが身近に感じられ、新鮮な思いで深呼吸をする。

そういえばラテルはどこにいるのかと探すが、見当たらない。ミュリエルがキョロキョロとすると、すぐに察したサイラスが指をさした。一度目に見た時には水面から突き出した苔むす岩かと思ったのだが、どうやらそれがラテルらしい。その証拠に、進めども距離が縮まることもない。フード付きのケープが保護色となり、微動だにしないため見分けがつかなかったようだ。ミュリエルはあとでまた改めてお礼を言おうと思った。

ラテルから視線を外し、柵に手をかけて下をのぞき込んでみる。すると、キラキラと輝く水面のすぐ下にはヨンの甲羅が見え、さらにその先にはなんと魚影が見えた。泳ぐ姿が珍しく、ミュリエルは魚の影を目で追う。

「気分が悪くなったりは、していないだろうか？」

「えっ？　えっと、とくに感じませんので……、大丈夫だと思います」

よくよく自分の様子を探りつつ、ミュリエルは返事をした。ただ、急に体調の心配をされた理由がわからない。そのため、言い終わりに合わせて首を傾げる。

「それはよかった。これも一応乗り物の部類だから、まれに酔う者がいる。だからもし気分が悪くなったら、すぐに教えてほしい」

なるほど、とミュリエルは納得した。ガゼボごと動いているし揺れがないため感覚は薄いが、乗り物であることには違いない。だが、こんな素敵な乗り物に乗っているのに、酔っていてはもったいないだろう。

「気に入ってもらえたか？」

「はい、とっても！　これからラテル様とヨンさん、それにニコ様とカプカさんは、大忙しになるのでしょうね。順番待ちの列が長くできそうです」

「あぁ、それなら大丈夫だ。完全予約制になるから、列はできない。それに今のようにヨンが背にガゼボを直接背負うのは、特別な時だけだ。大抵は舟形のガゼボを距離を置きながらいくつか繋げて、それをヨンが引く仕様になっている」

サイラスの説明に、ミュリエルはその様子を頭に思い浮かべた。それはまるで、歩きはじめた子供が縄を持って引っ張るとついてくる、アヒルの親子の玩具のようだ。だが、確かにそれなら乗りたいのにいつまでも乗れない人もでないだろうし、仲のよい者達だけで誰に憚ることなくおしゃべりに花か咲くだろう。

「では、今日は特別仕様なのですね。あの、ありがとうございます」

「礼には及ばない。試乗だと言っただろう？　では、乗り心地の報告を聞こうか」

またわざと硬い口調と引き締めた表情で言ったサイラスに、ミュリエルも心得たように同じ調子で返す。

「とても素晴らしいです。問題点は見受けられません」

しばらく真面目な顔で見つめ合ってから、同時に表情を緩める。変に澄ましたからだろうか、表情を緩めるだけでは我慢できずに、笑い声まで零れてしまった。そうして思わず漏れた笑い声は、あとを引く。

ミュリエルの心は弾みっぱなしだ。ガゼボに近い位置の水面ほど、絶えず変化を見せて目を楽しませてくれる。白い光と青い色が揺れて、一瞬たりとも同じにはならない。止まって見える遠くの水面や森に建物さえ、生き生きとした眩しさに溢れていた。

手すりに抱き着くようにして、視界いっぱいを夢中で眺める。そんなふうに景色に心を奪われていると、耳にふっとサイラスの笑い声が届いた。

「あっ。そ、その、とても楽しくて、ついはしゃいでしまいました……」

身を乗り出さんばかりに楽しむ姿は完全に子供のようで、ミュリエルはサイラスの穏やかな眼差しにさらされ、途端に恥ずかしくなった。

「いや、存分に楽しんでもらって構わない。私も、とても楽しいから」

相変わらずの様子で微笑まれ、恥ずかしさのなかに嬉しさが混ざる。同じものを見て同じ感情を持てる幸せに、ミュリエルは肩をすぼめるようにしてはにかんだ。

「君を、見ているのが」

「っ⁉」

微笑みと共にふわりと香った黒薔薇に、ミュリエルの顔は瞬間的に赤くなった。しかも、サイラスの楽しむ対象が景色ではなく自分だなんて、なんたる辱(はずかし)めだろう。ミュリエルはとっさに両手を使って顔を隠した。

「そんなことをしては、何も見えなくなってしまう。とても、もったいない」

サイラスが対象を言明しないのは、きっとわざとだ。

「ミュリエル？　手をおろしてくれ」

両手で顔を覆っているミュリエルは、当然何も見えていない。だが、サイラスが今どんな顔をしているかは想像できた。そのため、ますます顔を見せることはおろか返事もできない。

「それに、手の場所はそこではなく……」

けして無理矢理ではない。サイラスはそっとミュリエルの両手を取ると、意識させるように優しくゆっくりと指を絡め、繋いだ。

「こちらの方が、ずっといい。そう思わないか？」

顔を伏せたままでいれば、おのずと視線は繋いだ手に留まる。恥ずかしさから無駄に体に力が入ってしまっているが、大きな手に包まれる自分の手を見て、ミュリエルは下を向いたままコックリと頷いた。

（……は、恥ずかしいけれど、手を繋ぐのは、もうちゃんとできるわ。そもそも、サイラス様と手を繋ぐのは嬉しいし、好き、だもの。それに、本当なら……）

頭に浮かぶのは「悪女、ダメ、ゼッタイ」の標語と、恋の迷路に立つ自分の姿だ。二つを念頭に置くと、現状維持はまだしも、後退だけはしてはいけない選択になる。両想いで婚約者となれば、手を繋ぐだけで十分だと判断する者だって少数派になってくるだろう。

しかしだからといって、この爽やかな空のもと、手を繋ぐ以上のことが元引きこもりの小娘にできようか。いや、できない。

勝手な葛藤のもと、一人で限界に陥っているミュリエルを、しばらく眺めていたサイラスだったが、体の向きを景色へと変えた。視界の端でそれに気づいたミュリエルは、そろそろと顔を上げる。そして、遠くを映す紫の瞳と端整な横顔に、思わず見惚れた。

涼やかな切れ長の目、キリリと上がった眉、すっと通った鼻梁に、やや薄い唇。すべてが完璧で美しい。誘われるように黒薔薇が花開く。潤む香りと共に花弁は風に乗ると、サイラスの艶やかに流れる黒髪を輝くばかりに彩った。

翠の瞳が向けられたことに気づいたサイラスが、チラリと流し目をよこす。しかし、ミュリエルがハッとしたからか、穏やかに目もとを緩めるとすぐに視線を景色に戻した。

そのままサイラスの視線が戻ってこないのをいいことに、ミュリエルは再び綺麗な横顔を眺めた。湖面の光を受ける長い睫毛も、遠くを見るために少し上がったあごも、そこから繋がるすっきりとした首のラインも、サイラスを形作る何もかもを、ミュリエルはずっと見ていられると思った。緩く絡められた指をより深くなるように自ら握り直してしまったのは、無意識だ。

だが、そうして短くない間ついつい眺めてしまってから、再びハッとする。あまりにも熱心に見つめてしまったのが恥ずかしくなって、取ってつけたようなわざとらしさで景色に視線を向け直した。そうすれば、移ろう景色にまたすぐに夢中になってしまう。

ただ、ミュリエルはこういう時に迂闊なのだ。視線に敏感なサイラスなら、見ておらずとも一連の動きなど把握している、そのことを知っているはずなのに思い至れないのだから。翠の瞳が再び景色を映した時から、紫の瞳に映るものは景色ではなくなっている。

楽しいもの。それを眺める二人の笑顔は、深まる。初夏の爽やかな風を感じながら、穏やかで甘く、各々が心地よいと感じる時間はこうして過ぎていった。

２章　何事も楽しんだもん勝ちの風潮

雨季の晴れ間には、近づく夏の気配が色濃く感じられる。澄み渡る空に、力を増す太陽の光。夜中に降った雨の名残など、午後にもなるとどこにもない。

『クソ暑い……』

『確かに暑いわ……』

庭の木陰でだれているのはアトラとレグだ。

『やめたまえ。口にするから余計暑いのだ』

クロキリは平然とした顔をしているものの、時間の経過と共に尾の先が日向に出てしまえば微妙に移動することを繰り返しているので、暑いと思っているのに違いない。

『いやいや。口は関係ありません。暑いもんは暑い……』

口調は暑さに辟易しているように聞こえるものの、もしかしたら一番通常通りなのはロロかもしれない。ちなみにスジオがこの場にいないのは、リュカエルとパートナーになったばかりで、騎乗訓練が個別にあるからだ。きっと今も一人と一匹で頑張っているのだろう。

ミュリエルは、天頂にある太陽の光が地面に向かって惜しみなく降り注ぐのを、木の葉越しに見やった。人間にとっては我慢できない暑さではない。日陰にいれば、むしろ過ごしやすい気候でさえある。しかし、後ろを振り返れば腹ばいに伸びきったアトラ達がいた。

「サイラス様から、もしアトラさん達が暑がるようだったら湖の方に行ってもいい、と今日も許可をいただいているのですが、どうしましょう？」

帯同するのがミュリエルのみでも許可が出たのは、湖が城壁からすぐの場所にあることと、今ならラテルにヨン、さらにはニコとカプカが必ずいるからだ。

『行く』

間髪入れずに返事をしたアトラは、スクッと立ち上がった。

『ミュー、乗れ。ちんたら日向を歩いたら、余計暑いからな。一気に行くぞ』

そう言って、アトラはベストにシャツ姿のミュリエルの襟首をくわえると、そのまま耳の間を上手く通して背中にポロンと転がした。


「わぁ。やっぱり水の上を通って吹く風は、涼しいですね」

整備された湖岸と桟橋のある場所まで来たミュリエルは、乱れる髪を払いながら背を伸ばし、風に向かって顔を上げた。髪を飛ばして首筋に触れる風が、大変心地いい。

湖をひと通り見渡してみたが、ヨンとカプカらしいものは見当たらない。サイラスの話では、湖上ガゼボが開放される前に、水中や周辺の安全確認がこの二匹により入念に行われるそうだ。カメのヨンはもちろん泳ぐことなどお手のものだが、クマのカプカも上手なのには驚いた。

カプカは潜るのも難なくこなし、小船にニコを残してかなりの時間潜水したりもしていた。

「姉上に皆さんも、こんにちは。今朝ぶりですね。涼みに来たんですか？」

声をかけられて振り向けば、弟のリュカエルが道を無視した森のなかからこちらに向かって歩いてくる。正式に聖獣騎士団に入団したリュカエルは、この時も黒い制服を着ていた。暑いのかジャケットは脱いで手に持っている。今まであまり黒い服を着ているところを見たことがなかったので、ミュリエルにとってはまだまだ目新しい。

しかし、とてもよく似合っている。ここのところ毎日見ていてもいまだにそう思ってしまうからか、ミュリエルは弟を前にすると笑みを控えることができないでいた。

「……しまりのない顔ですね」

姉がなぜ笑っているかなどお見通しのリュカエルが、ほんの少し眉をよせる。

『おい。スジオのヤツ、どうしたんだよ』

『そうね。あんなところで、何してんのかしら？』

アトラとレグはリュカエルが抜けて来た森の方向に顔を向けており、ミュリエルもつられてそちらを見る。するとなぜか、スジオは木立のなかから出てこようとしない。

もしや、あれは隠れているつもりなのか。前にある木の方が細いので体が概ねはみ出しているのだが、ちょうど顔の中心に木の幹がくるように佇んでいる。そのためスジオからこちらは見えないが、こちらからは丸見えの状態だ。

「あの、リュカエル、スジオさんはどうしたのですか？」

「あぁ。僕がスヴェンの背中から落ちてから、ずっとあの調子で……」

「えっ！　落ちた⁉　だ、大丈夫ですか⁉　怪我は⁉」

ミュリエルは慌てて弟の全身にくまなく視線を走らせた。するとリュカエルが左のシャツの袖をめくって見せる。姉の狼狽ぶりなど、どこ吹く風の冷静な対応だ。

「少し擦りむいただけです。落ちた瞬間は痛かったですけど、今はなんともありません」

赤く擦りむけている腕を一度なでてから、リュカエルは袖を直す。見たからといって治ったりはしないので意味はないのだが、ミュリエルはもう少ししっかり見せて安心させてほしかったと思った。しかし、きっちりと袖を戻されてしまったのでもう一度見せてくれとは言えない。

「えっと、とりあえずは、擦りむくだけですんでよかったです」

弟の自己申告を信じてミュリエルが言うと、リュカエルがその言葉で何かを思い出したように、遠くを見つめた。

「最初に受け身の取り方を、徹底的に叩き込まれましたからね。なんなら今も……」

よほどよくないことを思い出したらしく、声にげんなりとした色がにじむ。

『サイラスは、理不尽なことはしねぇだろ。それがオマエに必要だからじゃねぇか』

甘ったれんな、と言わんばかりの白ウサギの言葉を聞けば、どうやら今の言葉だけでアトラは事の顛末を把握したらしい。それにレグ達も続く。

『転ぶのが上手じゃないと、危ないしねぇ。レインなんて上手よ。転ぶの。起き上がるまでも早いし、なんならタダでは起きないわ』

『頭で考えるより先に体が勝手に反応するまで、叩き込まないと意味がないからな。それまでは、何度でも転ばされるだろう。まあ、頑張りたまえ』

『ダンチョーはんはあれでいて、訓練中は容赦がありませんから。目に浮かびます。穏やかに微笑みながら、ギリギリを攻めてくるとこ』

レグ達の言葉を繋げて考えると、どうやらリュカエルは受け身を体で覚えるために、サイラスによって何度も転ばされているようだ。あまり想像がつかなくて、ミュリエルは思わずリュカエルに確認した。

「サイラス様、そんなに厳しいんですか？」

「厳しい、という表現は、団長自身が常時穏やかな物腰なのでいまいち合いませんが……。やっていることは、普通に鬼ですね」

「えっ、お、鬼……？　サイラス様が？」

ところがさらに悩ましい表現をされてしまい、より困惑が深まる。そんなミュリエルの様子に、今度は逆にリュカエルが質問をしてきた。

「姉上には、いつも優しいだけですか？」

「え。あ、はい。どんな時も常に優しいです」

それ以外の表現はない。ミュリエルがどんなに突拍子のないことを言ったりしたりしても、サイラスはより添ってくれるし、いつだって気長に待ってくれる。確かにさらっと無茶を言うことはあるが、それが厳しいかと聞かれれば答えは否だ。そこからじっくりと今までを振り返ってみても、答えが覆る余地は少しもない。

「……本当に優しいのか、はたまた調教ずみなのか」

呟くリュカエルの声は、ミュリエルの意識の外だ。そのため、少々問題のある弟の発言を都合よく聞き逃す。そして、サイラスはやはり優しいという結論に至ると、一人で勝手に納得して頷いた。さすがリュカエルは、そうした姉の特性を熟知しており、聞く姿勢が整ったのを確認してから口を開く。

「まぁ、そんなわけで、僕もスヴェンもこれ以上は訓練にならないからと、団長に追い払われたんです。なので、ここに休憩に来ました」

話を結んだリュカエルは、振り向いたりせずに横目だけで自分の気弱なオオカミの様子をうかがった。スジオの位置は先程から少しも移動していない。

『なぁ、とりあえず日陰に移動しようぜ。話の続きはあっちで聞くからよ。ここは暑い』

スジオを気にしながらも、アトラがたまりかねたように言う。少しでも涼もうとしているのか、耳が船の帆のように風を求めて立っている。

「すみません！　風が涼しかったので、失念していました。すぐに移動しましょう」

ミュリエルはリュカエルを伴って、とりあえず一番近場の日陰に移動するように促す。

『アタシは水浴びをしようかしら？　してもいい？』

『レグ君、先走るな。水を浴びるなら、全員が退避してからはじめてくれ』

『それは絶対のお約束ですよ、レグはん。ボク、今は濡れたくない気分です』

レグの水浴び発言を受けて、ミュリエルは空の様子を遠くまで眺め、雨雲の気配がないことを確認する。今の時点で空模様は穏やかなので希望は聞けそうだが、そうなると全員そろってではなく、思い思いに休憩することになりそうだ。ならばミュリエルは、中間地点であるこの場で待機しているのが都合がいい。余っているガゼボに座っていれば、風も景色も楽しめる。

ただ、問題はやはり木の陰にいるスジオだ。あの場は涼しそうでいいが、独りでひっそり木立のなかというのは寂しい。ミュリエルは両目だけ隠して他は丸見えのオオカミに向かって、大きく手を振った。

「スジオさーん！　私達、涼みに来たのですが、こちらでご一緒しませんかー？」

逆の手を口に添えて叫んでみれば、片目だけが木の陰からそっとのぞいてくる。

「……はぁ。あれ、どうやったら機嫌、直してくれると思います？」

わずかに肩を落としたリュカエルに聞かれても、ミュリエルにできる助言にたいしたものはない。

「えぇと……、愛を叫ぶ、とか？」

単純な方法だが、きっと効果は絶大なはずだ。クールな弟にはいささか不向きな方法だが、だからこそ大きな効果があると思えた。

「……僕なりに、何度も告げてはみたんですけどね」

「えっ！」

意外すぎる返事を聞いて、ミュリエルは即座にどんな言葉で愛を告げたのか気になった。しかし、チラリと向けられた視線が聞くなと言っているので、ここは口をつぐむ。

「そもそも落ちたのだって、僕が悪いというか。スヴェンが責任を感じる必要はないんですよ。はっきり言って、足を引っ張っているお荷物は僕なので」

こんなに力のない弟の声は、聞いたことがない。ミュリエルは一瞬前に持った好奇心をすぐにしまって、親身に聞く姿勢になった。

「スヴェンの身体能力に、僕の体力とか技術が追いついていなくて。終始気遣ってもらっている状態なんです」

それは、ある程度仕方のない話ではないだろうか。文官を目指していたリュカエルに騎士としての下地があるはずもなく、求められる最低限を下回ってしまっても責められない。

誰が悪いという状況でもないので、誰かが謝るというのもおかしく、そうなると仲直りのきっかけ作りは難しいように思えた。

『……落とさないって約束してたのに、破っちまって合わせる顔がねぇ、って言ってるぞ』

「あっ。スジオさん、ここでの会話、ちゃんと聞いているんですね？」

普段、獣舎のなかにいても庭の様子を逐一（ちくいち）拾えるよい耳を持っている聖獣達だ。この距離で互いの声が聞こえないはずがなかった。ミュリエルは、アトラの言葉をリュカエルにも伝える。

「なるほど。じゃあ……」

傍（そば）に来てくれなくても、話を聞いているならばやりようはある。そう思ったのか、リュカエルの顔にいつもの余裕が戻ってきた。

「スヴェン、君、僕のこと故意に落としたんだ？」

『っ⁉　ち、違うっス‼　故意だなんて、そんなの死んでもしないっスよ‼』

弟の発言の意図が読めず表情をうかがおうとしたミュリエルの耳に、アトラを間に挟まずしてスジオの大きな声が届く。ミュリエルが先程呼んだ時は片目しか見せなかったスジオは、内容のせいもあるだろうが、リュカエルの小さい声には顔の全部を見せていた。両耳がピンと立ち力の限り真正面を向いていて、リュカエルの息遣いさえも逃さない構えだ。

「だって『落とした』んでしょ？　『落とさないでね』って僕が言ったのは、故意に、っていう意味が含まれていたんだよね。君は僕を『落とした』の？」

『落としてないっス‼』

完全に弟のペースに持ち込まれた会話の応酬に、ミュリエルは余計なことはせず、通訳だけに専念することにした。話はまだ半ばだが、この様子ならば大丈夫だろう。

「うん。知ってる。僕が落ちる間際も遠くに跳ね飛ばさないように、とっさに体をひねってくれたでしょ？　ちゃんと、気づいているから」

明らかに柔らかくなった口調に、リュカエルのスジオに対する愛情が見える。緩みそうになる頬を必死で引き締めて、ミュリエルはなおも通訳に徹した。

「ということは、僕は『落ちた』んだよね。『落とした』んじゃないから、スヴェンは約束を破ったわけじゃないでしょう？　それとも僕を背中に乗せたら動きが制限されるから、もう乗せたくなくなっちゃった？」

『そんなこと、ないっス‼　あるわけないっスよ‼』

「じゃあ、まずは傍に来て慰めてよ。実は結構へこんでる」

顔は出したものの、まだ木の陰から一歩も動いていないスジオに向かって、リュカエルはお願いするように優しく首を傾げた。するとスジオは少し迷う素振りをしてから、キューンと甘えるように鳴きつつ、やっとこちらにやって来る。

「不甲斐なくて、ごめんね？」

『不甲斐ないのは、ジブンの方っスよ。ごめんなさいっス』

ベロベロと舐めるのではなく鼻先をそっとよせてくる気弱なオオカミに、リュカエルは苦笑いをすると、指先だけを使ってくすぐるようになでた。そして気持ちよさにスジオが目を閉じたのを見計らってから、突然ワシワシと両腕を大きく広げてかき回す。

『初々しいもんだな。ま、仲直りできたんならよかった。んじゃ、バラけるか』

スジオの気落ちが直ってじゃれはじめた様子に安堵したのは、ミュリエルだけではない。仲立ちの必要がなくなったことで、アトラも当初の目的を遠慮なく果たすことにしたようだ。今いる日陰よりもさらに緑が深く生い茂り、濃く影が落ちる奥へと足を向ける。

『クロキリはアタシと一緒よね？　じゃあ、行きましょうか！』

『レグ君、浅瀬までは一緒に行くが、途中からは別行動だぞ』

レグとクロキリは言葉と同時に、連れ立って未整備の湖岸の方へ回り込んで行ってしまう。

『アトラはん、ボクもお供します〜』

てっきり動かずここでまったりするのかと思っていたロロまで、アトラの後ろを追っかけてこの場からいなくなってしまった。

「えっと、スジオさんはどうしますか？　どなたかとご一緒しますか？」

じゃれあいから我に返ったスジオが、機嫌が直ったのはいいが取り残されてしまっている。

『えっとえっと、ジブンは……』

「行ってくれば？　ここで見ててあげるよ」

二方向にわかれてしまった面々を順に見比べたスジオに、リュカエルが声をかける。するとスジオはぴょこんと耳を立ててから、レグとクロキリのあとを追って走り出した。

「皆さーん！　今日は大丈夫だと思うのですが、時期的に急に雨が降りだすこともあるので、あまり遠くには行かないでくださいねー！」

姿が見えずとも声が届く範囲にはいてほしくて、ミュリエルは大きく声をあげる。人間であるミュリエルの耳に聞こえた返事は、クロキリとスジオの二者のものだけだったが、他の面々にも問題なく届いてはいるだろう。


聖獣達の涼に付き合うと言いながら、ミュリエルは久々にガゼボにて姉弟水入らずの時間を取ることができた。他人が見たら独りよがりの会話に見えたかもしれないが、ミュリエルとしては大変盛り上がった気でいる。思いがけずできた弟とのおしゃべりは楽しかったが、それにかまけていてはいけない。まだ遠いが、西の空がなんとなく曇りはじめたのだ。

何度か呼んだものの聖獣達からの応答がなく、もしや夢中になりすぎて声が聞こえていないのでは、と不安になったミュリエルは、リュカエルと手分けをして探すことにした。アトラ達はミュリエルが、スジオ達はリュカエルが担当し、それぞれ森と湖に向かう。

「アトラさーん！　ロロさーん！　どこですかー？　そろそろ帰りましょー！」

木々がそそり立つ獣道を進み、声を出してみてはしばらく耳を澄ませる。しかし、聞こえるのは自然が織りなす癒しの音だけだ。アトラとロロによって踏みならされた場所を進んでいるため、方向を間違えているとは考えられない。

日の光が葉の隙間から零れる明るい森のなかを、ミュリエルは同じことを繰り返しながら進む。しかし、少々心細くなってきた。

だんだんと来た道を戻りたくなってきた頃、崖の下に出てしまう。キョロキョロと辺りを見回せば、地面に新しく掘られたであろう穴を見つけた。せり出した崖を屋根のようにして掘られた穴は、真下に向かう縦穴ではなくやや斜めの作りになっている。入り口を注意深く見分すれば、白と黒に近い茶色の毛が落ちていた。これは間違いない。

「アトラさーん！　ロロさーん！　ここにいますかー？　そろそろお時間ですー！」

ミュリエルは穴の縁にしゃがむと、なかに向かって呼びかけた。しかし、返事はない。

「アトラさ……、ひぃっ!!」

ボコォッ!!　と、もう一度呼ぼうとしたミュリエルの声を遮って、正面の崖やや左手が爆発した。尻もちをついてしまったが、前に転ばなかったため穴に落ちるのは免れた。

『あ、開通や。ボクの勝ちぃ！』

爆破されたようにあいた穴から聞き慣れた声がしたと思えば、すぐにロロが顔を出す。

「ロ、ロロさ……、ひぃっ!?」

しかし、ドコォッ!! と、先程の爆発に負けない勢いで、今度は崖のやや右手が大きく土くれを吹き飛ばした。

『クソ！　僅差で負けたか！』

ロロからやや遅れて顔を出したのは、くわっと目も口も闘争心むき出しで開いたアトラだった。出てくるのは地面の穴からだとばかり思っていたのに、左右の崖から現れた二匹に、ミュリエルは動悸の激しくなった胸を押さえて半笑いを浮かべる。心細いから早く合流したいと思っていたが、こんなに急なのも心臓に悪い。ロロはさて置き、アトラの迫力がすごすぎだ。

『お。ミュー、どうした？』

ぶるるん、と身震いをしてからやっと気づいてもらえたミュリエルは、尻もちをついた体勢のままアトラを見上げた。立とうとして判明したが、どうやら腰が抜けている。

「お、お迎えにあがりました……。呼んでもお返事がなかったもので……。それで、あの、どうやら腰が抜けてしまい……」

情けない顔で手だけを伸ばすと、アトラは少し眉間にしわをよせたが何も言わず、ミュリエルの襟首をくわえるとそのまま背中に向かって転がした。

『ミューさん、ごめんなさい。穴掘り競争に夢中になってしもうて、気づきませんでした』

背中での体勢の立て直しも上手くいかないミュリエルを見かねて、ロロが大きな爪を器用に使っていい具合に座らせてくれる。

「お手数をおかけします……」

『今さらだな』

言葉はそっけないが態度が優しいアトラに甘え、ミュリエルは背に乗せてもらうことにした。来る時は多少時間のかかる道のりだったが、それも人間の足でのこと。聖獣にすればなんてことのない距離で、すぐに整備された湖岸付近まで戻ってくることができた。しかし、アトラの足がふと止まる。

「アトラさん？　どうしました？」

背中からのぞき込むように問えば、声量を落としたアトラの返事がある。

『サイラスがいるな』

探るような口ぶりに、ミュリエルは首を傾げた。いるのがサイラスならば、何も問題はないはずだ。

『けど、警戒してる。向こうから、知らねぇヤツが来るからか？』

長い耳が、音を拾うために微調整を繰り返している。ミュリエルは邪魔をしないように息を潜(ひそ)めた。前方に注意を向けてみるが、ミュリエルの目と耳では何も感じられない。

『ほんまや。……ここは出ていかんと、様子を見た方がええと思います』

アトラとロロの判断により、ミュリエルはこの場でしばし身を隠すことにした。

いつまで待機になるかわからず、お座りしたアトラの背からも滑りおろされてしまったため、手近な倒木にでも腰かけようかと辺りを見回す。すると、音を拾い続けていたアトラとロロが、湖がある方向へ顔を向けた。

つられて見ても何もなかったが、しばらく待っているとパキパキと小枝を折りながら進んでくるレグに、チョンチョンと地面を歩いてくるクロキリ、そして背中にリュカエルを乗せたスジオが姿を現した。

「どうやら、そちらも無事に合流できたようですね。それで姉上、状況を教えてくれますか」

リュカエルは自らの意思でこちらに来たわけではなく、どうやら何事かを訴えるスジオ達に連れられるままに、こちらまでやって来たようだ。

「えっと、私もよくわからないのですが、サイラス様が桟橋に来ているそうなんです。ただ、招かれざるお客様もいるみたいで、アトラさん達が出ていかない方がよいと……」

眉をよせつつ説明すれば、リュカエルも思案顔だ。

「……なるほど。では、僕だけ行って様子を見てきますので、姉上は皆さんとここで待機していてください」

「えっ？　ですが、スジオさんは……」

様子を見に行くと言いながら、リュカエルはスジオの背から降りてしまう。

「皆さんがそろって出ていかないところを見ると、関わりたくない案件なのは明白です。スヴェンを連れて行って、嫌な思いをさせたくありません」

『ジ、ジブン、リュカエルさんが行くなら行くっスよ！』

降りてしまったリュカエルを、スジオがすぐに背中に誘う。クルリとその場で一周して、乗りやすいようにリュカエルの正面に背を横づけした。

「いいよ、大丈夫。突入するわけじゃなくて、僕はなんの話をしているのか盗み聞きをしたいだけだから」

わかりやすい仕草で騎乗を求められたが、リュカエルは薄く笑ってスルリとかわす。

「リュカエル、あの、あまりお行儀がよくないような……」

弟の選んだ言葉が、まずよくない。これがもっと模範的なサイラスを心配する言葉だったのなら、ミュリエルもすんなり任せられたのに。とはいえ、誰が来ていようとサイラスが相手をするのなら、そもそも何も心配はいらない気がする。よって、スジオを残して行くくらいなら、リュカエルもここで待機でもいいと思ってしまった。

「わかっています。ですが、把握しておきたいんです。また余計な仕事を引き受けるようだと困るので、目を光らせておかないと。このところの僕の努力が、無駄になるではありませんか」

しかし、続けてされた補足がリュカエルらしい。姉として言葉の根底に思いやりを感じたため、ミュリエルとスジオはどちらからともなく目配せをしてから、弟を送り出すことにした。

「では、姉上はお得意の本の話でもして、皆さんの時間を潰してあげてください」

比較的大人しく待っていられそうな提案までしっかりしてから、リュカエルは背を向けた。脇道からここに合流したはずなのに、初見となる桟橋までの道を迷わず進んでいく。

『リュカエルなら大丈夫だろ。まぁ、待ってるだけってのも暇だからな。アイツの言う通り、なんか新しい本の話、してくれよ』

アトラからお話し会のおねだりを聞いて、ミュリエルは勢いよく振り返った。ぼんやり待つよりよほど有意義だ。

「はい、喜んで！　えっと、では、仮装祭も近いということで、仮面がキーアイテムの物語はいかがでしょうか？」

いつ何時の要望にも応えられるよう、ミュリエルに抜かりはない。おうかがいを立てると、誰もが楽しそうに頷きながら続きを待っている。その様子を確認してから、ミュリエルは手ごろな倒木に腰をおろすと、恒例となるお話し会に突入した。

「題名は、『怪人百二十面相と塔の姫』と言いまして……」

この物語は、どんな者にも変身できる不思議な仮面を持った男と、美しすぎるがゆえに塔に幽閉されてしまったお姫様のお話だ。男の持つ仮面は、普段は右側が白で左側のみに青い模様が描かれたものなのだが、ひとたび願えばそれが人であれ動物であれ、本物そっくりに変化することができる。しかも、変化したものと同等の能力まで得ることができた。

古くからある物語だが、いまだに人気があり誰でも知っている。そのため、流行り廃りに左右されず、仮装祭でも必ず誰かしらこの仮面を模したものをかぶっていた。

お話の内容は、そんな仮面を手に面白おかしく生きていた男が、たまたま興味本位で塔の姫に会ったことで、次第に彼女の心の優しさと孤独に触れて絆(ほだ)されていくというものだ。

男は仮面の力を使って姫を塔から助け出す。そして無事に塔から逃げ出すと、男は姫の美貌を隠すために仮面を彼女に譲ることにした。しかし、今まで常時仮面をつけ、自分の本当の顔をさらすことに慣れていない男は、姫の前からも立ち去ろうとする。もちろん、姫がそれを引き止めないはずがない。成り行きから気持ちを打ち明け合ってみれば、意外と二人は似た者同士であった。それに気づいた二人は、互いだけの結婚式をして、そのままひっそりと仲良く暮らすのだ。

冒険や事件はなく、二人の心の交流を軸としたお話で華やかさもない結末だが、じんわりと温かい感じがミュリエルは大変気に入っている。

『普通、だな。自分じゃねぇもんになれる仮面に、そもそもあんまり興味がわかねぇし』

『うーん、そうねぇ。アタシも自分に自信があるから、変身願望はないのよね。でも、あるなら使ってみたい気はするかも』

『いつも通り突っ込みどころが満載だったな。だが、仮面については、まぁ、ほどほどに遊ぶ程度なら面白いだろう』

今まで開催してきたお話し会では、見られなかった反応だ。お姫様を助け出すくだりは楽しんでもらえたようだが、この物語の一番の売りである「仮面」への食いつきが悪い。ミュリエルとしては時節にあった物語だと思ったのだが、これは選択を誤ったかもしれない。

『あの、でも、作り話だからなんでもアリとしてっスよ？　この仮面を使ったら「アレ」にもなれるんじゃないっスか……？』

違う物語にすればよかったと後悔しかけたところに、スジオの発言が重なる。アレとは？　と首を傾げたミュリエルは、ドレのこと？　と同じように考え込んだアトラ達を順に見回した。そのなかで、一番早く答えにたどり着いたのはロロだ。

『あ、ボク、わかった！　リーンさんが描いた、擬人化のヤツ！』

「っ！　あぁっ！　いいですね、それ！」

瞬時に目を輝かせて、ミュリエルはパチンと手を打った。頭に浮かぶのは、眼光鋭く制服を着崩しているため柄は悪いが、どこか気品のある青年アトラ。大きな体に改造した制服をまとい、レースやアクセサリーを合わせた女装レグ。キチッと整った身なりで胸を張る、紳士なクロキリ。人懐(なつ)っこい様子で犬歯を見せて笑う、困り眉のスジオ。そして、天使の輪が光るショートボブに半ズボン姿の美少年ロロだ。確かに、もし仮面が手に入るのなら、絶対にそれぞれに変身して見せてほしい。

『それはいいかもな。これからの時期は、人間の方が涼しそうだ』

『何言ってんのよ、アトラ！　人型ならオシャレし放題じゃない！　そっちの方が大事だわ！』

『着飾ることができるのか。ならば、悪くないな。さりげなく光モノを取り入れたいものだ』

『えへへ！　リュカエルさんと、おそろいの格好もできるってことっスよ！』

一気に盛り上がってはしゃいでいると、カチカチとロロが爪を鳴らして注意を引く。

『ちょっと。何言ってますの、皆さん。一番大事なこと、忘れてます』

やれやれ、といった様子で含みをもって笑うロロに、全員で目を向ける。するとロロは大層得意げに、そしてなんとも悪そうに、ニヤリと笑った。

『人間になったら……、……、……、人間の食べもの、食べ放題やないですかーっ!!』

その言葉を聞いた瞬間、聖獣達の反応はまさに劇的だった。音としてどう表現したらいいのか。歯音も鼻息も鳴き声も、あまりに同時すぎて聞きわけることができないほどだ。しかも耳はピンと立ち、目は見開かれ、毛もふくらみ、尻尾はうなるほどに振り回されている。

「み、皆さん、お、お、落ち着いて……！」

ジュルリ、ゴクリ、とよだれの音まで混じっているのは、気のせいだと思いたい。ミュリエルは倒木から立ち上がって、右に左に掌(てのひら)を見せてどうどうと下に向かって忙しく振る。

「あ、あの！　だ、駄目ですよ！　隠れている最中なのに、こんなに大騒ぎをしては……！」

自分まで大きな声を出すわけにはいかず、しかし小声では届くものも届かないと、ミュリエルは白ウサギに抱き着きながら訴えた。

『あ？　あぁ……』

それにより、やっと状況を思い出してくれたアトラが、長い耳を帰り道に向ける。

『どうやら、あっちもそろそろ終わりみてぇだな』

ミュリエルでは判断のしようがないため、アトラがそう言うのならこの場にとどまり続ける意味はない。アトラが伏せてくれたので自力で背中によじのぼり、乗せてもらった。

　とくに急ぐことなく、来た道を戻る。するとすぐに、木々の先が開けているのが見えてきて、その隙間からサイラスとリュカエルの黒い制服も確認できた。しかしアトラは、葉陰から出きらない位置でまたもやいったん足を止める。

『ちっ。思ったより、歩くのが遅いな』

　嫌そうに舌打ちしたアトラの顔が向いている方を見てみれば、背を向けて去って行く一人の人物がいた。パッと見た感じ、その人物は壮年の男性だ。白髪の多く交じった薄墨色の髪で、横顔に軽い笑みを張りつけつつ、オレンジ色の瞳を細めている。しかし、騎士でもしていたかのように姿勢はよく、体つきもしっかりとしていた。

　男性が完全に見えなくなったところで、アトラがやっと葉陰から出る。姿を完全に現す前に、サイラスの視線はこちらを捉えていた。

「アトラか……、それにミュリエルも、聞いていたか？」

　白ウサギの背からいいえ、と返事をすると、サイラスは軽く微笑んだ。

「今まで身を隠してくれていて、助かった」

　その一言で、やはり聖獣達に聞かせたくない話であったのだとミュリエルは気づいた。同時に、相手と会わせたくなかったようだ、ということも。

「あの……」

　ミュリエルが声をかけても、サイラスはもう一度頷いただけだった。隣にいるリュカエルは、視線を向けても何も言ってくれない。

「ひと雨、降りそうだな。とりあえず、帰ろうか」

まだまだ崩れるのは先だと思っていた空に、雨雲が迫っている。先程よりずっと涼しくなった風に流される雨雲に追いつかれないように、ミュリエル達は帰路についた。

湖でミュリエルにとっては見知らぬ人物と接触してから、数日。ミュリエルはサイラスから、あの薄墨色の髪の男性はジュスト・ボートリエ侯爵という者だ、と説明を受けていた。

あの日ジュストは、聖獣騎士団に頼み事を持ってきたらしい。その内容とは、劇をしてほしいという突拍子のないもの。聖獣騎士団が仮装祭に出ることを聞きつけたジュストが、ならば『竜と花嫁』の一節だけでも演じてもらいたい、と言い出したようだ。

そもそもそんな考えが出てきた背景には、湖の向こうに見えた離宮を仮住まいとしている国賓(こくひん)の存在があると聞く。そのお方をもてなしたい、というのがジュストの主張だ。そこからミュリエルが察するに、きっとやんごとなきお方がお忍びで我が国に身をよせているのだろう。

国事に触れる機会のないミュリエルに、難しいことはわからない。だが、劇をやるというのならぜひ見たい。リュカエルがすんなり引き受けたことに多少疑問は残るものの、劇の開催は大歓迎だ。自分が気楽な立場であるのをいいことに、ミュリエルはとても楽しみにしていた。

この日は午前中にサッと雨が降ったため、午後になって日が出てきた今も少し涼しい。というわけで雫を残した芝の上に、いつもの面々で集まっている。何をしているのかと問われれば、リュカエルとスジオによる、できあがった仮装祭用衣装のお披露目会だ。

「とても素敵です！　リュカエルもスジオさんも、よく似合っています！」

ミュリエルが惜しみない拍手を送っても、リュカエルの反応は薄い。スジオは褒められて嬉しいのか、ハッハと舌を出して笑顔を見せていた。

リュカエルの花嫁衣装は、一般的なウエディングドレスではない。色こそ白だが、ローブと呼んでも間違いにはならない生地の厚さとデザインで、華やかさよりも禁欲的な印象が先立つ。それでも清貧とまでいかないのは、透け感はなくとも金糸の刺繍が施されたベールと、金の冠をかぶっているからだろう。

「ドレスを着せられる覚悟をしていたので、袖を通して安心しました。少し暑いですが、まぁ、それは甘んじて我慢します」

長い袖は手の甲を隠すほどだが、袖口は大きく広がっている。リュカエルは服のなかに風を通すように、袖口を指先で摘まんで軽く振った。縫い留められた金の房飾りが、本人の暑い発言とは逆に涼やかに揺れる。

一方、スジオの竜の衣装だが、こちらもリュカエルと同じく色は白だ。しかし、こちらは透けるオーガンジーを使って鱗が表現されており、重なった具合や光の加減で白の濃淡がついて綺麗だ。パッチワークのように均一に繋げられた同じ大きさの鱗は、ひと片ずつ銀糸で縁が縫われている。そのおかげで軽さを保ったまま風に負けない作りになっていた。スジオの動きに自然に添うよう、工夫された結果だろう。

『これ、すごく軽くて動きやすいっス。鎧みたいなのを想像してたんで、このデザインでよかったっス』

サイラスが当初から言っていた通りの出来だ。竜の尾の部分の作りも素晴らしく、スジオの尻尾に連動する作りになっている。緩やかに左右に揺れる様などは、とても自然だ。

「想像していた以上だな。リュカエルもスジオも、ミュリエルの言う通りよく似合っている」

「デザインの原案は僕ですよ！　竜は、一般的に知られる四足歩行形で翼あり。そして後方に向かって伸びる二本の角については、ねじれ型を採用してみました。竜も花嫁も参考資料はわざと古いものにしたのですが、いい選択だったでしょう？」

「話を聞いた時は私とレグが一番似合うと思ったが、団長の言う通りリュカエルとスジオの方が適任だったな！　とくにこの竜の形は、スジオでないと着こなせなかっただろう」

サイラス、リーン、レインティーナと、全員の発言にミュリエルは全力で同意した。素敵すぎてずっと見ていられる。

『やっぱり、格好いいな。いいんじゃやねぇか』

『羨ましいわぁ！　素敵だわぁ！』

素直に褒めるアトラとひたすら羨ましがるレグの様子に、笑いを誘われる。聖獣の目から見ても上々の出来のようだ。

『……、……、……なぁ、ミュリエル君。ものは相談なのだが、試着だけさせてくれないか。本番はスジオ君の役目だが、今ならば構わないだろう？』

クロキリの発言に感化されたのか、アトラは興味を引かれたような目を、レグはあからさまに期待した目を向けた。ミュリエルは試着した際の状況を想像して瞬いた。アトラはまだいい、クロキリもなんとか大丈夫だろう。しかし、レグがスジオの体に合わせて作られた衣装を着るには、かなりの無理がある。

『そう言うて、はしゃいで壊したらどないしますの？』

一瞬、それでも気がすむのなら試着くらいはいいかもしれない。そう思ってしまっていたミュリエルは、続くロロの突っ込みに慌てて言葉を飲み込んだ。

『はしゃぐほどじゃねぇよ。ただ、せっかくなら着てみるのも悪くねぇと思っただけだしな』

アトラのこの態度と言葉は信じられる。しかし、続くレグの興奮具合とクロキリの悪びれない発言は大変危険に思えた。

『ちょっと見せびらかすくらいの動きじゃ、壊れたりしないでしょ？　平気よ！』

『うむ。ワタシの優雅な動きで壊れたのなら、作りの方が悪いと言える』

しかもその場にとどまるアトラと違って、レグとクロキリはもう試着する気満々だ。その迫力に気おされて、スジオが後退りをはじめる。

『ちょ、ちょっと、待ってくださいっス！　せっかく綺麗な衣装を作ってもらったのに、壊れたら悲しすぎるっスよ！　皆さんが試着するのは、本番が終わるまで待ってくださいっス！』

ジリジリとスジオへの包囲網を狭めていくレグ、そしてクロキリ。

『おい。やめとけって。もうすでに、ロロの言う通りになりそうじゃねぇか』

『大丈夫だってば！　ほら、怖くなーい。怖くなーい。だから、ね？　貸・し・て？』

『我々とスジオ君の仲ではないか。この程度、よいだろう。なぁに、節度と順番は守る』

顔に影を落として悪い笑顔で迫る二匹の言葉は、信じて貸す説得力に欠けている。スジオは尻尾をまたに挟みたいようだが、竜の尻尾がかぶさっているために上手くいかない。追い詰める行動に加担してないアトラとロロに、スジオがすがるような眼差しを向けた。

『引きそうにねぇな。節度と順番守るって言うなら仕方ねぇ、スジオ、貸してやれ』

『スジオはん、何事も諦めが肝心や。スパッと諦めた方が、傷は浅くてすみます』

それなのにアトラは諦め、ロロに至ってはまったく親身ではなかった。完全に壊れる前提でなされた助言に、とうとう竜の尾の制約を振り切ってスジオの尻尾が内側に丸まった。引っ張られる形で無理な方向にねじれた竜の尾が、ギギギッと地面に爪を立てて土を掘り返す。

「皆さん、なぜスヴェンに迫っているのですか？　怖がっているのでやめていただけませんか？」

迫りくる大きな体の前に割り込んだリュカエルが、スジオを背に庇う。するとスジオは頭を低く下げて、背の陰に隠れた。とても既視感のある姿だ。目だけはかろうじて隠れているが、体が丸見えである。

レグとクロキリはそれ以上迫らないが包囲網を解くこともしない。そのためミュリエルは、リュカエルから状況の説明を視線で求められた。

「あ、あの、お二方とも竜の衣装が羨ましいようで……。えっと、たぶん、ご自分達も試着してみたいのだと……、思います」

この場における決定権はサイラスにあり、それでなくとも困った時は頼ればなんでも解決してくれる。よい案を期待して、ミュリエルはサイラスの言葉を待った。

「衣装に不備が出るのは困るから、我慢してほしい。だが、もう一つの衣装であれば、完成前の手直しが利く時点での試着は認めよう」

「えっ？　もう一つ、ですか？」

期待通りに場を収められそうな提案ではあったが、気になる言葉が出てきた。皆の疑問を代表してすぐに聞き返せば、説明が続けられる。

「あぁ。国賓に見せるものなのだからもっと豪華なものを、という意見が上がってきている。どうやらもう一着ずつ、用意することになりそうだ」

今リュカエルとスジオが身に着けているものも、それなりに豪華なものだ。しかし、この上を行くものを考えていると言われて、ポカンと口があいてしまう。

『もっと……』

『豪華な……』

それは聖獣達も同じだったらしい。

「少し、待てるか？」

茫然としている面々が面白かったのか、サイラスが笑いを堪えながら確認してくる。

『待つわー！　だってもっと豪華なんでしょう？』

『うむ。いいだろう。楽しみをあとにとっておくのも乙なものだ』

ミュリエルがレグとクロキリの言葉を代弁すれば、サイラスは笑みを深めた。

「では、台本を用意しましたので、さっそく劇の練習でもしましょうか」

話が一段落したところで、リーンが楽しそうにジャケットの内側から台本を取り出した。どうやら一冊だけではなく、人数分持ってきていたらしく、ささっと配ってくる。

「今からですか？」

怪訝そうに眉をよせるリュカエルにも、リーンは楽しそうな様子を少しも崩さない。

「えぇ！　せっかく衣装も合わせていることですし！」

ということで、初回となる劇の練習がはじまった、のだが。

『おい、いくらなんでも棒読みすぎるだろ』

『リュカエルちゃんてば、なんでもそつなくこなしそうなのに、お芝居は駄目ね』

『ミュリエル君は本の語り聞かせが上手いというのが、今さらながらよくわかったな』

『なんちゅう無表情な花嫁さん。まるでこの世の不幸を全部背負うてるようです』

アトラ達の言う通り、主役のリュカエルの演技が無味乾燥すぎる。リーンの指導により、本人も声に抑揚をつけようと意識はしているらしい。だが、ひどく不自然だ。一方、竜の台詞はスジオの動きに合わせてサイラスが担当している。こちらは予想を裏切らない上手さで、まったく問題なかった。

劇の練習をはじめるにあたって、ミュリエルはアトラ達と日陰で観客役をやっている。声がちゃんと聞こえるかを確認するためだ。レインティーナは日陰をミュリエル達に譲り、サイラス達を挟んで向こう側の日向で、一人で鑑賞していた。

劇をやることになった場面は、『竜と花嫁』のほんの一節。互いの違いを痛感した竜が、花嫁を人の生活に戻そうとする箇所だ。しかし、花嫁がそれでも傍にいたいと願う場面でもある。

『これ、仕上がるのかよ？　……あぁ、雨が降ってきたな』

『あら、お天気雨ね。うふふ。キラキラして綺麗ね』

アトラとレグの言葉に、ミュリエルは空を見上げた。

「仮装祭の日も、こんなお天気雨が降るといいですね」

細かすぎて漂うように降る雨は、木陰にいると少しも体に当たらない。もっと降るなら劇の練習も中断になるだろうが、キラキラと輝くお天気雨のなかで向かい合うリュカエルとスジオは、先程よりずっと雰囲気がある。

『ミュリエル君、なぜ仮装祭の日は雨の方がいいのだ？』

『普通、お祭りやったら晴れが喜ばれるんと違いますか？』

ミュリエルにとっては何気ない一言だったが、聖獣達にとってはそうではなかったらしい。

それもそのはず、この言葉に同意するには、仮装祭の上辺を知っているだけでは足りない。

「あ、えっと、それは、仮装祭って今はお祭りの意味合いが強いのですが、本流が古い信仰にあるからなんです。それには雨がかかせなくて……」

現在でこそ完全に娯楽でしかない仮装祭だが、今説明した通りもとをたどれば古くからある信仰に端を発する。それは、この地に住む者の死生観からなるものだ。

心が風にほどけ、体が土に還り、魂が水を巡る――。そんな古い文言から、命日やそれに準じる日に降る雨には、故人の魂が宿ると信じられていた。

小難しくなっていく話の方向に、ミュリエルはここでいったん聖獣達の反応をうかがった。アトラ達はまだ興味を失わず聞く姿勢だ。ならば説明を続けてもいいだろう。

「ですが、雨は誰の上にも平等に降ります。そこで、故人を想う人々は、亡くなった方の生前の姿を真似た格好をすることにしました。ひとところにない魂に現世を思い出し、自分のところに間違いなく戻ってきてくれますように、とその格好に願いを込めたからです」

ちなみに身近な人の死に触れたことのないミュリエルは、誰かのために雨を待ったことはない。水の循環に魂の循環を重ねていることは知識として知っているが、それだけだ。

現在でもこの信仰は、ありふれて浸透している。しかし、個人の裁量で日にちなどが決まっていなかったものが今の時期に定着したのは、きっと故人の魂が宿っているのなら綺麗な雨がいいという想いがそうさせたのだろう。どんよりとした空から降る雨ではなく、この時期特有の晴れ間から落ちる雨粒は、明るく綺麗だ。そんな時は虹が出ることも多く、七色に彩られた雨はなおさら美しい。

「ですので、仮装祭の日はお天気雨が喜ばれますし、土砂降りでも中止になりません」

自分の説明で理解できただろうかと、ミュリエルはアトラ達に向かって首を傾げた。なんとなく感心しているような雰囲気なので、どうやらちゃんと伝わったようだ。

物語を話して聞かせるのは得意だが、何かを説明するのが得意ではないミュリエルは、そんなアトラ達の様子に自信をもらい、にっこりと笑顔になった。

「姉上！」

「っ!? は、はいっ！」

芝の上に座っていたミュリエルは、不意に弟からきつく呼ばれ、反射で立ち上がった。

「今の僕の台詞（せりふ）を批評してください」

「えっ……。えぇと……」

完全に目を泳がせている姉を、弟は冷ややかに眺める。慣れない演技に四苦八苦しているというのに、ミュリエルがアトラ達と違う話題に夢中になっていたのが、リュカエルの日に入っていたのだろう。それを知っての意地悪な質問は、八つ当たりと見て間違いない。

「す、すみません……！。ここからは、もっと真面目（まじめ）に見ますので、あの……」

それでも、ミュリエルは深い反省を示した。リュカエル本人にも、八つ当たりの自覚があったのだろう。素直に謝られているのに、さらに吹っかけるほど大人げのない性格ではない。

リュカエルの詰問（きつもん）する視線が外れる。赦免を感じたミュリエルは、姿勢よく膝（ひざ）を抱えてその場に坐（ざ）した。

それからしばらく、練習は続く。無味乾燥なリュカエルの台詞に、逆に味わい深さを感じるようになるまで、ミュリエルはアトラ達と一緒に姿勢を崩さず劇を鑑賞した。

夕暮れ時の執務室に落ちる沈黙を、サイラスはリーン、そしてリュカエルと共に囲んでいた。言葉を発するのに時間がかかってしまっているのは、リュカエルから落とされた質問が予想より踏み込んだものだったからだ。考えあぐねていれば、リュカエルはさらに質問を重ねてくる。

「ちなみに、うちの姉上はどこまで見知っているのですか？」

「君と、たいして差はない。しかし……」

「ははっ。ミュリエルさんは、リュカエル君と違ってのんびりしていますから。たぶん大抵のことは聞き流していると思いますよ」

濁した先をリーンに言われてしまい、サイラスは薄く微笑んだ。他人の作為的な思惑に興味がないのは、ミュリエルの長所だ。サイラスはもとよりアトラ達も、さらにはリーンを含めた周りの者達も、皆そのままの彼女でいてほしいと思っていることだろう。

そしてリュカエルにも、今はまだここまで深く関わらせるつもりはサイラスにはなかった。しかし、見聞きしたほんの少しの情報だけで、自力で状況を予測しほぼ正しく導き出してしまったのなら、止めようがない。

目端が利く彼は、ここぞという時には驚くほど的確に傍にやって来る。あの湖での時もそうであったし、今夜とてそうだ。本来であれば、リーンとの間だけですませてしまおうと思っていたのに。

「姉上には、ぼんやりしているのが似合います」

リュカエルの素直でないもの言いに、真面目な場の空気にそぐわないと知りつつ、サイラスは思わず目もとを緩めた。こんな感想を言ってしまえば子供扱いだと怒らせてしまうだろうが、微笑ましいことこの上ない。

「私とて、ミュリエルには常に笑っていてほしい」

リュカエルの言っていることは、つまりはそういうことだ。サイラスはそれを正確に汲み取り、返してみせる。聖獣に関する難局に居合わせてしまうのは避けられない。しかし、人為的なものからはなるべく離れた位置にいてもらいたいと思うのは、サイラスとリュカエルにとって共通の認識であった。

それなのにリーンだけはあごに手を添えて首を傾げ、うなっている。サイラスとリュカエルが視線を向けると、リーンはパッと手をおろした。

「あ、いや、僕もミュリエルさんには笑っていてほしいんですよ？　政治的な要素を聖獣番であるミュリエルさんに、必要以上に吹き込む必要もないと思っています。ですが、もう少し匂わせて心の準備をさせておいてあげても、いいような……？」

折に触れて、そのような言動がリーンにあるのは把握していた。だが、この場でわざわざ口にするということは、ミュリエルに対する過保護を遠回しに指摘しているのだろう。

「今さらそんなことを言わなくたって、リーン様はどうせ姉上の前でも微妙な言葉遊びをしているのでしょう？　僕の前でだってそうじゃないですか。ここまで僕が気づけたのだって、そのせいなんですから」

「えへ。だって僕、リュカエル君には執務室組に加入してほしくって」

悪びれない確信犯は、モノクルの奥の糸目をニンマリとした形にした。リュカエルについては今はまだ早くとも、今後はそうなるだろうとサイラスも思っていた。そのため、あまり強く何かを言うことはできない。リーンとしては、その点もよく理解しているのだろう。

「だが、ミュリエルについては、やはり聖獣番としての立場を大事にしてあげたい」

そんなサイラスの言葉に、すぐさま同意をしたのはリュカエルだ。

「姉上は、一つに集中させた方がいいですよ。色んなことをやらせると、爆発します」

至極真面目な様子で爆発するなどと言う、リュカエルは面白い。しかもミュリエルが爆発する様子も安易に想像できてしまったため、サイラスは軽く息を吹き出すように笑ってしまった。リーンも同時に同じような状態になっていたのだから、同じものを想像したのだろう。

「僕はお二人と比べると、ミュリエルさんとの距離が少し遠いですからね。では、現状維持にしておきます」

自分の意見を押し通すようなことはせず、リーンはなごやかに笑って言った。これでこの話は終わりだ。そう思ったサイラスだったが、やはりミュリエルと違ってリュカエルは騙されてくれないらしい。

「それで、話を戻していいですか？　団長が言い淀んだ時点で答えはほぼわかったのですが、ちゃんと答え合わせをさせてください」

仕方なく目線で促せば、リュカエルは淡々とした口調で言い切る。

「九官鳥とお二人が呼んでいるのがジュスト・ボートリエ侯爵、繋がりがあるのが湖のほとりに滞在中のお方、そういう認識でよろしいですよね？　……ということで、これからは内緒話に、ぜひ僕も加えてください」

聞いておきながら、口ぶりは間違っていないと知っている者のそれだ。そして、言っていることは間違っていない。ただ、すんなりと希望を聞くには時期尚早だ。

「……私としては、もう少しあとにしたい。君には騎士としての伸びしろも、大事にしてほしいと思っている。だから、この場では前向きに検討しよう、とだけ言っておこう」

変にはぐらかすのはリュカエルの性格上よくないことはわかりきっていたので、サイラスは思っていることを正直に伝えた。やや不満そうな顔に苦笑いを見せて、話を進める。

「当面は、無事に仮装祭と劇を終えることを見据えて動くことになる。質問は？」

「はい、一つ。青林檎は何も言ってきませんか？」

せっかくしばしの保留にしたというのに、リーンの口から飛び出したのは、リュカエルからまた言葉遊びだと指摘されてしまいそうな台詞だ。わざわざこの場でその言葉を選んだことで、リーンが完全にリュカエルの味方だということがわかる。少し困ったように眉をよせれば、リーンは悪びれのない笑顔を浮かべた。

「手紙が来た。ただし、ミュリエル宛てに」

「なんと？」

「私とミュリエルの関係を固めておけ、という内容だな。自身にも想う相手がいるから、と」

グリゼルダからの手紙は、親しい相手に送るものとして不審な点はないが、なんとなく裏を匂わせる言い回しになっていた。ただ、時期に背景、そして用いた手段を総合して考えれば、緊急性はそこまでない。それどころかむしろ、これから起こることを大事と取ることがないように、と伝えている気配の方が強い。

しかし、また煩わしいと思わせる何かが起こるのは確かだろう。それはサイラスとミュリエル、ひいてはグリゼルダに関する何か、だ。

「まぁ、難しい顔ばかりしていても早く解決するわけではないですから。何事も、笑顔を心がけて乗り切りましょう！」

明るく言ったリーンは、サイラスが考えたところまで同じように考えたのだろう。一方、リュカエルにはまだ少し時間が必要そうだ。それでも順序立てれば、答えにたどり着くことはできるだろうが。

「……笑顔を心がけるまでもなく、深刻な状況でも難しい顔をし続けられない方達の集まりじゃないですか、ここは」

「ふふっ。それってリュカエル君も込みですよ」

年長者二人からの含みのある視線を感じたのか、この場で思考に沈む姿を見せるようなことはせずに、リュカエルはすぐに軽口に合わせた。その対応に満足したのはサイラスだけではない。現に続くリーンの声はより弾んで楽しそうだ。

「ほら、団長殿は手紙でも勧められていることですし、プロポーズの段取りのことでも考えたらいいんじゃないですか？」

「プロポーズ、ですか？」

明るく楽しい話題となると、ここ最近はめっきりサイラスとミュリエルについてばかりだ。事前に湖上ガゼボの予定を話した時に、リーンに向けて軽く事情を口にしてしまっていたため、いい話題の的になってしまったようだ。

「あぁ。婚約者にはなったが、ちゃんとした場を設けていないのが気になっていて……」

続きを聞きたそうにしているリュカエルの視線に負けて話せば、反応はすぐさま返ってきた。

「やはり大事な節目ですからね。ビシッと決めた方がいいと思います。団長殿、頑張ってくださいね！」

「どんな状況になるかは目に浮かびますが、ちゃんとしないのもどうかと思いますから。まぁ、成功を祈ります」

二人らしい応援を受けて、サイラスは伏し目がちに微笑んだ。色々と頭を悩ませる懸案はあるが、どうせ悩むのならやはりこうした楽しいものの方がいい。

とうとう仮装祭の当日を迎えた。準備は万端なため、出番が来るまでは意外と暇だ。自分が何かするわけでもないのに、そわそわと落ち着かないミュリエルを見かねたのか、サイラスが街に誘ってくれた。この日は仮装したまま日常生活をする者も多くいて、ただ街を散策するだけでも楽しいため、ミュリエルも喜んで誘いを受けた。とくに流行りが男装に女装、聖獣達を模した格好なのだとくれば、ぜひ見てみたい。

そんなわけでサイラスとミュリエルは街に出ることにした。だが、二人きりというわけではなかった。たまたまレインティーナとリュカエルも街に行くのだと聞いてしまい、遠慮されたものの、同じ場所から同じ場所に向かうのに別々というのもおかしいと、四人で出かけることになったのだ。レインティーナはこの時期限定で売り出されるお菓子の詰め合わせが欲しいと言い、リュカエルは女装がどのくらい流行っているのか自分の目で確かめておきたいと言う。

かくして四人は私服に身を包み、街に繰り出した。

サイラスの私服姿が素敵なのは言うに及ばず、また、レインティーナの格好が奇抜なことも言うまでもない。そして、ミュリエルとリュカエルはと言えば。

「ははっ！　二人は本当に仲がいいな！」

と、ひと目見たレインティーナに笑われるくらいには、示し合わせたような服装をしていた。

「あ、ありがとうございい、ます？　えっと、ですが、事前に打ち合わせたわけではなく……」

「当たり前です。幼児ならいざ知らず、何が悲しくて姉とおそろいの格好で出かけなければならないんですか」

若草色のワンピースを着ているミュリエルがやんわりと否定すると、同じく若草色のベストにズボンを合わせたリュカエルがかぶせるようにきっぱりと否定する。

普段であれば、ミュリエルとしては弟と格好がかぶっていようと気にならない。しかし、この時ばかりは弁明するようなことを言ってしまった。と言うのも、どこをとっても素敵なサイラスの私服姿だが、ミュリエルとの共通点が一か所もなかったからだ。以前チャリティバザーにサイラスと出かけた際は、偶然にもひとそろえになるような格好だったのに。

サイラスが姉弟の姿を見比べてから、自分の格好を見おろす。その出で立ちは、白シャツに落ち着いたラベンダー色のベスト、そして紺のパンツといったものだ。間違いなく抜群に素敵だ。しかし、やはりおそろい要素はない。

ミュリエルはそんなサイラスを見て、何か言わなければと焦った。だが言葉が出てこなくて、両手で服の下にある葡萄のチャームの存在を無意識に確かめる。

「やはり普段は制服だからか、私服姿は新鮮だな。二人とも、よく似合っている」

ミュリエルの仕草に目を留めたサイラスが、ふと微笑む。悲しげな気配が漂うのではないかと心配していたミュリエルだが、どうやらその心配は杞憂だったらしい。

「団長！　私は!?　私はいかがですか!?」

「うん？　あ、あぁ、君の好みがよく反映された格好だと思う」

「ありがとうございます！」

上手い具合に褒め言葉の雰囲気がある言葉をもらったレインティーナは、満足げに笑った。その笑顔を維持したまま「では、行きましょう！」と、大手を振って元気よく歩き出す。

颯爽と三人の先を行く男装の麗人は、目の覚めるような鮮やかな赤のジャケットに黒のパンツ姿で、主張の強いシルバーのアクセサリーを重そうにジャラジャラとさせている。

振り返らずにどんどん進んでしまうレインティーナに、リュカエルが黙って従う。ミュリエルも離れてはいけないと一歩を踏み出しかけたが、その前にチラリと隣のサイラスをうかがった。

「あの、わ、私、実はラベンダー色のワンピースと、ぎりぎりまで迷ったんです……」

ミュリエルの言わんとしていることを察して、サイラスは軽く微笑みながら頷いた。

「では、それは次の機会に見せてくれ。それに先程も言ったが、若草色もよく似合っている」

見上げた横顔に寂しげな気配がないか、ミュリエルは熱心にサイラスを見つめた。すると形のよい唇が緩やかに弧を描く。

「私と君は、いつでもおそろいのものがあるだろう？　それに……」

サイラスは右手で自分の胸もとに触れると、そこで言葉を途切れさせた。優しく細められた紫の瞳が、ミュリエルを映して色を深くする。

「君の指を飾れて、嬉しい。それは、私の色だ」

ゆらゆらと甘く艶めく紫の色。ミュリエルはボンッと爆発するように赤くなると、胸もとを押さえたままだった両手を左手が下になるように組み替えた。視界から隠しても、右の掌にはアメシストの指輪の感触がしっかりと伝わってくる。

「団長！　ミュリエル！　早くー！」

折よく響くレインティーナの呼び声に促され、二人も歩き出す。ミュリエルの手と足が同時に出ずにすんだのは、ひとえにぎゅうぎゅうと指輪を押さえ続けていたからに他ならない。

街は城門をくぐったところから仮装祭の気配がすでにあり、中心部までたどり着く必要もないほどに浮かれた人々が行きかっていた。動きがおかしくなっていたミュリエルも、今は周りを見回すのに忙しい。

「ロロさんに誓って、とリーン様に言われた時点で信じてはいたのですが……。これは……、思ったよりひどいですね」

率直な批評をするリュカエルに、ミュリエルは心で同意した。男装はいい。女性がボーイッシュな格好をしていることには違和感はなく、衣装に合わせて颯爽と道を歩く姿はなかなか様になっている。しかし、問題は女装だ。もちろんクオリティの高い女装も見かける。しかし、大多数の女装をしている男性は、笑いを狙っているとしか思えない装い方だ。完全に奇をてらっている。

とりあえず今まで目にしたなかでの一番は、大柄で毛深い男性が毛の処理もせずにフリルとリボンがいっぱいのブラウスとスカートを穿き、兎の耳がついたカチューシャをした姿だ。あまりにあくが強すぎて、すぐに小さな子が可愛らしく兎や犬の耳、尻尾をつけた姿を見直し、精神の安定を図ってしまった。

しかし意外と目が慣れるのは早いもので、素敵だったり奇抜だったりする仮装に相変わらず目は行くものの、息を飲んだりすることはすぐになくなる。道行く人が仮装をしているだけで日常生活を送っているからか、不思議と街の風景に馴染んでしまっているからかもしれない。

目的のあるレインティーナが進むままに連れ立って歩いていると、ぱっと空色の瞳が違う道に向けられる。

「そういえば、私のお気に入りの店も仮装祭限定のアクセサリーを出すらしい。お菓子を買いに行くより、そちらが道順的に先だったな。団長、行ってきてもいいですか？」

「あ、もしかして、以前ご一緒したお店ですか？」

レインティーナの見ている方向に思い当たったミュリエルが聞くと、レインティーナは嬉しそうに頷いた。

「そうそう、あの店だ。店主が飛び切りいい出来だと豪語していたから、絶対に行かなければと思っていたんだ！」

「と、飛び切りいい出来……」

ミュリエルは、レインティーナと以前行った店で見聞きしたことを回想する。あの日は、レグが気に入る素敵なものを選ぶため、その手伝いのためにミュリエルは同行したのだった。

戦々恐々としながら店にたどり着いたものの、表向きはなんの問題もない、愛らしい動物の雑貨とセミオーダーできるアクセサリーが並ぶ、可愛らしいお店だった。

しかし、店主が満を持して勧めてくるアクセサリーが厄介なのだ。なぜならそれは、レインティーナの独特のセンスのど真ん中を刺激する、髑髏や蛇、それに蜘蛛といった禍々しいモチーフを最大限に生かしたものなのだから。一番の被害者はレグで、為す術もなく贈られ、身に着けさせられては涙を噴き零している姿を、忘れてはいけないだろう。その横で、もちろん贈り主のレインティーナはご満悦だったわけだが。

そんな店主の、飛び切りいい出来だと言う品物とはいったいどんなものだろう。少なくとも、ミュリエルとレグが日を輝かせることはないはずだ。

「ミュリエルも興味があるか？　次の機会の約束もしていたし、一緒に行こうか？」

「えっ！」

もともと、店に陳列されている品物を見るぶんには大歓迎だ。しかし、この場合のお誘いはどう考えても裏メニューを見るところにある。

「あぁ。でも、今している指輪と合わせるとなると、組み合わせが難しいかもな。やはり主役はその指輪にしたいだろうし。団長からのプレゼントなのだろう？　とても素敵だな」

サイラスから贈られたことについて、とくに話した覚えはない。それなのに爽やかな笑顔で、しかもとても自然に話題にされて、ミュリエルはせっかく自然に振る舞えていたのに、再び挙動不審気味に右手で左手を握った。

「それで、ミュリエルは団長に何をプレゼントしたんだ？」

そして、続けてされた質問に固まる。しかし、レインティーナの悪気のない視線がサイラスの手もとに向かったことだけは、しっかりと気づいてしまった。サイラスの手も指も、何かで飾られていることはもちろんない。

（そ、そういえば、私、結局サイラス様にお返しをしていないままだわ……！　あんなに悪女にならないためには、なんて考えていたのに！　なんてこと……！）

さぁっと血の気の引いたミュリエルの顔を、リュカエルが「あーあ」と言わんばかりの顔で見ている。

「ミュリエル、気にしないでいい。私は見返りが欲しくて、贈ったわけではないから。君の指をそうして飾っているだけで、とても満足している」

サイラスの表情を見れば、今の言葉に偽りがないことはよくわかる。しかし、それとこれとは話は別だ。ミュリエルは、右手で左手をますます強く握った。今すぐにでも、サイラスに似合いの何かを贈らなければならない。

「……ん？　なんだ？」

ミュリエルがひどい罪悪感に駆られていると、隣でレインティーナが怪訝(けげん)そうな声で小さく呟(つぶや)いた。眉間(みけん)にしわをよせているので、気になったミュリエルは空色の瞳の先を見やる。そこではリュカエルが、口パクで何事かを伝えていた。しかし、姉の視線に即座に気づいたリュカエルは、しれっと目をそらす。

わけのわからないミュリエルは、弟とレインティーナを見比べた。そんなことをしても何も理解できなかったのだが、ミュリエルと違って男装の麗人は微妙な時間差をもってポンッと手を打った。

「あぁ！　あー！　あー！　そうか！　えぇと、じゃあ……、あっ、団長！　ちょっとミュリエルをお借りします！」

「えっ？」

強く握ってしまっていた手を、横からレインティーナに取られる。引っ張られるままに数歩を進めれば、くるりと反転させられてそのまま走り出した。

「いったん別行動をしましょう！　一刻後に二番街の噴水前で待ち合わせということで！　行こう、ミュリエル！」

「えっ？　えっ！　あ、あの、ちょっ……、レ、レイン様!?」

いったい全体何が起こったのか。ミュリエルは手を引かれるままに、人混みを縫って走った。驚きながらも素直に従ってしまうのは、相手がレインティーナだからだ。

息はあがっても肺が痛くなる手前で、レインティーナは一つの店の前で足を止める。

「団長がその指輪を買った店だ。ここなら間違いないだろう？」

「え？」

「私の考えなしの発言で場の空気を悪くしてしまって、すまなかった。リュカエルがミュリエルを連れ出せと言うから、こういうことなのかと思ってここまで来た。えぇと、それともこれも間違っていたか？」

「い、いえ！　えっと、大丈夫です。そうだったのですね。あの、ありがとうございます」

背の高いレインティーナがあごを引いた上目遣いで、申し訳なさそうに言う。ミュリエルは弟の機転とレインティーナの気遣いに、感謝した。即座にお礼を述べれば、男装の麗人も笑顔を取り戻す。

そしてその笑顔のまま、ミュリエルに向かって恭しく扉をあけた。重厚な扉を軽々片手であけて、スッと入店を促す仕草はとても様になっている。ちょっとしたお姫様気分を味わわせてもらいながら、ミュリエルは店内に足を踏み入れた。

「いらっしゃいませ」

すぐに品のいい壮年の男性店員が、扉を押さえる役を引き継いでくれた。

「予約はしていないのだが、彼女がこの指輪の贈り主にお返しがしたいと言っている」

エスコートするように手を引いてくれていたレインティーナが、取っていたミュリエルの左手をそのまま男性店員に見せた。すると男性店員はすぐに察したようで、心得たように微笑みながら深く頷く。流れるように案内されたのは、ボックス席だ。

「緑の石がついたものを探しているのだが、あまり高価すぎない方がいいんだ。日常的に使えるものがいいから。手ごろなものをいくつか見せてくれないか？」

レインティーナが上手にお膳立てをしてくれるので、口を開く必要がなかったミュリエルだったが、ここではじめて声をあげた。

「み、緑の石って……」

「む？　違う色がいいのか？　だが、互いの瞳の色を贈り合うのがセオリーなのだろう？」

いっさい恥ずかしげもなく、ただ不思議そうに聞かれてしまっては、自分の羞恥心を盾に「違う」とは言えない。それにきっと恥ずかしいだけで、心の奥では緑の石を贈りたいと思っていたような気もする。だから、レインティーナがはっきり言ってくれたおかげで、まごまごせずにすんだぐらいだ。

しばらくして戻ってきた店員は、ソファに腰をおろしていたミュリエルとレインティーナの前に、グレーの天鵞絨張りのトレーを差しだした。そこに並べられていたのは、ネックレスにバングル、そしてイヤーカフだ。それぞれデザイン違いで数種類ある。違う色の石がはまっているものもあったが、そこは取り替えてくれるとのこと。

「バングルが格好いいな。だが、常に身に着けるには他のものと比べると少し不便かもしれない。このなかならば、うーん……。ネックレスが一番気にならなそうだな」

レインティーナの発言に、店員も笑顔で同意している。しかし、ミュリエルは両者から問いかけるような視線を向けられて、並べられたアクセサリーのうちの一つに目を留めた。

「あ、あの、確かにそうかなとは思ったのですが、私は、その……。イヤーカフがいいかな、と思いました」

バングルは、レインティーナの言う通り騎士職であるサイラスが日常使いするには向かないように思う。ネックレスならばその点は問題ないし、本来であればミュリエルも第一候補にあげただろう。しかし、とミュリエルは自然と服の下に隠れた葡萄のチャームをそっと押さえた。

「ミュリエルが気に入ったものにするべきだから、私の意見など聞き流してくれ」

サイラスの胸もとに同じように隠されているはずの青林檎（りんご）のチャームを思い、口をつぐんでしまっていたミュリエルは、レインティーナに笑いかけられて瞬（またた）いた。

「あ、あの、では、これにします」

ミュリエルが選んだのは、イヤーカフのなかでもシンプルな銀のリングで、長方形にカットされた石が輪に添うように爪で留められているものだ。石つきであってもフラットなデザインで、イヤーカフのなかでもきっとこれが最も邪魔にならない。

すると店員は選ばれなかったアクセサリーをトレーからよけ、代わりに緑の石をイヤーカフの横に並べ直した。色の濃淡を見比べて、好きなもので加工してくれると言う。ここはレインティーナと店員の力を借り、恥ずかしながら自分の瞳の色に一番近い色を選んでもらった。

あとは出来上がりを楽しみに待つだけだ。それは後日になるらしい。よって二人は店員に見送られ、出口に向かう。

「お付き合いくださって、ありがとうございました！　レイン様に連れて来ていただいて本当によかったです！」

今の気持ちを十分に反映した満面の笑みで、ミュリエルはレインティーナにお礼を伝える。

「あぁ、礼には及ばない。私も楽しかった。普段入らない店に入るのも、なかなかいいものだな。またゆっくり来てみたい。あぁ、これなどなかなか私好みだ。ミュリエルにも似合いそうだぞ？」

出口付近のショーウィンドーに飾られていた品を指さして、レインティーナが爽やかに微笑む。硝子越しの日差しに銀髪を輝かせる姿に、ミュリエルの乙女心はキュンとした。しかし、乙女殺しの男装の麗人が勧めるのは、ごついクロスモチーフのチョーカーだった。

「うっ……。え、えっと、私は、その……」

「わかっている。ミュリエルの身を飾れるのは、団長だけだからな」

ふっ、とこれまたキラキラしく笑ったレインティーナがいい感じに勘違いしてくれたのを幸いに、ミュリエルは曖昧に笑い返した。そのまま店から一歩踏み出すと、気持ちを切り替えるようにレインティーリが明るく顔を上げて前を向く。

「よし。目的も達したし、時間的にもそろそろ団長達と合流……」

「レインティーナ様!!　ずっとお邪魔してはいけないと思っていたのですが、どうしても我慢できなくて!!　そちらの方はレインティーナ様の彼女さんですか!?」

さあ、行くぞ、と軽やかに踏み出した足をたった一歩で止められて、レインティーナが声の主に向かって怪訝そうに振り返る。なんとはなしに背に庇われたミュリエルは、そっと脇から顔をのぞかせて相手を見た。

「いや、違う。だが、君は誰だ？」

そこに立っていたのはミュリエルと同じ年頃の少女だった。茶色い髪に合うたれた犬耳をつけて、白薔薇を飾っている。たれ耳少女は背に庇われているミュリエルに一度強い視線を送ってから、レインティーナにグッと近づいた。

「私は、レインティーナ様のファンクラブ、『白薔薇（ばら）』会員ナンバー六十七番の……」

「ちょっと!!　貴女（あなた）、ルール違反よ!!」

たれ耳少女の言葉を遮（さえぎ）ったのは、猫耳女性だ。猫耳女性も同じように白薔薇を飾っている。

「で、でも！　会員でもなんでもない人が、レインティーナ様と二人でアクセサリーのお店に入って、楽しそうにしていたから……」

「それこそ、ルール違反だしマナー違反だわ!!　会員、非会員関係なく、レインティーナ様のプライベートをお邪魔する権利は誰にもないはずよ!!」

「っ!!　そんなこと言ったって！　貴女だってこの場にいるってことは、レインティーナ様を見つけて尾行していたんじゃないのっ!?」

「そ、それは……!!」

行動を注意されていったんはたじろいだ犬耳少女は、あまりにも強く責められたことに腹を立てたのか鋭く言い返す。一方猫耳女性は痛いところを突かれたようで、思わず口ごもった。

「貴女達、レインティーナ様が困ってらっしゃるわ。ちなみに私は、本当にただ通りかかっただけよ？　レインティーナ様、お見苦しいところをお見せして申し訳ありません。私は『白薔薇』会員ナンバー十七番の……」

「ちょっと、あんた！　どさくさに紛れて何名乗ろうとしてんのよ!!　図々しいわね!!」

「通りがかりとか、絶対に嘘でしょう!?　口を挟んでこないでよ!!　白々しいわね!!」

「な、なんですって!?」

キィー!!　という擬音語は、きっとこういう時のためにある。三人目の登場となった女性は、丸い形の耳をつけているがやはり白薔薇を飾っていた。そして、三人の罵り合いは止まらない。

レインティーナに庇われた安全地帯で、為す術もないミュリエルは若干現実逃避しながら眼前のやり取りを眺めていた。しかし、半分部外者気分で眺めていられたのはそこまでだった。

どこからともなく次々と、年齢は様々ながらいずれも白薔薇を飾った女性が、この場に流れ込んできたのだ。レインティーナに庇われていたため、ミュリエルは騒ぎの外に押し出されるように後退した。ただ勢いが激しすぎて尻もちをつきそうになる。

「っ！　っ!?　っ!!」

ステップを踏むように三歩目までは耐えたが、四歩目はもう無理だ。転ぶ、と衝撃に備えて体に力を入れたが、その瞬間は来なかった。

「ミュリエル、大丈夫か？」

「あ！　サ、サイラス様、ありがとうございます」

背中から抱き留めて支えてくれたのはサイラスで、隣にはリュカエルもいる。

「待ち合わせの噴水前からこちらが見えたから、急いで来たのだが……。これは……」

ミュリエルを支えて離さないまま、サイラスは大騒ぎをしている女性陣に眉をよせた。レインティーナはいつの間にか巻き込まれ、落ち着くようにと両の掌を方々の女性に対して見せている。しかし、誰も聞く耳を持っていない。右から左から、前から後ろからどんどん話しかけられて、レインティーナはグルグルと回り続けている。腕っぷしの強いレインティーナも、一般市民のしかも女性相手ではどうしようもないようだ。

「あ、あの！　最初は、レイン様のファンクラブの方が私をレイン様の彼女と間違えて話しかけてきたんです。それで別の方がそれを止めに入って、ですが、これまた別の方が急に加わってきて……」

自分が隣にいたばっかりに、とミュリエルは囲まれたレインティーナをハラハラと見つめた。すると一番後方にいた女性が、ヒラリと何かのチラシを落とす。リュカエルがいち早くそれを拾うと、簡単に目を通した。そして、サイラスに渡す。

「どうします？　エサの許可がいただけるのなら、僕が治めますが」

チラシを読み終わったサイラスは、リュカエルに向かって頷いた。

「なるほどな。では、頼めるか？　多少顔が知れてしまっている私が出て行くよりは、君が矢面に立ってくれた方が、こじれることなく話が通りそうだ」

「ええ、了解しました。では、団長と姉上は身バレしないように少し離れていてくださいね」

ミュリエルはチラシの裏側しか見ていないので、二人の間のやり取りがいまいちわからない。

ただ、この騒ぎのなかで説明を求めている場合ではないだろう。サイラスに肩を抱かれるままにこの場より少し離れ、一刻も早い収束を願いながら女性陣に近づいたリュカエルを見守った。

「ファンクラブ『白薔薇』の皆さん、ここで足止めされては、皆さんの大好きな白薔薇の騎士は出番に間に合わなくなってしまいますよ」

まず、振り向いたのは手前側の数人だ。リュカエルはチラシを女性陣に向けて見せながら続ける。

「聖獣騎士団が仮装祭にゲスト出演するのに、白薔薇の騎士の出演がない。それがご不満だったのでしょう？　実はここだけの話、急遽出演することになったんです」

ここでさらに数人が騒いでいた動きも口も止めて、リュカエルの言葉に注意を向けた。あとは波が引くように、あっという間に誰もがリュカエルの次の言葉を待つ。

「ですが、このままここに引き止められていては、用意が間に合いそうもありません。あぁ、残念です。いつにも増した凛々しいお姿で、白薔薇の騎士は仮装祭に登場する予定だったのに」

やれやれ、とリュカエルはこれ見よがしにため息をついた。

「ファンクラブ『白薔薇』、整列!!」

突然かけ声をかけたのは、たぶん猫耳女性だ。だが、この時は文句の言葉など誰も発しなかった。まるで何回も練習していたのかと疑いたくなるほどの一糸乱れぬ動きで、レインティーナを真ん中にした両側に女性陣が列を作る。そしていっせいに笑顔を見せた。

「レインティーナ様！　仮装祭、楽しみにしております！」

「楽しみにしておりまーす！」

音頭を取ったのは丸耳の女性で、それを全員がそろって復唱する。こちらに向かってできた道を、レインティーナはキョロキョロとしながら歩く。そしてリュカエルの前まで来ると、チラリと後ろを振り返りながらコソッと聞いた。

「なぁ、リュカエル。状況がよくわからないんだが、結局どういうことだ？」

「とりあえず、笑顔で手を振ればいいですよ。あとはこの場から撤収するのみです」

素直なレインティーナは、とくにリュカエルの言葉を疑うことはせず、助言通りに女性陣に手を軽く上げて挨拶をすると、笑顔に流し目を添えてから背を向けた。

キャー、っと黄色い悲鳴があがったが、長居は無用だ。とにかくこの場を離れようと、レインティーナとリュカエルが来るのを待って一番近い曲がり角を選んで姿をくらます。

「また他の人に見つかって騒ぎになる前に、とっとと帰りましょう。こんな手は何度も使えませんし」

楽しげな祭りの気配だけしか感じられない場所に来てから、リュカエルがやや疲れた声を出す。しかし、その言葉にレインティーナがびっくりしたように目を見開いた。

「えぇっ!?　リュカエル、何を言うんだ！　私はまだ買い物が終わっていないっ！」

確かにレインティーナの言う通りだ。ミュリエルは申し訳なく感じた。

「ご、ごめんなさい……。私に付き合ってくださっていたから……」

自分ばかり満足した挙げ句、こんな騒ぎの一因を担ってしまったことにミュリエルは眉を下げた。

「あぁ、ミュリエルのせいではない。そもそもあれは、私の方が強引に付き合わせたようなものだから」

「ですが……」

曇りのない爽やかな笑顔を向けられて、ミュリエルはますます申し訳なくなった。親身になってもらったぶん、自分も何か力になりたい。

「いや、まだ見て回ることはできる」

何かいい案はないかと考えていると、横でサイラスが少し楽しそうに微笑んでいる。この様子は、どうやら妙案がありそうだ。

「レインだと気づかれなければいいのだろう？　変装をすればいい。今日であれば、選びたい放題だ」

サイラスがすっと視線を滑らせた先には、誰でも簡単に仮装ができる品々を並べた店が延々と続いていた。ミュリエルとレインティーナは顔を見合わせてから、パッと笑顔になった。

耳つきカチューシャだけでは、仮装にはなっても変装にはならない。だが、いくつか重ねて身に着ければいくらでも誤魔化しが利くだろう。

そして、せっかく買うならば似合うものを。そう考えて、ミュリエルはレインティーナに似合いそうなものをせっせと選ぶ。しかし、いくつかの店で吟味を重ねたのだが、やはりどこまでいってもレインティーナのセンスは独特だった。

「あ、あの、レイン様、あちらも可愛かったと思うのですが、本当にこちらでよろしかったのですか？」

「あぁ！　これがいい、とても気に入った！」

ミュリエルの献身は無駄になった。最後の問いかけに間髪入れずにいい笑顔で返事をしたレインティーナは、もはや男装の麗人の面影はどこにもない。直視に耐えられないわけではないが、すれ違えば二度見は免れないだろう。そんな出で立ちだ。

「いいんじゃないですか。これなら絶対にバレないでしょうし」

どこか投げやりなリュカエルだが、ミュリエルはほんのりと抗議の視線を送った。なぜならレインティーナが装着しているものの半分は、リュカエルが冷静な顔をしつつ冗談で勧めたものだからだ。ミュリエルと弟では目的としているところが違う。それにより勧めるものにズレが生じていた。素敵な姿を重視した者と、あくまで変装を重視した者と。

当のレインティーリは、投げやりなリュカエルの言葉を褒め言葉と取ってご機嫌だ。

「リュカエルがいいと言うなら、大丈夫だな！　ね、団長？　団長もイケてると思いますよね⁉」

「ん？　あ、あぁ、私はあまりそういったものの価値に疎いから、確かなことは言えないが……。君が気に入っているのなら、その……、いいと思う」

「よかった！　だが、ミュリエルは？　それでもやはり先程のものがいいか？」

「えっ。わ、私の趣味の話なので……。えっと、レイン様がお好きなものにした方が、その……、いいと思います」

本人が気に入っていることが大事だと思うため、サイラスとミュリエルは同じような反応を返す。しかし、心中ではそろって困惑していた。

レインティーナが嬉々として選んだのは、猪のかぶり物だった。それ自体はいいと思うのだ。レインティーナのパートナーはレグで、猪のかぶり物があれば手が伸びるのは自然だと思う。だが、もっと違う猪のかぶり物だってあったのに、なぜわざわざその一点を選んだのか。

頭からすっぽりとかぶる形のソレは、不思議なことに猪の首の部分に丸く穴があいており、そこから顔を出す作りになっている。猪の顔はかぶった者の頭上に鎮座する形だ。せめて完全に顔が隠れ、あいた猪の口から前を見るタイプのものだったらと思わずにはいられない。製作者は何を思ってこの形にしたのだろう。

しかも、それだけではない。やや狭くあいた穴からぴっちりと顔を出しているレインティーナは、リュカエルの勧めにより色眼鏡をかけていた。銀髪が隠れていても顔が出ていたら意味がないので、色眼鏡は正しい選択だ。だが、その色眼鏡に太い眉毛と猪の鼻、そして牙が付属しているとなれば、一言もの申したくもなる。

頭上に猪の顔があるのに、首から出ている顔にも猪の顔がある。それっていったいどんな化け物だ。しかもそれの中身が男装の麗人であり、白薔薇の騎士だなんてなんの冗談だろう。レグが見たらきっと泣く。

「よし。じゃあ、これで心置きなく回れるな！　団長、提案してくださってありがとうございました！　二人も付き合ってくれてありがとう。では、行こうか！」

　意気揚々と奇天烈な格好で歩き出す姿は、親しい者でなければレインティーナだと気づけないだろう。しかし、周囲からの注目度はむしろ上がっている。

「レインティーナ先輩、待ってください。お菓子を買いに行く前に、この近くに僕もよりたい店があるんです。それに、僕が行きたい店に今の先輩に合いそうなものも扱っていましたよ。なので、一緒に行きませんか？」

「なんだって！　それはぜひ見てみたいな！　喜んで同行しよう！」

　街で女装が流行っているかを知りたいとは言っていたが、欲しいものがあったとは初耳だ。それなのにリュカエルはミュリエルに聞く間を与えず、レインティーナを伴うと来た道を戻るように急な方向転換をしてしまった。

「そういうことで、ここから先はお二人でお願いします。こちらは勝手に帰りますので、そちらも気にせずご自由に。では」

　そして引き止める言葉さえも言わせないまま、人混みに紛れてしまう。

「どうやら、気を利かせてくれたようだな」

　隣に立つサイラスがポツリと言って、ミュリエルはそこでようやっと弟の気遣いに思い至った。だいたい、最初はサイラスと二人で出かけるはずだったのだ。それなのに、ミュリエルがレインティーナと抜けてしまったために、ここまでまったく二人で行動できていない。

急にサイラスがどう思っていたか気になりだしたミュリエルは、そっと傍らを上目遣いでうかがった。すぐに気づいた紫の瞳が、柔らかく細められる。

「先程までは遠慮していたのだが……。知り合いの目がなければ、構わないな？」

互いに目を合わせたまま、視界から隠れたところで大きな手がミュリエルの手をそっと包む。指を絡ませて繋がれた手を、ミュリエルは軽く目を伏せつつも頬を染めながら受け入れた。

つむじに甘い眼差しが注がれている。おずおずと目線を上げるミュリエルに、サイラスはいっそう柔らかく微笑んだ。それになんとか微笑み返しながら、二人はとくにあてもなく歩き出した。

「出てきたばかりの時よりも、仮装をしている者が増えたな」

「えっと……、あ、そうですね。何もしていない人の方が、少ないかもしれません」

言われて店ではなく道行く人を見てみれば、大なり小なり誰もが何かしらの仮装を取り入れている。ざっと辺りを見回した限り、何もしていないのはサイラスとミュリエルくらいだ。

「……何か、買ってみようか？」

「え？　いいのですか？　は、はい、ぜひ！」

声がすぐに弾んでしまったのは、実のところミュリエルも仮装を羨ましく思っていたからだ。そして、欲しいものはもう決まっている。

「あ、あの……。いかがでしょうか？　変ではありませんか？」

ミュリエルが迷わず選んだのは、兎の耳がついたカチューシャだ。本当は白がよかったのだが、自前の栗色の髪に合うように茶色のものにした。長い耳のなかには芯が入っており、好きな角度に自由に折り曲げることができる優れものだ。

「とても、可愛らしいと思う」

頼んだわけではないのだが、サイラスは右の耳の角度を真剣に調整している。褒められたことよりも、作りものの耳なのに触られるとなぜかくすぐったくて、ミュリエルはもじもじとした。

そんなふうにミュリエルは恥ずかしさに耐えているというのに、サイラスはそれを嬉しそうに見つめるばかりで、さらにはカチューシャにかかる髪の具合まで直してくれる。あまりに優しい手つきに恥ずかしさが限界に近づいてきたミュリエルは、気をそらすために話題を変えた。

「え、えっと、あの、サイラス様は買わなくて、本当によろしかったのですか？」

うつむいたことで顔に触れていた髪を耳にかけて、そこでやっとサイラスの手が離れる。

「あぁ、私は遠慮しておこうと思う。やはり、どうにも気恥ずかしくてな。その、おかしいだろう？　私が兎の耳などしていては」

今度は逆に、サイラスの方が恥ずかしそうに睫毛を伏せた。

「おかしいだなんて、そんなことはないと……」

ミュリエルはほんのりと漂いだした黒薔薇の気配にちょっと身構えながら、サイラスが黒い兎の耳を装着したところを想像してみた。

（あっ……、……、……。こ、これは、違う意味で、無理、かも……）

今サイラスが浮かべている表情が、恥ずかしそうなものであることもいけない。恥じらいに潤む黒薔薇に囲まれて、視線を落としたサイラスの頭には兎の耳。そのウサ耳も、気持ちを表すように微かにうつむき加減に折れている。可愛いの象徴でしかないウサ耳が、なぜこれほどまでに色っぽく見えるのか。そっと流し目でこちらを見る紫の瞳が、深く艶めいているせいだろうか。

キラキラと光り、うるうると潤む色気の粒子と、ウサ耳サイラス。そんな組み合わせを、今までに考えた者がいただろうか。意外すぎる取り合わせは衝撃的な破壊力を生み、ミュリエルの心肺機能に直撃する。

「……やはり、おかしいだろう？」

意気消沈した様子で再度問いかけてきたサイラスに、息が止まってしまっていたミュリエルは、はっとした。急いで意識を呼び戻す。

「ち、違います！　逆です、逆なんです！　に、似合いすぎて、とても素敵すぎて……！　私が勝手に、動揺してしまっただけなんです……！」

ミュリエルの力説にサイラスは数度瞬くと、恥ずかしげな表情のなかにほんのりと喜びが混じる。はにかんだサイラスの、破壊力は無限大だ。

ミュリエルは小さく震えだした。現実のサイラスの頭の上に、黒いウサ耳の幻覚が見える。さらにあろうことかサイラスは、その表情のままミュリエルのウサ耳を再びいじりはじめた。

「……それでもやはり、見知らぬ大勢の前でするのは恥ずかしい。だから私は、君を愛でることで、仮装祭を楽しもうと思う」

スリスリとウサ耳をなでるサイラスの手つきは、ただ感触を楽しんでいるだけのはずなのに、ミュリエルには妙に妖しく感じられた。まるで神経が通っているのかと思うほど、本来の耳から首筋、背中まで甘い痺れが走る。

「そろいの尻尾はいらないか？　そちらも絶対に、似合うと思うのだが」

キュッとウサ耳の先を優しく摘まむ仕草に、ミュリエルはビクリと体を跳ねさせた。なんだか弱点を掌握されている気分だ。そんな弱点をさらに増やすだなんて、絶対にご遠慮したい。

「い、い、いえ。尻尾までは、その、わ、私も恥ずかしいので……」

「そうか。残念だ」

真昼の街中で放ってはいけない色気が、辺りに充満している。しかし、自分のことだけでいっぱいいっぱいのミュリエルに、それを健全なものに変える手立てはない。

そろそろ、仮装祭のパレードがはじまる。特務部隊の獣舎脇には、出発する者と見送りをする者にわかれつつ、いつものメンバーが集まっていた。出発する者はもちろん、竜と花嫁の衣装をまとったリュカエルとスジオ、そして急遽飛び入り参加することになったレインティーナだ。

楽しくなごやかに見送りの言葉を送るつもりだったミュリエルだが、それが難しいことには早々に気づいていた。

「……リュカエルから説明を受けた時は、喜んだんです。仮装祭には参加したかったから。ですが、私のコレは……。まったく仮装じゃないじゃないですかっ⁉」

くわっと目を見開いたレインティーナが抗議をする。それもそのはず、レインティーナは兜をかぶらずに、自前の騎士としての正装をしているだけであった。せめて時間があれば、専用の鎧を新調できたかもしれない。しかし、そんなことはこの短時間では不可能だ。

「あっ！　部屋に戻る時間はありますか？」

不服そうにしていたレインティーナだったが、急に何か思いついたように表情を明るくする。何を言い出すのかと思いきや、それは絶対に阻止しなければならないことだった。

「さっき買った猪のかぶり物を取ってきます！」

『駄目ぇっ‼　それだけは絶対に、駄目よぉぉおぉぉっ‼』

しかしミュリエルが止めるより早く、レグが走り出すレインティーナの前に立ちはだかった。巨体の利点を最大限発揮して、進行方向をすべて塞ぐ。

レグがこれほどまでに必死になるのは、もちろん件の猪のかぶり物を目にしたからに他ならない。サイラスとミュリエルが帰ってくるより早く、レインティーナとリュカエルは獣舎に戻っていた。この男装の麗人は、その時点であのかぶり物姿を嬉々として見せたらしい。

そういうわけで、ミュリエルが到着した時には大騒ぎの真っただなかだった。一緒に行動していれば止める機会もあったかもしれないが、起こってしまったあとでは収束に尽力するしかない。あの時もかなり苦労したが、どうやらもう一度同じことを繰り返さなくてはいけないようだ。

『ウケを狙いにいくなら、まぁ、アリかもしれねぇけどよ』

『ワタシは正気を疑ったがな。いくらレイン君でも、アレはひどすぎる』

『ジ、ジブン、アレをかぶったレインさんと一緒にいるの、正直、恥ずかしいっスよ！』

『ひ、ひひ、ひひひっ！　やめてください、思い出させんといて！　笑いが止まらへん！』

完全に他人事のアトラ達にレグが目を血走らせ、つり上げる。

『ちょっと！　アナタ達、もっと親身になってちょうだい!?　レインを止めるの手伝って!!』

切羽詰まった鼻息は、爆風となって辺りに吹きつけた。しかし悲しいかな、そんなレグの必死なまでの訴えは、一番届いてほしいレインティーナにだけは届かない。

「あぁ、そうだろうとも！　レグもいつもの格好で仮装祭に参加するなんて、反対なんだな？」

『違う！　違うわ、レイン!!　今のままでいいの！　アレをかぶった姿はもう見たくないのよ!!』

「やはりイノシシのパートナーである私には、アレが一番似合うよな！　これはもう、常時着用がいいかもしれない！」

『う、嘘でしょっ!?　絶対にやめてぇぇぇぇぇぇぇっ!!』

会話が嚙み合わないのはお約束の流れだが、それをなだめる言葉は状況に即して変える必要がある。ミュリエルは懸命に言葉を探した。

「レイン、残念ながらそれに許可を出すことはできない」

ところが状況打開のひと言は、あっさりとサイラスが口にした。

「団長の言う通りですよ、レインティーナ先輩。求められている役割に、あのかぶり物は不適切です」

それにしっかりリュカエルが便乗すれば、場の流れは一変する。

「まぁ、そうなるでしょうねぇ。だってレインさんのファンの方々は、男装の麗人の綺麗なお顔が見たいわけですし。かぶり物で隠したら、かえって暴動になるんじゃないでしょうか」

リーンが丁寧に説明してくれれば、もはや覆ることはないだろう。しかしまだ安心できないのか、レグが『もっと言って！　もっと言って！』とせかしてくる。そのためミュリエルは、前の三人の立場に追従しながらも、ショックを受けた顔をしているレインティーナを思いやった言葉をかけた。

「レ、レイン様、あの、そんなにお気に入りなら、なおさら個人的に楽しむにとどめた方がよいのではないでしょうか？　ほら、露出が多いと摩耗が早そうですし、汚れたりもしてしまうかもしれません。万が一、破けてしまったりしたら悲しいでしょう？　なので、ここぞという時のために、大事にしまっておいた方がいいと思うんです」

とは言いつつも、願わくば永遠に日の目を見ることなく、そのまま引き出しの奥で眠ったままにしてほしいところだ。方々から猪のかぶり物を諦めるように促され、レインティーナはとうとうガックリと項垂れた。

「仮装祭に、仮装をせずに参加するなんて……！」

額を手で押さえて首を振り、苦悩する銀髪の騎士の姿は絵になる。しかし、その頭のなかを占めるのはあの猪のかぶり物だ。

『ふぅ！　危なかったわ！　これでひと安心ね！』

「あぁ、レグ！　私の悲しみをわかってくれるんだな！」

『えっ、違うわよ！　悲しんでなんてないわ！　アタシは喜んでるの！』

「そうだな！　本当はおそろいの格好がしたかったな！」

結局最後まで、少しも互いの会話はかすらない。それでもこれをもって万事恙なく、リュカエルとスジオ、それにレインティーナは仮装祭のパレードへと向かった。

　

パレードに三者が参加している間、他の面々は休憩していたのかというと、そうではない。件の国賓であるやんごとなきお方のために湖上ガゼボを用意し、劇までが滞りなく行えるように気を配る必要があった。よって今は、湖岸脇に移動を終えている。

『……それにしても、騒がしいな』

耳をぴったり寝かせてもまだうるさく感じるのか、アトラは目までつぶってしまっていた。

これにはミュリエルも、複雑な顔で頷く。

やんごとなきお方のためだけに劇を披露するのかと思いきや、蓋をあければ一般市民が観客として入っていたのだ。仮装祭の雰囲気も楽しみたいと彼の方がふと零したことにより、急遽引き入れることになったらしい。そのため警備の配置と市民の誘導、会場の整備と、場は多くの人が入り乱れることとなる。内輪で収まるはずだった劇の披露が大事になってしまい、全員で困惑したのは言うまでもない。

『騒がしいのは市民のいる一方向だけでも、視線は前後からだもの。落ち着かないのも、仕方がないわ』

レグの言う通り、今回は舞台の設置位置が少し変わっている。それぞれの位置関係は、整備された湖岸にまず舞台があり、湖に彼の方がいるガゼボがある。市民がいるのは、舞台を挟んでガゼボの反対側、湖岸から城に向けて伸びる道の上だ。市民席側には雰囲気作りのためか、仮装祭にちなんだ商品を並べた出店までいくつか立っていた。

要するに舞台は、前後からそれぞれの視線にさらされることになる。とはいえ、開演前である今は、仮設の支柱を軸として幕をカーテンのように渡していた。そのおかげで、現時点では過剰な視線から逃れられている。もちろん、カーテン状なので天井はない。だが、周りを囲む林に突っ込む形でカーテンが続いているため、舞台袖を待機場としているアトラ達とミュリエルは視線をよけるだけではなく、涼しさも確保できていた。

『多少の配慮は感じられるがな。この待ち時間が窮屈なのには、変わりない』

『せやけど、留守番していてほしいって言うダンチョーはんに、本番が見たいって無理を言うたのはボクらですし』

限られた場所で大人しくしていなければならないことに、聖獣達は早くも飽きてしまっている。常に耳に入る人々のざわめきや祭りの雰囲気を楽しんでいたのは、最初だけだった。

『選んだのは自分なんだから、我慢しろってことか。耳が痛ぇな。しかも考えてみりゃあ、今も仕事に駆り出されてるヤツと比べれば、ここにいるオレ達の方がよっぽど気楽か』

アトラの言うことは、もっともだ。サイラスは見回りで席を外しているし、ニコはカプカの大きさの都合上、逆側の舞台袖に潜んで周囲の安全確認に当たっている。そしてリーンに至っては、今一番気を張っていることだろう。

なんでも聖獣学者の立場に興味を持った彼の方に、劇までの時間を共にできないかと誘いを受けたらしく、湖の向こうにある離宮までラテルにヨンと一緒に迎えにいっているのだ。

（リーン様なら、何も問題はないと思うけれど……）

あの糸目がおふざけではない動揺で見開かれるところを、ミュリエルは見たことがない。そのため、心配はそんなにしていない。しかし、待っているだけの自分達と比べれば、大変なことには変わりないだろう。

「レイン様やリュカエル、それにスジオさんがパレードから帰ってくるのも、まだ先ですしね。えっと……、衣装の確認でも、もう一度しておきましょうか？」

『あぁん？　ミュー、オマエ、衣装の確認何回目だよ？』

うっすらと目をあけたアトラに呆れられながら突っ込まれ、ミュリエルは数えるために指を折る。まだ片手で足りる回数だ。

一回目は全員で付き合ってくれた。しかし、三回目になるとそれはレグだけになる。四回目ともなれば一人で眺めることになり、たぶん次の五回目も一人ですることになるだろう。

ミュリエルがこうして飽きもせず何回も確認してしまうのは、劇のためだけに作られたこの竜と花嫁の衣装の出来が、とても素晴らしいからだった。素敵すぎてずっと見ていられる。

花嫁の衣装は、形自体はもう一つのものと近い。しかし、袖と襟もとは小粒の宝石をちりばめた繊細なレース編みで飾られ、ローブの白い布地には同色の糸で緻密な刺繍が施されている。宝石は遠目でも輝いて見えるだろうが、刺繍の方は完全に自己満足な贅沢品だ。それなのに妥協点など見受けられず、ため息が出るほどに隅々まで美しい。

もちろんその衣装に合わせたベールもすごい。総レースだ。模様による絶妙な透け感は楚々としているものの、こちらも随所に宝石がちりばめられているため、とても豪奢だった。

一方、竜の衣装もこれまたすごい。基本的な作りに違いはないものの、使われている宝石の数が桁違いだ。空は晴れていて崩れる気配はないが、もし雨が降ったのなら、鱗はひと欠片ごとに輝くだろう。日の光ではなく雨の雫に輝く様は、きっと幻想的だ。

「ミュリエル、すまない、指名を受けてしまった。湖上ガゼボにおられる彼の方に、これから拝謁する。一緒に来てくれるか？」

衣装を前に一人で考え込んでいると、パッとカーテンが揺れてサイラスが顔を出す。

「えっ！　は、拝謁⁉」

しがない元引きこもり令嬢の自分に、いったい全体なぜそんな事態が起こるのだろう。ミュリエルは一気に挙動不審になった。緩んでいた空気が動いたことで、だらけていた聖獣達もシャキッとする。何が起こったのか聞こうと、目と耳をサイラスに向けた。

「お目通りするのは、ヘルトラウダ・ルイーツ・ティークロート殿下。隣国ティークロートの国王陛下、その五妃殿下だ」

　言われた名前を理解するために、ミュリエルは音に出さずに口のなかでもう一度その名を呼んでみる。そしてすぐにその人物について思い至った。

「……もしかして、グリゼルダ様のお母様、ですか？　それに、サイラス様の叔母(おば)君でもいらっしゃる？」

「あぁ、その通りだ」

　答えにたどり着けたのは、グリゼルダと仲良くなったからだ。同時にサイラスとグリゼルダが従兄妹(いとこ)同士であったためでもある。そうでなければ、もともとミュリエルが深く知ろうとしない話題だ。

　国賓と聞いていただけだったため、急に拝謁などと言われて心臓が止まりかけたが、大事な二人との近い関係を思えば、わずかだが緊張もやわらぐ。しかし、それにしてはサイラスの表情がなぜか硬い。

「えっと、あの、ルイーツ殿下は、ワーズワース王国の元王女殿下で……。ですが、五妃となられて隣国での暮らしの方が長くていらっしゃる、で合っていますか？」

　間違っていない自信はあるものの、サイラスの様子がおかしいため、もう一度重ねて聞いてしまう。返ってくる反応はもちろん肯定だ。

「君の言う通り、ルイーツ殿下はここワーズワースのご出身だ。血縁としても近しい関係にある。だが……、彼女はグリゼルダとは違う意味でかなり癖のある人物だ」

ミュリエルの表情がわずかに強張ったからか、サイラスが意識して表情を緩めた。

「グリゼルダの母として会えば、戸惑うかもしれない。それを気に留めておいてほしい。もちろん、君に何事も起こらないように立ち回るつもりだ。……とりあえず、待たせることはできない。行こうか」

サイラスに促されながら、ミュリエルはアトラ達を振り返った。

『聞いた感じ、あんまり面白くなさそうだな。けど、サイラスがいれば平気だろ』

『えぇ、嫌だったら早く帰っていらっしゃい？』

気遣いのある見送りをもらって、ミュリエルは小さく頷いた。

湖側のカーテンを抜ければ、眼前には湖上に浮かぶ、並んだ四つのガゼボがあった。ひし形に並んだガゼボのうち、一番手前にあるものは桟橋に届く位置にあり、薄い帳がおろされ風に揺れている。

石造りの湖岸には等間隔で護衛の騎士が並び、誰もが顔を真っ直ぐ前に向けていた。かなりの威圧感だ。サイラスがより添ってくれていなかったら、臆病なミュリエルの足は動かなくなっていただろう。

　なんとか桟橋を進み、簡易にかけられたアーチ型の小橋を渡って一番手前にあるガゼボに招き入れられる。そもそもガゼボ自体も大きいのだが、内装もとても屋外に設えたものだとは思えないほど豪華だ。しかも並んだガゼボも行き来ができるように小橋で繋がっており、ここまでくるともう、続きの間のある格式高い部屋と呼んでいいだろう。

　案内されるままに奥のガゼボに足を踏み入れまず目に入ったのは、中央の長椅子に座り、扇で顔を半分隠した赤い髪の女性だった。教えられずともわかる。この女性がヘルトラウダ・ルイーツ・ティークロート殿下その人だ。サイラスとグリゼルダとの血の繋がりを感じさせる美人だが、きつい雰囲気のなかに気だるげな気配をまとっているのが印象的だった。

　緊張にキュッと心臓が縮む思いのしたミュリエルだったが、低いテーブルにヘルトラウダと共についたリーンを見つけ、ほんの少しだけ力が抜ける。

「久しいのう。サイラス・エイカー、我が甥御殿。いかにも健勝そうじゃ」

「ありがとうございます。体調が優れないと聞いておりましたが、殿下もお変わりのないご様子、安心しました。こうしてお会いする機会をいただき、嬉しく思います」

「ふっ。心にもないことを、よくもまぁ自然に言ってのけるものよ。……相変わらず、つまらん男じゃな」

　当たり障りのない挨拶から急にきつい言葉が飛び出して、かけられたサイラスではなくミュリエルの方が驚いてしまった。しかし、事前に言われていたことが頭をかすめる。サイラスが言っていた癖とは、この当たりの強さのことだろうか。

「まぁ、よい。して、そこな娘、そなたが聖獣番かえ？」

スッと琥珀(こはく)色の目が向けられて、ミュリエルは今まで以上に背筋を伸ばした。瞳の色がミュリエルの朋友(ほうゆう)、グリゼルダ・クロイツ・ティークロートと明らかな血の繋がりを感じさせる。

「は、はい。お初にお目に……」

「挨拶などよい。グリゼルダが嬉しそうにしておるから、どんな娘かと思うたが……」

瞳の色は、同じはずだ。それなのに、グリゼルダの慈愛に満ちた瞳と違ってヘルトラウダの瞳は冷めている。勘違いのしようもない温度差に、ミュリエルは瞬間的に体を硬くした。

「かように凡庸(ぼんよう)な娘とは」

侮(あなど)りを含む冷笑。それがありありとわかる声音と視線に、ミュリエルは喉に閉塞(へいそく)感を覚えた。息がつまり、じっとりと嫌な汗がわいてくる。

「クロイツ殿下の目には、彼女が大変好ましく映ったようです」

体に触れたわけではない。ただ紫の眼差しが言葉と一緒に上から落ちてきただけだ。それなのに、ふわりと守ってもらっているような空気に包まれて、ミュリエルはサイラスを見上げた。軽く微笑んだサイラスは、すぐに表情を静かなものにしてヘルトラウダに向き直る。

「クロイツ殿下といえば、聖獣ギオとの仲に我々が助力する機会をくださったこと、感謝しています。ギオは気高く自由な気質です。素晴らしい聖獣だ。その目に適(かな)い、選ばれたクロイツ殿下もまた、得難(えがた)い方だということでしょう。母君である貴女も、鼻が高いのでは？」

凪いだ様子で言葉を紡ぐサイラスは、任せて安心の落ち着きようだ。当たりの強いヘルトラウダも、褒め言葉にならきつい言葉を返せないだろう。そうミュリエルは思ったのだが、ヘルトラウダからの返しは先程よりも冷たい。

「甥御殿、そなた、今日はずいぶんと好戦的ではないか」

「けしてそのようなつもりはありません。気に添わない発言でしたら、ご容赦を」

扇で顔を隠したままの冷めた目を向けるヘルトラウダに対し、サイラスは口調こそ静かだが表情が平坦すぎる。二人の間にある空気は、ピンと張った糸のようだ。

サイラスの言葉の表面だけを聞いて、ヘルトラウダの返答と空気感の落差に戸惑うミュリエルは、どこまでいっても駆け引きに向かない。

「……ふふっ。興がのった。リーン・クーン殿には先に見せたのじゃが、そなたにも見せてやろう」

ヘルトラウダはパチンと扇を閉じると、それを振って侍女に何事か指示を出した。しずしずと続きのガゼボにしばし姿を消した侍女は、戻ってきた時には背の高さほどの布に覆われた何かを押している。布に覆われていない下の部分からは、カラカラと音を立てる車輪のついた足が見えた。そのため、ミュリエルは大きさや形を総合して鳥籠だろうと判断した。

そのままこちらまで押してくるのだと思ったのだが、今までミュリエルが目を留めていなかった男性が侍女からそれを途中で引き受ける。男性を認識したミュリエルは思い出した。その男性は今回の発端、劇をするように申し入れてきた人物だ。名前だけは聞いて覚えている。

ジュスト・ボートリエ侯爵だ。

「殿下、こちらでよろしいですか？」

「……そなたには頼んでおらぬ」

「そんなことをおっしゃらないでください。私だけ蚊帳の外なのは寂しいのです」

ミュリエルに向けたのと変わらない目で言うヘルトラウダに、ジュストは少しもひるまない。それどころか嬉しそうに頬を緩め、オレンジの瞳を眩しそうに細めた。

「布をお取りしても？」

恭しく聞いたジュストに、ヘルトラウダは鷹揚に頷く。

「っ⁉」

その場で息を飲んだのは、ミュリエルただ一人だった。しかし、それに気づく余裕もなく、ミュリエルは鳥籠の中身を凝視する。

「……少しも表情を変えぬとは、本当につまらん男よ。されど娘、そなたはよい顔をしておる」

ヘルトラウダに声をかけられたのに、ミュリエルは返事もできない。鳥籠のなかにいたものに、すべての意識を持っていかれているからだ。

（っ⁉　り、りりり、竜⁉　竜、よね？　えっ、本物？　……、……、……、えぇっ⁉）

やはりどう見ても、竜だ。竜がいる。オウムほどの大きさだが、その形を見紛うことなどできない。色は黒っぽく、鱗を持ったトカゲの体には折りたたまれた翼がついていた。

丸まって寝ている竜を起こすためか、ジュストが鳥籠をわざと揺らす。するとすぐさま目を覚ました小さな竜は、ギャギャギャッと鳴きながら小さくとも鋭い爪のある四本の脚で柵につかまって威嚇をはじめた。

「コレは今、妾のペットじゃ。これから大きく育てようと思うておる。もちろんティークロートでな。とはいえ、それにより生国の立場が悪くなるのは忍びない。ゆえに先程、これについての意見を求めると共に提案を持ちかけた。リーン・クーン殿が我が国のものになるのなら、この竜を共有してもよい、と」

目の前に存在しているものの衝撃で、半分ほど右から左に流れた言葉をすんでのところで理解した。慌ててリーンを見れば、どちらとも取れない顔で笑っている。

「しかし、断られてしもうた」

そんなわざと間を取った言葉に、ミュリエルがホッとしたのも束の間だ。続く言葉は絶対に聞き入れられないものだった。

「残念ではあったが、代わりに面白い代案を思いついた。サイラス、おぬしがグリゼルダのもとに婿に来るがよい。さすればコレを、このままこの地に置いてやろう。どうじゃ？」

この時も大きく動揺したのはミュリエルだけだ。慌てて見上げたサイラスは、変わらず静かな顔でヘルトラウダの視線を受け止めている。

「クロイツ殿下には、心に決めた相手がいたはずです。そして私も」

「そのようじゃな。されど、関係ありはせぬ。知っておろう。妾がティークロートに嫁いだ時のことを。今の状況と、何が違う？」

パラリと開いた扇で、ヘルトラウダが口もとを隠す。わずかに目が細められたところを見れば、口もともきっと笑っているのだろう。

「妾の前で、楽しそうにしているそなたらが悪い。されど、今ここで泣いて見せてくれるのなら、考えてやらぬでもないぞ。あぁ、そこの娘であれば、もう少しつつけば泣くかのう？」

ヘルトラウダの細めた目が、ミュリエルをとらえる。あまりの衝撃で血の気が引いていたミュリエルは、ひたりと琥珀の目を定められ、残っていた体温すらも地面に吸い取られるような感覚がした。

「ご冗談を。彼女が涙を流せば、天も地も大騒ぎをします」

サイラスはおもむろに一歩踏み出すと、ミュリエルに留まっていたヘルトラウダの視線をその身に引き受けた。進み出る瞬間、さりげなく手の甲同士が触れる。なでるように触れていったその部分だけ、体温が返ってきたように温かく感じた。優しい熱は、ミュリエルになくした体温をじんわりと思い出させてくれる。

「ふっ、冗談はどちらじゃ。それではまるで、どこぞの神話のようではないか。そのように大層な娘ではあるまいに」

「殿下の目利きの腕前は、私も十分に存じております。殿下ご自身も、そうであることでしょう。であれば、どうぞ、ご随意に」

自分の足の感覚すら遠くなりかけていたミュリエルは、サイラスのおかげでまだなんとか立っていられる。しかし、これ以上二人の応酬を聞き続けるには限界も近い。

この場に来てから、まださほど時間はたっていないはずだ。それでも与えられた情報量が多すぎて、頭も体もとうについて行けなくなっている。

「……ほんに、いつになく好戦的よのう？　それほどにその娘が大事かえ？　国の安寧と天秤にかければ、是非もなかろうに」

呆れを含んだヘルトラウダの言葉に、サイラスはゆったりと微笑んだ。居心地の悪い沈黙を挟み、ヘルトラウダは長椅子に背を沈ませる。

「……考える時間をやろう。妾はその間、楽しく酒が飲めるゆえな」

その言葉を受けてサイラスも口を開こうとしたが、それを見計らったヘルトラウダが扇を振って遮った。

「して、もう刻限であろう？　あまり待たせるな。病を得ている体には、外の風はいささかこたえる」

ヘルトラウダが首を傾げると、額にはらりと赤い髪がかかる。そして追い払うように、扇をあおいだ。そうなってしまえば、とどまることはできない。サイラスが退出の礼をしたので、ミュリエルも慌てて倣った。リーンが動かないのが気になって振り向きたかったが、その他の視線を感じてそれもできない。

招かれた時同様、微動だにしない騎士の前を言葉もなく通りすぎ、劇のために引かれたままになっているカーテンの切れ目からなかに体を滑り込ませる。そこまで来て、ミュリエルはやっと止まりがちだった息を深く吸って吐いた。途中からサイラスが支えてくれたので転ばずに帰ってきたが、まだ足の感覚がおかしい。もしかしたらあまりの緊張で、軽い酸欠になっているのかもしれない。

「サイラス様……」

どこから話していいかわからず、ミュリエルは頼りない顔でサイラスを見上げた。アトラ達の視線も、すでにサイラスとミュリエルに集まっている。

「説明してあげたいのだが、今は時間がない。現時点では、君が不安に思っている状況にはならないとだけ、はっきりと言っておこう」

しっかりとミュリエルを見つめて、サイラスは言い切った。憂いの色のない紫の色を確かめさせてもらったミュリエルは、小さく頷く。サイラスも安心させるように、微笑んで頷き返してくれる。

「……レインにリュカエル、スジオはまだ帰っていないのか？」

見つめ合いひと呼吸置いたサイラスが、アトラ達に視線を移す。怪訝そうに聞くサイラスにミュリエルも同時におかしいと思った。本来であればもう着替えまですんでいる頃合いだ。すると間髪入れずにアトラ達が話し出した。

『アイツら、街のヤツらが邪魔で思うように進めねぇらしい』

『レインのファンの娘達が興奮して、囲んでしまっているみたいなの』

『蹴散らしてしまえば早いが、一般人に実力行使するわけにもいかんからな』

『今までの進み具合からして、帰りがいつになるかわかりません。どないします？』

「えっ⁉　そ、そんな……。サイラス様、アトラさん達が……」

アトラ達は音を拾うために耳を動かし続けている。ミュリエルは振り返ると、即座に状況をサイラスに伝えた。するとサイラスは、目を伏せて口もとに拳を添えると眉をよせる。

何が最善なのかを計算しているサイラスを、唇を引き結んで待つ。頭のなかをグルグルと色んな考えが回りすぎて、焦れば焦るほど建設的な考えなど浮かんでこない。だが、ヘルトラウダの機嫌を損ねるのは得策ではないということは、ミュリエルでもわかる。無理な条件を提示されている最中に、聖獣騎士団の不手際だと言われかねない状況を見せるのはよくないはずだ。じりじりと過ぎる時間を前に、サイラスを見つめるミュリエルの目には力が入っていく。

ふと視線を上げたサイラスが、アトラを見た。紫の瞳と赤い瞳が視線を結んだのはひと呼吸ほどのこと。だが、そのわずかな時間で意思の疎通が図られたらしい。すぐさま白ウサギの目はミュリエルに向く。

『オレが竜をやる』

「えっ⁉」

『だから、ミュー。オマエが花嫁をやれ』

「っ‼」

最初の発言だけでも十分驚くものだったが、続く言葉には驚きの声もあがらない。

「ミュリエル、アトラはなんと？」

「……っ、ア、アトラさんが、竜の役をやってくださる、って。ですが、わ、私に、花嫁をやれ、と……」

　驚きすぎて上手に唾を飲み込めなくて、息がつまる。そんなミュリエルの背後にアトラはグッと顔を近づけてきた。

『さっきオマエ達が向こうでしてた会話、聞かせてもらったんだ。ずいぶんと舐めたこと、言ってたじゃねぇか。なぁ？』

　よせられた顔はかなり不機嫌で、落ちた影で凄味が増す。その迫力は、思わずへっぴり腰になってしまうほどだ。

『えぇ、ほんとに！　サイラスちゃんとミューちゃんの仲は最初から決まってるのに、何を馬鹿なことを言っているのかしら？　って思ったわ！』

『人は、簡単に正しい形を捻じ曲げるからな。それがくだらない思惑なんてもののせいだと言うのだから、本当に厄介だ』

『せやから、これ以上付け入る隙は与えん方が賢明だと思います。あちらさん、難癖をつけるのが得意なようやから』

　しかし続くレグ達の言葉で、アトラの不機嫌の原因がサイラスとミュリエルを想ってのものだと知る。

　聖獣達の見せた強い憤りは、色んなことをいっぺんに聞き、見てしまったミュリエルのまとまらない気持ちを叱咤した。ヘルトラウダに温度のない眼差しを向けられたあの場では、すぐに萎縮して固まってしまった。それでも今、ミュリエルのために怒ってくれる優しい仲間に囲まれたこの場でなら、自分が何を大切にしているのかはっきりと言える。

(わ、私は、サイラス様が、好き……。今のこの関係を、絶対になくしたくない。これから先も、ずっと隣にいたいと思うもの……。だから……)

大切なものを、ミュリエルだってこの手で守りたい。心の底にあるのは、どんな時も変わらない想いだ。

『ミュー、なんとか頑張れねぇか？　人前に出るのが苦手なのは、知ってるけどよ』

赤い目は鋭くも、いつだって優しい。

「わ、私……。やり、ます……。私、花嫁の役、やります！」

ミュリエルは宣言すると、サイラスを真っ直ぐ見つめた。ぶつかった視線をそらさないままにキュッと唇を引き結べば、いつの間にか固く握り締めてしまっていた拳をサイラスの大きな手で包まれる。

「では、私は予定通り、アトラに声をあてる役をしよう」

再度聞き返すようなことをせず、サイラスは頷いた。それに深い信頼を感じて、ミュリエルは期待に応えたいと拳を包む大きな手に逆の手も添える。そこに横からアトラがグッと鼻先を押しつけた。近距離でかわしあった視線は、互いを信じて疑わない。

「あ、で、ですが、私、練習の時も楽しんで見ていただけなので、完璧に台詞を覚えていませんん……」

しかし、ふと思い至ってしまい口をパカリとあける。ついで、つうっと視線をこの場にいる全員に流した。せっかく気合を入れたところなのに、呆れられてしまうだろうか。そう思ったが、返ってきた反応は気楽なものだ。

『あらぁ。大丈夫よ。だって誰もが知っているお伽噺なんでしょ？』

『ミュリエル君は常々、色んな物語を詳細に語って聞かせてくれるではないか』

『あんな長い話を覚えてしゃべれるんなら、お伽噺なんて簡単なもんやないですか』

問題を少しも感じていない返事に、単純なミュリエルはすぐに考えを引っ張られる。

『オレは台詞がねぇしな』

そしてなんともいい加減なアトラの言葉に、気が抜けた。ニヤリと笑った白ウサギに、ミュリエルもつられて笑う。どんな時も肩肘張らない姿は、さすがの一言だ。

「私がなるべく、君が次の台詞を言いやすいように言葉を選ぶ。つまるようであれば、間も繋いでみせよう。……行けそうか？」

それに、いつだって頼もしいと感じるサイラスが一緒なのだ。一人では無理でも、仲間が傍にいればできると信じられる。自分が思う精一杯のさらに上の力だって、出せる気がするのだ。

「はい、頑張ります！」

そうと決まれば、あとは大急ぎで準備をするのみだ。

「アトラさん、素敵です！　とても格好いいです！」

『……おう』

花嫁衣装に着替えたミュリエルは、同じく竜の衣装を身に着けたアトラを熱心に見上げた。両手を祈りの形に組み、全力で褒める。スジオに合わせて作られたもののため、頭部は耳をペタリと後ろに倒してかぶらなくてはならないし、鼻先は少しあまってしまっている。しかし最初からこういうものだったと思えば、少しも変ではない。

「あ、えっと、その……。わ、私は、大丈夫でしょうか……？」

『……いいんじゃねぇの？』

気はなさそうに見せて、ちゃんと褒める気持ちが含まれた言葉を、ミュリエルははにかみながら受け取った。一般的な花嫁衣装とは違い、ローブの形のため着脱は一人でも簡単にできる。しかし、あくまで花嫁衣装なのだ。それを着るとなればいかに劇でも、なんとなく思うところがある。

『ミューちゃんが着ると、リュカエルちゃんより可愛いわね！　間違いないわ！』

『姿や形が似ていても違って見えるものだな。ミュリエル君、自信を持っていい』

『見た目は満点やから、転ばんようにだけ気ぃつければ、あとはなんとでもなりそうです』

レグ達からも大絶賛を受けたミュリエルは、ますますモジモジとした。しかしここで、いまだサイラスが一言も発していないことに気がつく。

「あ、あの、サイラス様……」

おずおずと上目遣いで様子をうかがうと、サイラスにしては珍しく驚いたように肩を軽く跳ねさせた。

「あ、あぁ、すまない。不安にさせたか？　その……、……、……」

しげしげと眺めていた視線を横にそらしたサイラスは、口もとを手で隠す。

「……私のために着てくれたのではないのが、残念だと思っていた」

「っ⁉」

息を飲んだきり、ミュリエルは固まった。一気に全身が発火する。

しばしの沈黙を挟んでから、サイラスは視線をそっとミュリエルに戻した。そしてプルプルと震えながら真っ赤になっているミュリエルを見て、ふわりと微笑む。

「誰になんと言われようと……。私が隣に望むのは、君だ」

優しく伸ばされたリイラスの手が取ったのは、ミュリエルの左手だ。今は何もない、アメシストの指輪が飾る定位置をそっとなでる。

『……おい、いちゃつくのはあとにしろよ。時間がねぇんだろ？』

『あら、いいじゃない？　適度に緊張が取れて。ねぇ？』

『適度な範囲ならばな。よって、この辺で止めておくのがいいだろう』

『賛成。これ以上になると、ミューさんが前後不覚になりそうです』

呆れ半分ひやかし半分の生ぬるい視線を感じたのか、サイラスが軽く咳払いをする。しかし、それだけの仕草で気持ちを切り替えられるのだから、大人だ。お子様なミュリエルはまだまだ頬の熱が引きそうにない。

しかし時間が迫っている。サイラスに取られた手をそのまま引かれ、ミュリエルは舞台の中央に導かれた。観客の視線を遮るカーテンは、まだ引かれたままだ。開演に合わせてレグとカプカが幕を引く役目を担ってくれる。

印を頼りに所定の位置に立ったミュリエルは、深呼吸をした。やると決めても緊張しないわけではない。ドッドッと重く鳴る心臓とは裏腹に、指先は冷えていく。

「ミュリエル、声は出るか?」

「は、はい……」

あまりの声の小ささに、まずミュリエル自身が驚いた。口を押さえてから続けて触れた喉でも、鼓動が激しく感じられる。思えば口のなかがカラカラだ。ない唾を飲み込みながらうつむくミュリエルの頭に、大きな掌が乗せられる。そのままよしよしとなでられて、思わず顔を上げた。

「ここからでは姿の見えないラテルにニコも、劇を楽しみにしていた。ヨンにカプカも、きっとそうだろう」

いつもと変わらぬ微笑みを浮かべたサイラスに、激しく鳴り続ける鼓動がほんの少し遠くにいったように感じた。胸もとを押さえれば掌にドクドクと心音が響くが、それとは別にちゃんと自分でこの場に立っていることを受け止められている。

「彼らにも、劇を楽しんでほしいと思うだろう? 君がどんなに言葉につまっても、私が絶対に繋ぐ。だから、安心して君自身も楽しむといい。きっとこんな機会は、最初で最後だ」

「最初で最後……」

ならば悔いの残らぬように。小さくとも強張りのとれたミュリエルの声を聞き、サイラスの笑みが深まる。サイラスが笑っているのなら大丈夫、そんな無条件の信頼がミュリエルに深い安堵をもたらした。

最後にもう一度頭をなでてから、サイラスが舞台の中央よりさがる。もともと乱立していたガゼボのうちの一つがアトラの背後に移動してあり、そこがサイラスの持ち場だ。姿は見えないが傍にいるし、何より目の前にはアトラがいる。ミュリエルは長い袖口の陰で拳を握った。もう、やるしかない。

サイラスの出した合図が反対の舞台袖にいるニコへ、そしてニコから湖にいるラテルへ繋がる。ほどなくして聞こえてきたのは、風の音かと聞き間違えそうな微かな笛の音だ。ラテルの笛は、徐々にはっきりとした旋律を奏でだす。

そこにポロンポロンとニコのリュートの音が彩りを添えた。重なり響くのは、聞いたことのない音の並びだ。どこか遠くを思わせる曲調は、見慣れた空の色も嗅ぎ慣れた風の香りも一瞬にして塗り替える。きっと誰もが聞き入ったのだろう。絶えず満ちていたざわめきが、水を打ったように静まり返った。

そして、アトラとミュリエルの世界を狭めていた幕が、取り払われる。

その瞬間、広がった世界に呑まれた。それに驚きすぎて、ミュリエルはやるべきことをポロりとなくす。少し前にした決意など、開けた世界の前に霧散してしまった。舞台に立つということを、ミュリエルは完全に甘く見ていた。囲われていたのは空ではなく、自分だったのに。

「さぁ、帰れ」

サイラスの台詞を聞いても、続きが出てこない。遠くの空も山も、たくさんの観客の視線も、すべてがミュリエルと距離をおいて反対側にあるみたいだ。両の足で立っている舞台さえ、不確かで心もとない。泣きたくなって、足が震える。どうしよう、どうしよう、という言葉だけが頭をグルグルと渦巻いた。

『……おい、ミュー。オレを見ろ』

そんななか、カチカチと小さく歯の鳴る音がする。目の前の大好きな白ウサギが、立派な前歯を鳴らした音だ。

『余計なもんなんか目に入れんな。オマエはオレだけを見てればいいんだよ』

慣れ親しんだ音にミュリエルは瞬きをして、張りはじめた涙の膜を追い払いアトラを見る。

『格好いいんだろ、今のオレはよ？　なら、もっと有り難がって目に焼きつけておけ』

微かに首を傾げ、笑うように細めた目がふてぶてしい。いつものアトラだ。いつだってこの白ウサギは格好いいが、竜の格好をしている今日の姿は、さらに格好いい。

（アトラさんだけを、見て……）

ミュリエルは広がりすぎた世界をアトラでいっぱいにするように、強気な赤い瞳を熱心に見つめた。

「どうした？　さぁ、帰れ」

いつまでも言葉の出てこないミュリエルを助けるように、サイラスがもう一度同じ台詞を繰り返す。ミュリエルは、胸を押さえた。大丈夫、続きの台詞は知っている。

「いいえ、帰りません」

無事に最初の台詞を口にできたミュリエルは、胸に手をあてたままアトラを見上げ続ける。すると白ウサギは、ミュリエルを褒めるための笑顔ではなく、なぜか得意げに笑った。

「人の子を花嫁になど、望んだワタシが愚かであった」

『人の子を花嫁になど、望んだワタシが愚かであった』

覚えていなくとも関係ないなどと言っていたのは、いったいなんだったのか。アトラはサイラスから遅れることなく、一言一句間違わずに台詞を口にしている。

ニヤリと続けて笑うアトラに、ミュリエルも思わず笑ってしまう。場面と表情が合っておらずとも、きっとアトラにしか見えていないはずだから大丈夫だ。そんな余裕が、さらにミュリエルの言葉も気持ちも自由にする。

「そんなこと、言わないでください。私は貴方(あなた)といられて、幸せです」

次の台詞は、もっとすんなりと出た。楽になった心と体は、ミュリエルにゆっくりと広がりゆく世界を見せる。先程のように驚かすほど急激ではなく、変化の境目は気づけないほどに密(ひそ)やかだ。安心して身を任せれば、空も山も湖も、ミュリエルと繋がり、変わることなくずっとそこにある。

長く伸びる笛の音が、零れるように弾かれるリュートの音が、高く低く空気を揺らしながら広がる世界を渡っていく。渡る音は吹く風と重なりあって、涼やかな水の香りをミュリエルに運んだ。水の香りは雨の香りだ。晴れ渡る空に雨の気配はなくとも、きっと近い。

「オマエの言う幸せに、先はない」
『オマエの言う幸せに、先はない』

二つの声が耳に一つになって届いたのは、世界の広がりをミュリエルが感じていた時だった。不思議に思って、翠の瞳を瞬かせる。するとなぜか焦点がずれてしまい、ミュリエルは戸惑った。

「今、貴方の傍にいたいと願うことは、そんなに悪いことですか……？」

淀みなく台詞が紡げることは不思議に思わずに、ミュリエルはぼやける景色を正しいものに戻そうと、もう一度強く瞬きをした。白んだように光る湖面の照り返しに、白い竜の鱗がゆらゆらと揺れている。

（どう、したのかしら……。湖も、鱗も、いやに眩しくて……）

翠の瞳の色がどこかいつもと違うのは、目が眩んでしまっているからなのか。しかもそれは、収まるどころか強まる一方だ。光が溢れて白んだ世界では、ものの判別も難しい。目に映るのが、曖昧なものばかりになっていく。

されど一つだけ、はっきりと他とは違う色がある。己に真っ直ぐ注がれる、赤い瞳だ。すがるように見つめ返せば、赤い瞳は不思議そうに瞬き、そして翠の瞳をその目に映した。

その刹那、二つの色が交わる間で、新たな光が散って舞う。その光は青空の下に俄かに降りだした、ささやかな雨の雫だ。

キラ、キラ、キラ、と、竜と花嫁を囲む世界に雨が降る。日に煌く雨粒は、瞬けば、チカ、チカ、チカ、と白んだ世界を点滅させた。赤と翠の瞳は互いの色を含みながら、雨を知る。

「ひと時の気の迷いで道を違えるのは、人の悪い癖だ」

『ひと時の気の迷いで道を閉ざすのは、人の悪い癖だ』

言葉の狭間に何かが見える。だが、それを見たのは、たぶん自分ではない。己の輪郭が光ににじんで、ぼやけてずれた。大きくずれたその場所に、言葉の狭間に添った者がいる。

不意にわいた切なさは、誰が感じたものだろう。それでも、繕うことなく自然と馴染んだのは、零れた涙の熱さを確かに己の頬で感じたからだ。それを受け入れた時、もとの自分はふわりと引きよせられた。そして、ずれた先で優しく一つになる。

「傍に、いたいんです」

目をつぶって緩く首を振る。それに合わせて肌を包むように降る雨が、揺れ動くベールで辺りに散った。

「傍にいたとて、結局ワタシとオマエの間では何も生まれぬ、何も残らぬ」

『傍にいたとて、結局ワタシとオマエの間では血は繋がらぬ、何も残せぬ』

それでも体に添う雨の感覚は、増すばかりだ。

「ふふっ」

笑い声は、はたして誰の口から零れたものだったのだろう。

「何がおかしい？」

『何がおかしい？』

ゆっくりと目を開き、見上げた先にいるのは白い竜。こちらを見おろす瞳は不機嫌そうに見えて、どこか寂しげだ。

「だって、貴方と私は、こうして今、同じ時を過ごして同じものを見ています。感じたものを共有して、言葉だってかわせます。何も残らないなんてことは、ありません」

日の光のなかを降る雨に彩られ、白い鱗が虹を帯びる。とても綺麗だと思った。その気持ちに嘘はない。今、この場所で、向かい合った時間は確かなものだ。

『……形のないものに、繋がりを見いだせと？　目に見えぬものになど、信用は置けぬであろう』

人の子は。故意に最後の言葉を伏せたのは、すぐにわかった。こんな言葉は、およそ竜の考えとは思えない。ただ、人である己の迷いに添ってくれる優しさから発せられた言葉だ。だからこそ、その他大勢ではなく今目の前にいる己が、己自身で思うことを口にする。

「形がなく、目に見えない言葉は、想いは、形あるものよりずっと自由です。どこでも、どこまでも、いつでも、いつまでも、届けることができる」

『……オマエは、忘れていたではないか』

非難めいた眼差しを向けられてしまい、苦笑いしながら頷く。

「私にそれを思い出させてくれたのは、貴方です」

言葉は突き放すようでも、伸ばした両手に顔をよせてくれる仕草で、より添ってくれる気持ちは十分なほど伝わってくる。それが、とても嬉しい。

「ひと時忘れてしまっても、この手では触れることができなくなってしまっても……」

抱き込むように両手を広げて、大きく固い額に自らの額をコツンとあてた。

「いつも、ここにあります」

目をつぶっても、見えなくなることは決してない。受け入れられる幸せに頬が火照るが、竜の体温はずっと低い。そろわない温度を包んでくれるのは、光を含んで優しく降る雨だ。

形はなくとも繋ぐものが、竜と花嫁の間にはある。ひと時のものとは知りながら、それでもこの心地よい沈黙に身を委ねてしまえたらと願いたくなるほどに。

「……では、傍にいてくれ」

ポツリと零れたようなサイラスの声に、ミュリエルはハッと顔を上げた。目を開けば急激に現実感を取り戻し、はっきりと自分の境界を知る。世界を映す翠の瞳は、いつもの色だ。

「心が風にほどけ、体が土に還り、魂が水を巡っても。血の絆ではなく……」

『心が風にほどけ、体が土に還り、魂が水を巡っても。血の絆ではなく……』

それなのに目の前のアトラも、サイラスの声もいまだに一つに聞こえる。少しのずれもなく重なる台詞は、幾編もある『竜と花嫁』の物語の、どの台詞だろう。

ミュリエルにはわからない。それなのに、不思議なことになんの抵抗もなくストンと自分のなかに落ちてくる。しかも最後まで聞ければ何かをつかめそうで、ミュリエルはただ耳を澄ませた。

しかし、続く台詞を遮って聞こえてきたのは、意味をなさないざわめきのような喧噪だ。わぁわぁと騒がしい声は一つではなく、徐々に近づき大きくなる。

劇の途中だというのにそちらを見てしまったのは、「危ない」という言葉を耳が拾ったからだ。見えたのは、人の波にもまれて押し流される、大きな姿。

「おい、君達！　もう十分だ！　そもそも護衛のような真似も、道案内も必要ない！　だから、もうさがってくれ!!」

「あっ、スヴェン！　大丈夫!?　おい！　あんたら、いいかげんにしろよ!!　迷惑だって言ってるのが、聞こえないのか!?」

『キャキャン！　キューーン！　足、踏みすぎっスよ！　毛もつかまないでくださいっス！』

劇の中断に気を留めた者はいなかった。かろうじて道を進みながらも、押し合いへし合い雪崩れ込んだひと塊の集団に、場は騒然となる。

レインティーナとスジオに乗ったリュカエルをまとめて囲んで騒いでいるのは、アトラ達から聞いていた通り「白薔薇」を筆頭とした過激なファンの女性達だ。辺りを牽制しながら進む様は、要人警護をする用心棒のように見えなくもない。

しかし、先のレインティーナ達の発言通り、本人達が一番の邪魔者だ。周りが目に入らぬほど興奮しており、もとからこの場にいた観客をお構いなしに巻き込んでいく。

ヘルトラウダのために控えている湖側の騎士達は動かない。しかし一般市民側にいた騎士達は、動きを止めようと進み出た。流れをせき止めれば、人の波は不自然にたわむ。その時生まれた重みは、中心にいる体の大きなスジオにのしかかった。耐えきれずに倒れてしまえば、一般人を下敷きにしてしまう。

『スジオ！　こっちだ！』

舞台上でアトラが叫ぶ。叫ぶと同時にミュリエルの襟首をくわえたアトラは、その場にスペースをあけるように横に飛ぶ。スジオの反応も早かった。

背に乗せているリュカエルはもとよりレインティーナもついでに口でくわえると、反動で逆側に倒れはじめた人々のわずかな隙間を使い、上手い具合にジャンプした。逃げ出してしまえば難なく着地して、レインティーナもそっと地面におろす。

しかし、安心するにはまだ早い。スジオという支えを失った者達がそろって転んでいく。大きな体の下敷きになるよりは、ずっといい。ただ、ここから不運が重なった。

まるでドミノ倒しのように、順に倒れた人の波が一番近くにあった出店に届いたのがはじまりだ。その重みは簡易に作られた出店を、簡単にひしゃげさせた。屋台骨はそのまま傾き、今度は余裕をもたせていたカーテンに引っかかる。カーテンに支えきれない負荷がかかれば、次に傾くのはカーテンを張っていた支柱だ。傾いた一本の支柱は耐えきれず、ゆっくりと人々の上に倒れゆく。

「スヴェン！」

『はいっス！』

リュカエルに名を呼ばれたスジオは、悲鳴を凍らせる人々を下敷きにしようとしている柱を、後ろ脚を使って即座に蹴り飛ばした。人やものの位置、それに自分の体勢、それらを瞬時に考えたのだろう。スジオがしなやかに体をひねって着地した時には、大きな柱は何もない湖の向こうに水柱をあげながら着水していた。

水面が余波で揺れているが、ヘルトラウダがいる湖上ガゼボが大きく影響を受けるほどではない。そのため、スジオの行動は誰が見ても最善だと思われた。だが。

「っ‼　竜が……っ‼」

空を遠ざかる小さな影にミュリエルが気づけたのは、偶然だ。少し遅れて、竜が入っていたと思われる籠が、ガゼボから湖にボチャンと転げ落ちたのが目の端に映った。

そこからも事態は目まぐるしく、ミュリエルを置き去りにして激しく流れていく。為す術もないミュリエルが理解できたのは、流れが最悪の方向へ進んでいるということだけだ。場の混乱と連鎖的に起こった竜の逃亡、その全責任を問われたのが聖獣騎士団だったのだから。

その結果、夕暮れを待たずして聖獣騎士団団長サイラス・エイカーは、すべての責を一人で負うと決め、囚（とら）われの身となった。ミュリエルはそれを、いつの間にか帰ってきていた獣舎で、涙もなく聞いた。

「……君との婚約は、白紙に戻った」

紫の瞳は下を向いたきり、ミュリエルを映すことはない。

「私は、婿入りする形でグリゼルダと婚姻を結ぶ。出立はすぐにでも、という話だ」

伸ばした手は届かず、ましてや優しい大きな手が差し出されることもない。一度もミュリエルを見ることなく踵を返して遠ざかる背に、すがりつきたくても足は縫い留められたように動かなかった。

（い、嫌、嫌です！　行かないで、傍にいてください！　待って！　嫌、いやぁぁぁぁっ!!）

『おい、ミュー!!　起きろ！　寝ぼけんな！』

容赦なくグラグラと揺らされたうえに、歯音が直接触れた頭の芯にガチガチと響く。ミュリエルはひどくよくない夢から逃げるように目をあけた。その拍子に涙が頬を伝う。サイラスが囚われたと聞いた瞬間は出なかった涙が、少し時間を置いた今はいとも簡単に零れていった。

『……ったく、変な寝言叫んでんじゃねぇよ』

強引な起こし方をしたアトラは、ぞんざいな言葉をかけつつも、体を起こしたミュリエルを脇腹で支えてくれる。

「アトラさん……。すみません……。とても、嫌な夢を見てしまって……」

埋まる勢いできつく抱き着く体には力が入っているのに、声はくぐもっている以上に小さい。

あのあと、リーンの気遣いで「休んでいるように」と、部屋に戻されて楽な服に着替えたミュリエルだったが、一人でいてもよくないことばかり考えてしまうため、すぐさま獣舎に戻ってきていた。それからはずっとアトラ達と一緒だ。馬房で温かい毛によりそっている間に、どうやらうとうとしてしまったらしい。今は真夜中に差しかかったくらいだろうか。

『不安になっちゃうわよね。サイラスちゃんが捕まっちゃったんだもの。無理もないわ』

『まぁ、サイラス君が身動きの取れない、このような事態ははじめてだからな』

『ジブンがもっとしっかりしてたら、こんなことにはならなかったっスかね……』

『何を言ってますの、スジオはん。あの時のアレは、誰が見ても最善でした。ただ、なんちゅうか、まぁ、運が悪かっただけで』

ランプだけが頼りなく灯る暗がりで、ミュリエルは少しも体をアトラから離さないまま声がする方へ顔を巡らせた。辺りはよく見えないが、誰がどこでどんな顔をして話しているかは手に取るようにわかる。

『もう眠れそうにねぇか？』

コクンと頷けば、アトラがあごでミュリエルの頭をなでてくれた。ただ力加減が強めで、首も一緒にグリグリと動く。気持ちが沈んでいる時に優しく触れられれば、泣きたくなってしまうだろう。だから、こんな時にする触れ合いは、あたりが強すぎるくらいがちょうどいい。

『せめてサイラスちゃんの顔を見て少しでも話せれば、ミューちゃんも安心できるのにね。あの時、あまりにもバタバタだったじゃない？』

ミュリエルは頷いた。劇が中断してからサイラスの身が囚われるまで、ゆっくりと言葉をかわす時間は持てなかった。もしあの時、お互いの考えや気持ちを確かめ合えていたら、この状況への心構えもできていただろう。そうすれば今抱えている不安にも、少しは前向きな気持ちをもって向き合えていたかもしれない。

『人間のルール上、勝手に連れて帰ってきてはまずいだろうが、こっそり顔を見るくらいならいいのではないか？　確かサイラス君は、王宮にある塔の一室にいるという話だったな』

『場所がわかってるなら、会いに行っちゃえばいいっスよ！　でも、塔……、塔っスか。なんか、この前聞いた物語みたいっスね。あ、でも、配役が逆っス』

『え。それって、ダンチョーはんがお姫様ってこと？　なんや、それは色々と……。聞くだけでヤバイ気配を感じるんは、ボクの気のせいやろか』

思ってもみない方向に進みはじめてしまった話に、ミュリエルは眉を下げながら言葉を挟む隙を探す。しかし、いざ声をあげようと息を吸ったところで、アトラがガチガチと歯を鳴らす方が早かった。

『元気になるんなら、その辺はどうでもいいだろ。それに、ミューがヒーローってのも、新しくていいんじゃねぇか』

アトラの言葉は、今までの流れに概ね同意するものだった。話すために息を吸ったのに、ミュリエルは口が重くなったのを感じた。だが、言わなくてはならないだろう。小さく挙手をして、なんとなく自分に視線が集まるのを待ってから、ミュリエルはおずおずと口を開いた。

「そ、その……、サイラス様に会いたい気持ちは、とてもあります。あるのですが……、私には塔にいるサイラス様のところまで、行く力がありません。あの物語のように、不思議な仮面なんて、持っていないですし……」

せっかく聖獣達が元気づけようとしてくれているのに、水を差すように自分の不甲斐なさを告げねばならず、ミュリエルは泣きたくなった。声もどんどん萎んでいく。

アトラ達に話して聞かせた、『怪人百二十面相と塔の姫』に出てくる男が姫を助け出せたのは、不思議な仮面を持っていたからだ。ある時は兵士になり、ある時は侍女になり、そしてまたある時は猫になり鳥になり。

塔に留め置かれているサイラスに会うためには、最低でも何人もいるであろう見張りの目をかいくぐらなくてはいけない。仮面のないミュリエルでは、そんな最低条件すらも満たすことはできないだろう。自分の無力さが恥ずかしくも悔しい。

『誰が一人で行けって言ったんだよ。オマエには仮面がなくても、仲間がいるだろ』

呆れたような声を出したアトラを、ミュリエルは振り仰いだ。

『ミューちゃんに足りないところがあるのなら、アタシ達が補えばいいんだものね』

『しかし、今回は隠れての行動が必要だ。目立つ我々は適任ではない』

『こんな時は、ラテルさんとニコさんが力になってくれるっスよ』

『あのお二人にかかれば、塔にいるダンチョーはんに会うのなんて、お手のもんです』

レグ達が優しく、頼もしく、明るい調子でアトラの言葉を引き継ぐ。暗いなかでも声の調子から、笑いかけてくれているのがわかった。

「サイラス様に、会えるのですか……？」

拭いきれない不安から口に出して確かめれば、聖獣達はそろって肯定してくれる。望めば会えるのだということを、じわじわと理解するのに黙り込んだミュリエルを、誰もせかすようなことはしなかった。慣れているアトラ達はただ、仕方ないな、と笑うばかりだ。

しかしそこで、聖獣達の目と耳がミュリエルから離れ、獣舎の入り口に向けられる。

『……考えることは、誰でも同じみてぇだな』

アトラはのっそりと体勢を変えると、ミュリエルの襟首をくわえた。プランと宙に浮いた体が馬房のゲートを越したと思えば、すぐに地面におろされる。

「……ミュリエルさん、ここに、いた」

「っ！」

いつの間にこんな近くまで来ていたのか。暗がりでもはっきりと見える距離にニコがいる。

「今から団長のとこ、行こ？」

驚きから回復しないミュリエルを気にした様子もなく、ニコはのんびりと言葉を続けた。しかし、自分が着ているのと同じケープをミュリエルに羽織らせる手つきは、素早い。

「団長に、連絡。これ、見せて、ね」

首もとのボタンまできっちり留めてくれたニコは、今度は紙切れを渡してきた。戸惑いつつも目を通せば、サイラス不在時の聖獣騎士団がこれからどう動くのかの予定が書かれている。

「ミュリエルさんの、役目。団長、励まして、きて？」

コテンと首を傾げたニコを、ミュリエルは瞬きと共に見つめた。サイラスに望めば会いに行けると理解したばかりで、もうその手段が目の前に用意されている。会えるのだ、と実感すると、紙切れを持つ手に意図せず力がこもった。

『行ってこい。オマエも不安だろうが、きっとサイラスも不安だろうよ。何しろあっちは独りだからな。顔見せて、お互いに安心してこい』

ミュリエルは涙の膜が張りだした目をギュッとつぶると、アトラ達とニコに向かって何度も大きく頷いた。会える、そう思っただけで、ポロポロと涙が零れて止まらない。

「行ける？」

ニコに心配そうにのぞき込まれて、ミュリエルは鼻をグズつかせながら再び何度も頷いた。ついて来られるか様子を見るように小さく歩き出したニコに、なんとかミュリエルも続く。

「行って、まいります……」

涙に濡れた瞳でアトラ達に向かって小さく挨拶をすると、歩調を徐々に速めるニコに遅れをとらぬよう、ミュリエルは走り出した。背中に向かって短く励ましの歯音や鼻息、そして鳴き声がかかる。

外はいつの間にやら細かな雨が降りだしていた。雨の降る闇夜はまるで自分の不安を表しているようで、ミュリエルはケープの前をかき合わせる。それでも足が歩みを止めないのは、この先にサイラスがいるからだ。

『ったく、あんなに泣いたら干からびちまうじゃねぇか。会って帰ってきても泣いてたら、頭からかじってやる』

人影のなくなった獣舎で、アトラが歯ぎしりを鈍く響かせる。となれば、あとも途切れない。

『愛しい人を想って流す乙女の涙って、心に訴えてくるものがあるわよねぇ。ミューちゃん、頑張って乗り越えるのよ……！』

『恋を知ったからこその弱さ、ということか。ならば、あれほどの動揺も頷ける。我々からすれば、まだ窮地というほどの状況ではないからな』

『周りで平気だって励ますより、会った方が早いっスよ。それに、敵の目をかいくぐって想い人に会いに行くなんて、めちゃくちゃ愛が盛り上がる展開じゃないっスか！』

『あぁ～、傍で見れへんのが残念です。ミューさん元気になったら、ちゃんと報告してくれるやろか……』

性格を反映した個性豊かな台詞だが、一様に言えるのは深刻さが欠片もないということだ。それでも耳も目も飽きずに外へ向け続けるのは、ひとえに聖獣騎士団の柱であるサイラスと、可愛い妹分のミュリエルの身を想うがゆえでもある。

雨音のせいで、いつもより気配を拾える時間は短い。それでもアトラ達はそこからしばらく、闇夜に紛れたミュリエルの気配を追い続けた。

前を行くニコはとても気遣ってくれているらしく、ミュリエルの息があがらない頃合いを見計らって、走ったり歩いたり、時に止まったりしながら進んでくれる。ちなみに、途中までは知っている道だったが、辺りが暗いせいもあり早々にわからなくなってしまっていた。ただ、壁を登ったり穴を通り抜けたりといった無茶な移動はなく、ミュリエルが音を立てないように気を回す余裕を持てる道のりではある。

だから、ラテルと落ち合ったこの場所がどこなのかもミュリエルにはわからない。ケープを目深にかぶったラテルは気配を消していて、完全に周りと同化していた。ニコとて傍にいるのに気配が希薄だ。絶対に二人の邪魔になってはいけないと、ミュリエルも精一杯息を潜めた。

霧雨のような、細い雨を落とす夜空を見上げる。するとそこには、闇色に溶け込むようにしてサイラスが留め置かれている塔がひっそりと立っていた。

今までに体験したことのない状況にあって、気持ちが高ぶっているのだろうか。いつもよりずっと五感が冴えている感じがする。雨の音のなかに誰かの話し声が聞こえて、ミュリエルはそっと両手で自分の口もとを押さえた。雨が降っていてよかった。微かな息遣いは、きっと雨の匂いと音がかき消してくれるだろう。

どうやら話しているのは警備の騎士で、定期的に周囲の見回りをしているようだ。

「……ザルな警備じゃのう。逆に不安になるわい」

騎士が歩き去ったのを見送って、ラテルが呟く。それにニコも頷いていた。ミュリエルには厳重な警備に思えたが、二人の目線では問題にならないらしい。

「んじゃ、行くかの。わしがその辺の騎士を引きつけてる間に、ミュリエルちゃんはラス坊のとこに急ぐんじゃよ？　ま、ニコがおれば造作もないじゃろうが」

羽織ったケープのフードを引っ張ったラテルが、不審者のような風貌とは似つかわしくない可愛い仕草でコテンと首を傾げる。ミュリエルはよろしくお願いします、という気持ちを込めつつ、借りたケープのフードをキュッと顔周りに引きよせて頷き返した。

「んじゃ、あとでの！」

老人とは思えない身のこなしで、ラテルがサッとその場からいなくなる。葉擦れの音さえ立てずに消えたその場には、雨に濡れていない土がわずかな痕跡として残った。だが、それもすぐになくなる。

「……グルルルルゥ。グワゥ、ググゥッ」

「っ!?」

急にどこからか獣のうなり声のようなものが響き、ミュリエルは身を強張らせた。妙に不安をかき立てるうなり声だ。

「あれ、師匠の笛の、音」

笛でこんな音が出せるものなのか。あまりに本物そっくりの音に疑問が残るが、重要なのはその音につられた見張りの騎士達が、そろって移動して行ったことだ。陽動の効果があるうちに、ミュリエルは少しでも早くサイラスのもとにたどり着かなくてはならない。

「僕達も、行こ？」

「へ？」

聞き返す間もなかった。ここまでの道のりに無茶なことがなかったため、なんとなくこの先もそうだと思っていたが、それは間違いだったようだ。

体が自分の意思とは関係なく、空中をビュンと飛ぶ。ニコはミュリエルに心の準備をさせてくれなかったし、説明すらしてくれない。そのため、荷物のように肩に担がれ、どこかのバルコニーに着地したと認識できたのは、はるか下にある地面と木々を目にしてからだ。衝撃どころか足音もない。ただニコがリュートの弦のような細い糸を、シュルンと袖のなかにしまった空気を切る微かな音だけが、雨音に混じって聞こえた。

「迎えは、同じ笛の、音。いい？」

それでもコクコクコクと頷けたのは、聖獣番になって以降、一般的な令嬢では体験しないようなことを着実に乗り越えてきたからかもしれない。ミュリエルの反応にニコは控えめに笑うと、音もなくバルコニーから飛び降りた。ミュリエルは息を呑む。この場の高さは五階ほどある。座り込んだまま即座にバルコニーの柵を両手でつかんで地面を見おろせば、ニコはそこでも軽い身のこなしで着地と同時に一足飛びで草陰に消えた。

しかし、ホッと見守っている場合ではない。ミュリエルはすぐに後ろを振り返り、はめ殺しになっている窓へ向けて数歩の距離を駆けよった。危険を冒してまで作ってもらった時間を、少しも無駄にしたくない。屋根があり雨の染みができていないタイルの床に、ミュリエルの濡れた足跡がつく。

まずはしゃがんだ状態で、隠れながらそっと室内をのぞいてみる。なかは明かりの一つも灯されておらず、とても暗い。目が慣れなくて判別がつかず、ミュリエルは眉間にしわをよせながら翠の瞳をすがめた。

「っ！　サイラス様！」

部屋のなかにただ一人サイラスの姿を確認したミュリエルは、立ち上がった。真夜中にも関わらず、サイラスは制服姿のままソファに座っている。両膝に曲げた肘を置き、組んだ指先に額を預けた姿勢で、ピクリとも動かない。ミュリエルは細心の注意をもって、ごくごく小さく窓をノックした。

ハッと顔を上げたサイラスの目がこちらを向き、驚愕と共に紫の瞳が見開かれたのが暗がりに慣れたミュリエルの目には見えた。かぶっていたフードを払いのけると、顔をさらす。

離れていた時間などわずかなのに、やっと会えたという気持ちが胸を埋め尽くした。長い足を使ってあっという間に窓際まで来たサイラスは、まじまじとミュリエルを見ると口を開きかける。しかし、言葉が出ないようですぐに唇を一文字に閉じてしまった。

「サイラス、様……」

きっとミュリエルの声は、硝子に遮られてサイラスに届いてはいない。それでも簡単なものならば唇の動きを読んでくれるだろう。だから本来なら、小声であってもはっきりと唇を動かすべきなのだ。だが、それができなかった。

「ラ、ラテル様とニコ様の計らいで、こちらに連れて来てもらいました」

ミュリエルは早口で言うと、真っ直ぐに見つめてくるサイラスの紫の瞳から視線を切る。そうしなければ泣いてしまいそうだった。明かりも使わない暗い部屋で独り、サイラスがうつむく姿を見ただけで、もう無理だ、と思ったのだ。自由な身のミュリエルの方が、心細さに押し潰されてしまいそうになる。

コンコン、と下を向いてしまったミュリエルの気を引くために、サイラスが窓をノックする。情けない顔を取り繕うことができないまま見上げれば、サイラスの唇がゆっくりと言葉を紡いだ。ミュリエル、大丈夫か――、と。

ぶわっ、と涙が溢れて唇がわななく。涙を拭ってくれる手も、抱き留めてくれる胸も、こんなに近くにいるのに求めることができなくて、ミュリエルの我慢など簡単にどこかへ消えてしまった。嗚咽を零しながら、次から次へと涙の雫が落ちていくのを止められない。

涙で霞む視界でサイラスがつらそうな顔をしている。それに気づいて、ミュリエルは零れる嗚咽を途中で飲み込むと、袖で乱暴に涙を拭った。まだ泣きたいと訴える体を無理に押さえつけたせいか、息苦しい。足りない酸素のせいで指先が冷えて、細かく震えてしまう。

それから意識をそらすために、ミュリエルはポケットをせわしなく探った。忍ばせていた紙を取り出して、硝子越しにサイラスに見せる。明朝よりの聖獣騎士団が起こす行動が記されている、ニコから託された紙だ。

サイラスの目が文字を追うのを、ミュリエルはスンスンと鼻を鳴らしながら待つ。無理矢理押し込めたせいで、涙はすっきりと止まってくれない。

「わかった。皆に、仕せる」

サイラスの唇がそう動いたのを見て取って、ミュリエルは目を真っ赤にしたまま頷いた。

そしてそこからしばらく、言葉もなく見つめ合う。自分の翠の瞳が涙で潤んでいるのは、否定しようもない。紫の瞳も、硝子越しに闇に沈みながらゆらゆらと揺れていた。

ミュリエルは紙をポケットにしまうと、思わず両手を硝子にくっつける。少しでもサイラスを近くに感じたいと思ったのだ。サイラスもそれに応え、ミュリエルの両手とピタリと合うように向こうから手を硝子に当ててくれる。

わかってはいたことだが、互いの体温などまったく感じることはできなくて、ミュリエルは胸を締め付ける痛みに唇を引き結んだ。

(駄目だわ、また泣いてしまいそう……。一人ぼっちのサイラス様の方が、よほど不安なはずなのに。だから、本当なら、笑って見せなくてはいけないのだわ。でも……)

降ってわいたサイラスの婿入り話に、聖獣騎士団に問われた責任、そんな時に傍にいられないこと。それらに頭を占められた状態で、器用ではないミュリエルが自然に笑えるはずもない。

寂しくて、心細くて。そんな負の感情を抱えたままでは、自分は笑顔の一つも見せることができないのだ。それでいったいどうやって、自分のみならずサイラスのことも安心させてあげられるというのだろう。

（顔を見れば、安心できると思ったのに……。アトラさん達からも、お互いに安心してこいって言われたのに……。どうすれば、いいの……？）

冷たい硝子越しにある優しい熱を想って、ミュリエルは目を潤ませたままサイラスを見つめ続けた。するとサイラスは、遮るものがあっても、夜でも、雨が降っていても、目もとをやわらげてミュリエルを見つめ返してくれる。その穏やかな色を見て、ミュリエルは思った。

（あぁ……。どんな時でも、サイラス様の瞳は……）

優しく深い、紫の色。それを一心に注がれると、ミュリエルの胸はいっぱいになる。寝ても覚めても変わらない気持ちは、はち切れそうなほど苦しく、甘い。そして気づく。その気持ちがあるからこそ、こんなに不安なのだ、と。

「好きです。サイラス様のことが、好き……」

言葉は今までで一番、自然に口から零れた。目を見張ったサイラスに、情けない泣き笑いを向ける。無理して作った笑顔を見せても、どうせサイラスには伝わってしまうだろう。ならば気持ちのままに見せるこの中途半端な泣き笑いの方が、きっとずっとましだ。

声は届かなくても、この顔と唇の動きを読んでもらえれば、ミュリエルの気持ちはわかってもらえるだろう。ただ硝子の冷たさに阻（はば）まれて、全部が届いたようには思えなかった。

余すことなく届けたいと思ってしまうのは、恋を知って欲張りになったからだろうか。恥ずかしいと思うより、欲しいと思う気持ちが溢れる。

サイラスに、もっと心をよせたい。余すことなく届けたい。好きだから。とても好きだから、ほんのわずかでもこの気持ちを軽く思われたら嫌だとミュリエルは感じた。

（硝子に隔てられてしまっても、ちゃんと全部、届けたい……。どうすれば、届くかしら……。まるごと全部、少しも減らさずに……）

その方法はこの時、自然とミュリエルのなかに降りてきた。サイラスとミュリエルの間でなら、間違いなく届く方法だ。

気持ちに背中を押されて、ミュリエルはそっと目を閉じる。そして、硝子越しのサイラスの掌に唇をよせた。『私は貴方を求めています』と、祈るような想いを込めて。

そっと触れて、ゆっくりと離れる。伏せていた目線をおずおずと上げれば、先程よりずっと驚いた顔をしたサイラスがいて、ミュリエルは急に恥ずかしくなった。やりきった充足感も感じている。しかし、じりじりとした恥ずかしさに頬が火照ってしまい、結局うつむいてしまった。自然とおでこがコツンと硝子にぶつかる。

すると、サイラスがトントンと重ねていた手の人さし指だけで窓をノックした。額を硝子につけたままミュリエルが上目遣いでうかがえば、ふっと笑ったサイラスが顔をよせてくる。唇が落とされたのは、おでこだ。

軽く触れただけでサイラスはすぐ離れたが、まだ額同士が触れそうな距離だ。そこから続けて、サイラスは誘うように顔を傾けた。こちらに向かってかがんだ角度と、伏せ気味の睫毛が示すもの。

これは、唇と唇が触れる間際の仕草だ。ミュリエルの胸がキュッと甘い痛みを訴え、頬はさらに熱を増していく。

恥ずかしいのは、変わらない。それでもミュリエルはあごを上げ、誘われるままに目を閉じた。そっと触れた唇に返るのは、無機質な硝子の感触。しかし、わずかに上げたまぶたの先には、至近距離でしっとりと熱を孕む紫の瞳がある。

互いが零した吐息で、硝子が曇る。目に見える熱に、頬どころか体も火照ってしまう。硝子の冷たさなど今はない。触れずともありありと思い出すのは、柔らかく甘い唇の感触だ。

体に溜まる熱に浮かされて、ミュリエルは潤む瞳でサイラスを見つめる。ふっと微笑むその顔が、とても好きだと思いながら。

しばらく見つめ合っていると、サイラスが笑みを深めた。その笑みは、なぜだか少し悪戯っぽい。ミュリエルが疑問を込めて瞬くと、サイラスは人さし指で自分の唇に触れ、続けてツンツンと硝子を示した。よくよくその硝子を注視すれば、唇の跡がついているではないか。

少しのずれもなく重なる二つの唇の跡に、ミュリエルは目を見開いた。ほぼ反射でゴシゴシと袖で窓を拭く。サイラスはそれを見て、ますます笑みを深めた。

「サ、サイラス様！　サイラス様も拭いてください！」

言葉と同時に、ミュリエルは拭くように身振りでも訴える。逢瀬の証拠となるものを、この場に残してはいけないはずだ。それなのにサイラスは笑うばかりでやはり拭いてはくれない。

「あ、あの！　サイラス様、本当に、早く拭いて……っ！」

焦りで半分泣きが入ったミュリエルは、もう自分の跡は消えているというのに、硝子を拭く

動きを激しくした。動きに合わせてチラチラとサイラスの唇の跡が見え隠れするため、いつまでたっても消えたように思えないのだ。よって、引っ張った両袖をなおも上下に動かしながら、その向こうにサイラスの顔が見えるたびに、「拭いて！　拭いてください！」と口も大きくパクパクと動かす。

（な、なぜなの？　どうしてなの？　サイラス様ったら、口もとを拳で隠すだけではなく、おなかまで押さえて笑っているわ……！）

　それでも上品さを失わないのは、サイラスの人となりゆえか。ただ、もはやその笑う姿は、声が聞こえないのがおかしくなくらいだ。

　いよいよ限界まで慌てたミュリエルが、もう一度口を開きかけた時だった。獣のうなり声のようなラテルの笛が鳴る。ミュリエルが振り返るのと、ニコがバルコニーに降り立ったのは同時だった。

「迎え、来た。いい？」

　ミュリエルが頷くより、その後ろでサイラスが頷く方が早かった。ニコはここでもミュリエルの返事を待たずに、サイラスにだけ頷きで応える。それと同時にミュリエルを肩に担いだ。

　バルコニーから飛び降りるその瞬間、サイラスと目が合う。瞬きする間に身は宙に躍っていたが、ミュリエルの目には少しの陰りもなく笑みを浮かべるサイラスが映った。ミュリエルもまた、それにパッと笑顔を返せたはずだ。

◇◇◇

短くともしっかりと寝て、身支度もきっちりと整えたミュリエルは、しゃんとした気持ちで次の朝を迎えた。雨上がりの早朝の庭には、聖獣騎士団の面々が集まっている。霧が残る山々に見守られながら、サイラス奪還に向けて動き出すためだ。

集まった面々の表情に、気負ったところはない。聖獣騎士団は、アトラ達をはじめリーン達までもが、サイラスが無事に帰還することを疑っていないからだろう。サイラスを信じ、自分と仲間ができることを信じていることで、最悪の事態にはなりようがないと信じているのだ。

サイラスと笑い合ったことで落ち着きを取り戻したミュリエルは、冷静になって周りを見回し、それに気づいた。すると、昨夜の自分の取り乱しようが少し恥ずかしくなる。

（サイラス様が傍にいないだけで、あんなに不安になるとは思わなかったんだもの……。だけれど、今は……）

アトラ達に勧められたように、ヒーローになるには自分ではまだまだ力不足だ。だが、だからといってめそめそしているつもりも、今のミュリエルにはなかった。

サイラスの笑顔を見た時に、何かが切り替わったようだ。強く思うのは、無粋な硝子越しではなく、いつでも体温を感じられる距離で笑い合いたいということ。

今までそれが自然と傍にあったのは、サイラスがたゆまず歩みよってくれていたからだ。手を伸ばせば必ず届いていたのは、幸運だったからでも、ましてや偶然が重なったからでもない。

だからサイラスが動けない今、ミュリエルが行動をもって取り戻すのだ。望むものがわかっているのなら、あとは自分からそこに進めばいい。

(好きだと気づいて、それだけでいっぱいで……。自分なりに頑張っていたつもりだったし、婚約者にもなって、一緒にいられる約束も、今はあるわ。だけれど……)

手を引いて導いてもらうなかで頑張るだけではなく、自ら望む未来のために、考え、選び、努力したい。それに気がつけたのなら、不意に離れることになってしまったこの時間も無駄ではないように思えた。

サイラスとずっと一緒にいたいから、ミュリエルは自分のできることをする。サイラスのどんな笑顔も、ミュリエルはこれから先、一番近くで見たいのだ。

よって、翠の瞳はやる気に満ちていた。ミュリエルとてその気になれば――もちろんアトラ達の力も借りたいところだが――、きっと今後の頑張り次第でヒーローにだってなれる。

「ということで、僕、ラテル殿、ニコ君は、街に情報収集に行きます。レインさん、ミュリエルさん、リュカエル君は、アトラ君達と竜の捜索を、湖の周りからはじめてください。あ、この場にいませんが、ヨン君とカプカ君はそのまま湖に待機してもらっています」

ミュリエルが決意を新たにしている間にリーンが説明していたのは、昨晩サイラスに見せた紙に書かれていたのと同じ内容だ。逃げてしまった竜の捜索だけではなく街での聞き込みをすることにしたのは、レインティーナのファン達が強引な行動に出た背景に、ファンの間で配られる会報が関係しているのではないか、という話になったからだ。

買い物に出た時に街でレインティーナを囲んでもめた際、一人のファンが落としたチラシが会報だったようで、リュカエルは目を通してすぐに違和感を持ったと言う。違和感の原因は思考誘導に近い煽り文句の数々。ならば、会報に原因があると証明できてその出処がわかれば、現在聖獣騎士団にだけ突きつけられている責任が理不尽なものだと証明できるはずだ。そして、さらにそこに逃げた竜を捕まえて返せば、相手の攻め手を奪うことができる。

「まぁ、普段仕事人間の団長殿に、今回のことはいい強制休養になるかな、なんて僕は思っているんですけど。とはいえ！　これが二日三日と長引くのはつまらないので……」

一同を見回したリーンは、そのままニッコリと笑い握った拳を用意する。ミュリエルも、むっと唇を引き結ぶと同じように両手を握った。

「皆さん、張り切ってまいりましょう！」

「おー！」

リーンのかけ声に、ミュリエルは用意した拳を突き上げた。個性的な顔ぶれゆえに、その仕草がきっちりそろったかと言えば、そうではない。アトラ達は歯音に鼻息、鳴き声をあげたが拳を振り上げることはできないし、レインティーナは拳こそ握ったが、そのまま空気を相手にパンチを繰り出している。その隣のリュカエルは棒立ちのままで、さらに隣のラテルは現場監督の気分で満足そうに頷いており、ニコは何を思っているのか微笑みを浮かべるにとどめている。それでも、気持ちは一つだと思えた。

（なんて心強いのかしら。自分のことしか見えなくなって、くよくよしていたのが本当に恥ずかしい……。この場には、サイラス様が戻ってくることを疑う方は、誰もいないのだもの。だから、私も……）

ミュリエルは鼻息荒く、もう一度気合を入れるために拳をグッと握り込んだ。この顔ぶれで上手くいかないなんてことは、絶対にない。サイラスが戻ってくるのは、最初から決まっていることなのだ。

こうしてミュリエルは竜の捜索組に加わったのだが、自らの足でついて行けるはずもなく、アトラに甘えるままに背に乗せてもらっている。レインティーナはレグに、リュカエルはスジオに騎乗して、クロキリは上空よりそれを追っていた。ちなみにロロも、留守番は嫌だとレグのお尻にしがみついて行動を共にしている。まずは竜が逃げた湖より範囲を広げ、捜索をしていく方針だ。

聖獣達の装備は鞍を着けただけの簡単なものだ。ミュリエル達はそれぞれの制服を着ているが、それに加えて籠と網を携帯している。籠を斜めにさげ、長い棒つきの網を持った時点で、リュカエルだけは少し嫌そうにしていた。わからないでもない。装備だけを見れば、完全に虫取りの様相だ。

『おい、誰が捕まえるか、勝負な？』

辺りの匂いを嗅いでいたアトラが、ひくつかせていた鼻をピタリと止めて顔を上げる。そして悪そうな顔でニヤリと笑った。

『あら？　いいわね！　負けないわよー！』

『ふふん。そんな勝負、ワタシに分があるに決まっているではないか。勝ちはもらったな』

同じように匂いを嗅いでいたレグが、鼻息で地面の土をブフッと吹き飛ばしながら笑う。上空ではクロキリの囀りが、間髪入れずに長く伸びた。

『いいえ！　負けないっス！　リュカエルさんとの初勝利、ジブンがいただくっス！』

『皆さん、えらい呑気やな。ま、それでこそ聖獣騎士団、ってとこですか』

とうに匂いを嗅ぎ終え、一点を見据えていたスジオがキリリと宣言すると、相変わらずレグのお尻にくっついたままのロロは、自分が一番呑気なくせにそんなことを言っている。

『ねぇ、ミューちゃん、勝ったら何をくれる？』

「えっ……」

聞いたレグの目はスジオと同じ方向に向けられており、ミュリエルと視線が合うことはない。しかし、ミュリエルの返事を待っているようだ。こうした場合の扱いがよくわからず、ミュリエルはレインティーナに話を振った。

「あの、レイン様、こういった任務があった場合、一番貢献した聖獣には、何かご褒美のようなものが出たりするのでしょうか……？」

「あぁ、場合によってはあるな。いつもは団長が決めてくれるのだが……」

レインティーナが言い淀むと、すかさずリュカエルがあとを続ける。

「姉上が決めればいいんじゃないですか。それなら、的外れなものにならないでしょう？」

言外に、聖獣と言葉が通じるのだから希望を聞け、と言われて、それもそうだとミュリエルは納得した。

「で、では、僭越ながら、ご褒美の内容は任務完了次第、私の口より発表させていただきます。それでよろしいでしょうか？」

そこまでを大きな声で言ったミュリエルは、聖獣にだけ聞こえる小さな声で「それまでに何が欲しいか考えておいてくださいね」と付け加えた。するとアトラ達からは、短く了承の返事があがる。

『よし。ミュー、合図を出せ』

「合図、ですか？」

聞き返したミュリエルだったが、聖獣達を見れば全員が同じ方向を見て身構えている。彼らの鋭い嗅覚が、竜のいる方向をすでに捉えているのだ。なかなか見つからない、という事態も少しだけ想像していたミュリエルは、いつだって自信満々な彼らのこうした様子に何度も助けられる。明るい先行きを感じ、ミュリエルは鞍の縁にギュッとつかまり直した。ついで、内腿にも力を入れる。

「レイン様、リュカエル、皆さんが竜を見つけたようです。ご褒美と聞いてとてもやる気になっているので、きっと競争になると思います。ですので……」

二人に視線を送ると、心得たとばかりにそろって身を低くし、パートナーの飛び出しに応えられるように前を見据えた。それを確認したミュリエルも、今一度きつく鞍の縁を握り締める。

「で、では、よーい……、どんっ！」

グンっと飛び出したアトラに、体が後ろに引っ張られる。邪魔になってはいけないと、ミュリエルは根性で上体を鞍に向かって伏せた。険しくなる表情のなか、すがめた目が捉えるのはビュンビュンと流れる森の景色だ。時折木々の切れ目から、湖の照り返しがキラキラと光を散らす。

レインティーナとリュカエルの様子をうかがえるほどの余裕は、ミュリエルにはない。しかし、見えている景色のなかに時折混じる茶色や灰色、聞こえる足音や息遣い、それらが離れず傍にいることを教えてくれる。抜きつ抜かれつ疾走する彼らにとって、きっと竜までの距離はそう遠いものではない。

そんな予感は外れることなく、そろって竜の姿を発見したのはまだ昼にもならない時間だった。ただ、そこからがなかなか難しい。竜の動きが素早くて捕まえられない、とか。狭い場所に逃げ込んで届かない、とか。そんなことでは、まったくない。

「ちょ、ちょっと、皆さん！　待ってください！　これでは、あまりにも竜が可哀想です！」

『クソ！　おい、ミュー、降りろ。オマエを乗せてると出遅れる！』

「えぇー⁉」

激しい動きのなかで、比較的優しくポロンと地面に転がされたが、それに感謝している場合ではない。

『そこぉぉおっ！　いただいたわぁぁぁぁっ!!　……あら？　どこに行ったかしら？』

『何をしているのだ。こうした際は、視界は広く持つのが鉄則だ。ハンティングの神髄を見せてやろう！　……あ！　おい、レグ君！　無駄に木をなぎ倒すな！』

『じゃあ、ここはジブンが！　障害物が多い、もしくは増える場合に重要なのは機動力っスよ！　……って！　あぁっ！　アトラさん、ミュリエルさんのこと、いつ降ろしたっスかー!?』

『ひー、ひっひっひっ！　全員で邪魔しあって何してますの！　あんま笑わせんといて！』

もう、大騒ぎだ。ご褒美がある、しかもミュリエルがきっちりと希望の品を聞くだなんて言ったばかりに、聖獣達の本気度がすごい。見つけるまでは簡単だったのに、まさかこんなことになろうとは。ロロの言う通り、全員が我先にと竜に群がり譲らないため、互いが邪魔をしあってなかなか捕まえることができない。

ミュリエルより早い段階でレグから離れていたロロは、口ばかりで体を動かす気がまったくない。そんなやる気皆無なモグラの隣までなんとか移動したミュリエルは、形ばかり手にした網を握り締め、ハラハラと見守った。絶妙な加減でミュリエルとロロに危険はないのだが、森林破壊も甚だしい。

「レインティーナ先輩、僕、スヴェンに成功体験を積ませてあげたいので、ここは譲ってくれませんか？」

「可愛い後輩の頼みだが、それは聞けない！　むしろ私とレグを越えてこそ、真の成功と言えるんじゃないか⁉」

　レインティーナの反応は普段を考えれば当然のものだが、いつも冷静なリュカエルが引かないことは意外だ。ただどちらにしろ手綱を握る二人に、譲り合いの精神はない。すると矛先は、竜争奪戦に参加していないミュリエルに向く。

「姉上、とりあえずアトラさんとクロキリさんだけでも遠慮するように言ってください」

「そうだな！　褒美は騎士と聖獣、そろってもらえる方がいいような気がする！」

「えっ……。そ、そんなことを、言われましても……」

　根拠もなければ説得力もない提案から、ミュリエルがアトラとクロキリを納得させられる言葉を発せるわけがない。

　二人の提言を吟味するために頭を働かせることもせず、ミュリエルの目が追うのは「ギィギィ」と苦しそうな声を出しながら逃げ惑う竜の姿だ。今回の件の引き金となった存在だが、だんだんと哀れになってくる。

（よ、弱い者いじめみたいで、可哀想になってきてしまったわ……。だけれど、竜なのに弱いというのも、不思議なよう、な？　そもそも竜というのも、なんというか……、……、……）

　違和感の正体を見極めるために、ミュリエルは「ギャギャギャ」と鳴いている竜を今まで以上に真剣に見つめた。そして唐突に気づく。

（あっ！　そうだわ！　私、この竜の言っている言葉が、まったくわからない……！）

　はじめて見た時は衝撃のあまり、そんなことまで気は回らなかった。しかし、今になって集中してみても、頭に響く意味のある言葉は聞こえてこない。竜の血を引くと言われる聖獣達が言葉を操るのに、根源である竜が言葉を操れないことがあるだろうか。

そんなことを考えている間も、竜はアトラ達の包囲網により、同じ場所をグルグルと回るように逃げている。単純な飛距離は、小さな体を考えればかなりのものだろう。時間が長くなるほどに、羽ばたきはだんだんと力を失い目に見えてフラフラとしてきていた。

竜と呼ぶことに疑問は持ったものの、可哀想に思うこととは別問題だ。

「あ、あの！　本当に竜が可哀想なので！　皆さん、いったん仕切り直しに……、あっ!!」

元気に飛んでいた時ならいざ知らず、ヘロヘロと自身の体の自由さえ覚束ない竜のところへ、レグが巨体でなぎ倒した木が倒れていく。間一髪よけたものの、折れ飛んだ小枝が小さな体に直撃した。衝撃の反動で、竜が軽く跳ね飛ばされる。

小さな体は、放物線を描きながら落ちていく。落下地点がどうやら自分の目の前辺りだと途中で気づいたミュリエルは、ほぼ反射で持っていた網を長く伸ばした。見事網で受け止めれば、テコの原理で小さな竜がとても重く感じる。先端にかかる重みに腕が負ける前に、急いで柄を短く持ち替えた。無事に受け止められたことに、ミュリエル自身がびっくりだ。

「ミュリエル、お手柄だな。ある意味いい決着だったかもしれない」

「一番いいところだけを持っていきましたね。さすが姉上」

白熱していたくせに、決着がつけば後腐れがない。とくに悔しがることなく、レインティーナとリュカエルはそれぞれのパートナーの背から降りてくると、ミュリエルの代わりにてきぱきと竜を籠に移した。今はぐったりしていて大人しいが、暴れだしたら怖い。よって、持ち帰りはレインティーナにお願いする。

『ってことは、ご褒美はミューのもんになるのか？』

『あらぁ、やっぱり口頃頑張ってる子のところに、勝利の女神は微笑むのねぇ』

『無欲の勝利ということだな。我々は、いささか熱くなりすぎたかもしれん』

『ジブンも頑張ってるつもりだったっスけど、じゃあ、もっと頑張らないと駄目っスね！』

聖獣達もあんなに躍起になっていたのに、あっさりとしたものだ。だが、こうした切り替えの早さが彼らしいと言えばそうなのかもしれない。周りの惨状を見ると乾いた笑いが零れてしまうが、これはこれで丸く収まったと言えよう。

『そしたら、ミューさん、ダンチョーはん帰ってきたら、しっかりおねだりしてください』

しかし、ロロの余計な一言を皮切りに、生暖かく意味深な視線が集まる。おねだりをする気などまったくなかったミュリエルは、もちろんご褒美の内容など考えていない。辞退という言葉が頭をよぎったが、その考えを読んだロロが先を制した。

『あきませんよ？　得た権利は本人が行使せんと、周りに示しがつきません』

もっともらしいことを言いながら、顔が完全にニヤついている。からかう気満々の様子に言い返したいと思ったが、そうそう上手い文句は出てこない。出てこない言葉の代わりにうろうろと視線を彷徨わせていたミュリエルだったが、傍によって来たアトラに襟首をくわえて持ち上げられてしまった。

『よし。じゃあ、さっさと帰ってサイラスを迎えに行くか。毎日顔見ねぇと、変な感じがするしな』

アトラは慣れた様子で、長い耳の間からコロンと鞍に向かってミュリエルを転がす。

『サイラスちゃんあっての聖獣騎士団だもの。そりゃそうだわ』

竜入りの籠ごと背に乗るレインティーナを横目で見ながら、レグもご機嫌に鼻息を吹き出した。

『我々がこうして気ままに過ごせるのは、サイラス君の尽力によるところが大きいからな』

『ダンチョーさん、ほんとすごい人っスよね。もし今もいたら、アトラさんの圧勝間違いなかったっスよ』

『ま、ダンチョーはんいたらここには来てへんわけやけど、仲間外れにして楽しんでたって知ったら、また悲しいお顔しますしね？』

楽しんでいたつもりはないが、大騒ぎしていたのは事実だ。そのため、仲間に入れず軽く微笑みながら佇む(たたず)サイラスの姿を思い浮かべてしまう。ミュリエルは、ますます早く迎えに行かなければと思った。

「我々が帰る頃には、リーン殿達も戻っているだろう。そうなれば、すぐに解決だ！」

「えぇ、さっさと竜と証拠を突きつけて、団長を返してもらいましょう。ね？　姉上？」

聖獣達の会話を聞けずとも、誰もが考えることは同じらしい。

「はい！」

ミュリエルはもうすぐサイラスに会える喜びを胸に、弾んだ声で返事をした。

「えー。というわけで、団長殿を奪還するのに必要な証拠はそろったわけですが……」

ミュリエルがアトラ達と帰城した時には、リーン達はすでに特別獣舎に戻ってきていた。今は籠に入った竜を囲み、そろってまじまじと眺めている。

「ギエッ!!　ギャギャギャギャギャッ！」

「うーん。凶暴……」

籠から絶対に出てこないので、口もとに手を当てたリーンは顔を近づけて観察しているのだが、竜はそれに対してものすごく怒っている。小さくても鋭い爪がついた両の手足で柵につかまり、荒々しくガシャンガシャンと揺らしては、尖(とが)った牙のついた口から威嚇(いかく)音を発していた。

「完全に主観なんですけど。僕にはこの生き物が、古来より語り継がれている竜だとは思えないんですよね。皆さん、どう思います？」

やめればいいのに、リーンは拾った小枝で竜をつっつこうとしている。

「あ、あの……、私もリーン様と同じ意見です」

小枝は簡単に折られて短くなるが、リーンは持ち直してはしつこく竜をつっつく。

「ミュリエルさんもなんですね。ちなみに理由は？」

「え、えっと……。アトラさん達と接する時には聞、ではなくて、か、感じる……、と申しましょうか、そんな通じ合っているという感覚が……、この竜とはありません。アトラさん達の反応も、淡泊ですし……」

ミュリエルは先程気づいたことを、言葉を濁しながら伝えた。よくよく考えてみれば、そもそもアトラ達の反応とてそっけない。捕まえる時こそ夢中になっていたが、籠に入っている今、たいした興味を向けていないのだ。仲間を重んじる彼らがこんな無関心で、どうしてこの生き物を竜と認めることができよう。

「なるほど。確かにアトラ君やロロ、それに他の皆さんも、とても仲間を前にした時のような動きが見られませんしねぇ」

リーンとミュリエルの意見に反対する者はいないようで、レインティーナにラテル、そしてニコもうんうんと頷いていた。そんななか、冷静さを失わないリュカエルが、あごに手を添えながら首を傾げつつ竜をしげしげとのぞき込む。

「見た目は完全に竜ですけどね。古来種ではないのなら、新種なんじゃないですか?」

「リュカエル君！　貴方は鋭い！　実は、僕もそう言おうとしていたところだったんです！」

やっと立ち上がったリーンは、とても嬉しそうにリュカエルに笑顔を向けた。

「東方の白黒熊とか、南方辺境の四肢だけシマシマ馬とか、あれらと同等の存在ですよ。あ、えっと、そういう生き物がいるのは、知っていますか?」

リーンの問いかけに、ミュリエルとラテルは知っていると答え、レインティーナにリュカエル、それにニコは知らないと答える。得意げに胸を張ったラテルが、子供のように足で地面に線を書く。どうやらこちら側は賢いと主張したい模様。しかし線の外にされた三人は、挑発に乗らない。レインティーナは知らないことを少しも恥ずかしいと思っておらず、リュカエルは逆にしらけており、ニコは慣れっこのようだ。

「そもそも、……が、……、……です」

「えっ？」

そんなおふざけをしていれば、リーンの言葉を聞き逃してしまう。慌てて注意を向ければ、リーンはビシッと竜に向かって人差し指を突きつけた。

「だから！　そもそも、僕の琴線(きんせん)が、少しも震えないんですよ！」

「ギャギャギャ!!」

少し大人しくなっていた竜が、また興奮しはじめた。そして、リーンも負けずに興奮している。

「だって、おかしくないですか!?　こんなに聖獣愛の深い、この僕が！　そのルーツたる竜を前にして無感動だなんて、あり得ると思います!?　はじめて湖上ガゼボで見せられたあの瞬間も、困惑こそすれ、全然、まったく、これっぽっちも、惹(ひ)かれなかったんです！　それとも僕、不感症になってしまったんでしょうか!?　ねぇ、どう思います!?　そうだ、ロロ！　僕はどうしたら……、はっ!!　か、可愛いっ!!」

大きな身振りで己の激情を叫びながら、リーンは最後にロロを目にする。自分達にあまり関係ない話が続いていたため、ロロはポテンと地面に落ちるようにくつろいでいた。その姿が、どうやらリーンの偏愛魂に火をつけたようだ。

ピッシャーンとまるで雷に打たれたように体を跳ねさせてから硬直すると、一拍おいてからぶっ飛ぶ勢いでロロに突進した。体全体で抱き着いて、高速で頬ずりをはじめる。

「どうやらリーン様の琴線は、今日も感度がいいということですので。では、この生き物は竜ではなく、竜モドキと呼びましょうか。それで、話を戻しますが、ラテル様とニコの首尾は？」

「わしら、こういうの得意じゃし？　の？　ニコ？」

リュカエルが我を忘れたリーンを放置して話を進める。ラテルは胸を張り、ニコは微笑みながら頷いた。

「これが、証拠の会報じゃ。もちろん配っていた者も押さえとるよ？　わしってば、なんて有能」

「ルートも、把握、ずみ」

えっへんと腰に両手を当てたラテルが、ちらりとミュリエルとレインティーナを見る。二人で同時に察して、笑顔でパチパチパチと拍手を送った。そして渡された会報を読んでみる。

「レインティーナ先輩、ずいぶん変なファンを飼っていますね……」

「なんだ、これ。私が食べた昼食のメニューまで載っているぞ……？」

「こ、これは、かなり怖いですね……。それで、合っているのですか？」

恐る恐るミュリエルが聞くと、レインティーナはあごに手を添えて斜め上を眺めた。

「えーと。私はこの日、何を食べたんだったか……？」

「……」

「……」

レインティーナの見つめる先の雲が、静かに形を変えて流れていく。

「大事なのはレインちゃんが何を食べたかじゃなく、この一番下の記述じゃろ？」

「レイン、ファンの子と、こんな約束、した？」

気を取り直して聞くラテルと不思議そうに首を傾げるニコに、レインティーナはブンブンと首を振った。二人が気にしているのは、チラシの最後に取り上げられている文言だ。逃げ道を残した遠回しな表現ながら、さもレインティーナが言ったような書き方がされている。

それを意訳すると――パレードが終わって舞台までの道のりは、君達との時間にできそうだ。建て前上、嫌がる素振りを見せてしまうと思う。だが、君達に囲まれて進めたら、幸せだ――というような内容だった。

「そんなこと言うはずがない！　しかもこんな混乱しそうなやり方、いくら私が考えなしでもするはずがないじゃないか！　いや、むしろ考えなしだからこそ、そもそもこんなことは、思いつきもしないっ!!」

力強く言い切ったレインティーナに、誰もが納得して頷いた。天然タラシの白薔薇(ばら)の騎士は、その場の流れで無意識に乙女殺しな台詞を吐くだけで、口説く時間をわざわざ自分で作るタイプではない。

「決まりですね。証拠は十分。竜モドキもここにいます。あとはあちらに証拠を隠滅されない、それなりの場で開示すればいいでしょう。……リーン様、そろそろ戻ってきてください」

「……はっ!? 愛が溢れて我を忘れていました!」

しばらく放置していたものの、この場での取りまとめはサイラスがいない今、やはりリーンの役目だ。冷静なリュカエルの突っ込みでやっと奇行をやめたリーンは、ずれたモノクルを直しつつ戻ってくる。

「じゃあ、僕、行ってきます。ここからしばしの間、各自待機でお願いします!」

「リーン様、頑張ってくださいね……!」

後ろ姿のまま手を挙げるのを挨拶の代わりにして、リーンは一目散に駆け去って行った。


そしてこの聖獣偏愛学者は、間違いなく有能なのだ。

「ただいま戻りました! 交渉の場を得てきた、だなんてまどろっこしいことはなく、団長殿の無罪までもぎ取ってきましたよー!」

待機を言い渡されてより、そのまま庭で一心不乱にブラシをかけながら、じりじりとリーンが戻ってくるのをアトラ達と待っていたミュリエルは、まさかここまであっさり話がつくとは思っておらず驚いた。同じく近くでスジオにブラシをかけていたリュカエルも、意外そうな顔をしている。ちなみにレインティーナは体を動かしてくると鍛錬場の方に行ってしまい、ラテルとニコはヨンとカプカのもとに戻ると、湖の方に行っておりここにはいない。

「ですが、まぁ、五妃殿下がですね、竜モドキはミュリエルさんが持ってくるように、と譲らなくて。理由づけが、謝礼として直接言葉をかわす時間をとる、とのことだったので断るにも断りきれず……。あの、行けます？　団長殿の解放もその場で、とのことなのですが……」

「わ、私が、ですか……？」

喜びにふくらんだ気持ちに水が差される。ミュリエルの頭のなかを色々な思いがよぎった。視線は自然と竜に向かう。

多くの目がある場所にあった方が安全だからと、竜の入った籠はここで預かったままになっている。暴れることに飽きて、しかも誰からも過剰にちょっかいをかけられることもないため、今は大変落ち着いた様子で籠のなかで丸まっていた。

だから竜の籠を持つことは、問題ない。だが、一人でヘルトラウダと相対できるだろうか。親しみをもつ方が難しい初対面をした時のことを、ミュリエルは思い返した。値踏みするようにこちらを見た目には、まったく親しみなどこもっていなかった。あの温度のない瞳に見つめられると思うと、心が縮む。ただ、不思議と嫌いきれないのは、友であるグリゼルダとよく似た面差しをしているからだろうか。

「付け加えて言っておくと、その場での危険は少ないと思うんです。これは今回僕が五妃殿下と直接言葉をかわしてみて、感じたことなんですけどね。嫌がらせこそすれ、最後の一線を越えるようなことはしてこないのではないか、と。だから……」

お願いできませんか、とリーンは続けるつもりだったのだろう。しかし、それは音にならなかった。

「姉上、行かなくていいですよ。どうしても行く必要があるのなら、僕が姉上の振りをして行きますから」

いつの間にか傍に来ていたリュカエルが、何食わぬ顔をしつつも姉の身の安全を図ろうとして、リーンの言葉を遮ったのだ。

「リュカエル……」

深い思いやりを感じたミュリエルは、そっと弟の手を取った。感極まって潤んだ瞳で見つめれば、リュカエルはバツが悪そうに目をそらす。しかし、握った手はそのままだ。

「いやいや、リュカエル君、ここはミュリエルさんに任せて……」

「僕が行きます」

そっぽを向いたまま、リュカエルは言い切った。とはいえ、ここは頼る場面ではない。リーンからの提案に戸惑ったものの、ここで弟の助け舟に乗ってしまったら、サイラスへの想いまでもが嘘になってしまうようではないか。

この行動の先にサイラスがいるのなら、どうあってもミュリエル自身が赴くべきだろう。それに、大事な弟を差し出して自分だけ安全なところにいるなんて、絶対にしたくない。

「ありがとうございます、リュカエル。ですが、ここは私が……」

「言っておきますが、団長がここにいたとしても渋ると思いますよ」

「……え？　で、ですが、サイラス様は私がしたいと言ったら、応援してくださるような……」

「……」

　きょとんとして思わず言い返してしまえば、鋭くきつい流し目を向けられる。それにより言葉を重ねることができなくなってしまったが、眉を下げつつも見つめる目だけはそらさない。そして出せない言葉の代わりに、握った手にギュウギュウと力を込めた。

『まぁ、ここは、ミューが行くべきだろうな』

　ギリギリと歯ぎしりが響いたのは、姉弟が言葉もなく見つめ合い、しばしの時間が過ぎてからだった。握った手の力を緩めて振り仰げば、ミュリエルを後押ししてくれる赤い瞳がある。

『リュカエルちゃんてば、お姉ちゃん子ねぇ。可愛くて大事にしたくなっちゃう気持ちは、よくわかるんだけど』

『とはいえ、サイラス君やリュカエル君のように余計な感情がないぶん、リーン君が一番、ミュリエル君に任せられることへの線引きが妥当とみえるがな』

『あ、あのっ、リュカエルさんは、ミュリエルさんのこと信じていないわけじゃないんスよ？　ただ、好きすぎるから心配になっちゃうだけなんス』

『スジオはん、そんなんみんなわかってるから大丈夫です。ただ、ここに来たばかりならいざ知らず、今のミューさんなら任せられる、って話で』

ひと巡りした会話を順に視線で追い、最後にもう一度アトラを見る。白ウサギは笑顔を浮かべていた。悪だくみをするような笑顔だが、ミュリエルはこの顔が、己を信じて疑わずにいてくれるからこそ見られるものなのだと知っている。

『リュカエルが心配しすぎるのは、オマエがやる時はやるんだってとこ、見たことがないからだろ。見せてやればいいじゃねぇか。やれるだろ？　な、ミュー』

ミュリエルはキュッと表情を引き締めた。そして握ったままになっているリュカエルの手を、もう一度強く握り直す。

「私、行きます。アトラさん達も、私ならやれると思ってくださっています」

「姉上……」

「大丈夫です。サイラス様を、ちゃんと返してもらってきますから！」

真っ直ぐ見つめ返して強く頷けば、リュカエルはそれ以上何も言わなかった。今までを思い返せば、なんとも頼りない姉の自覚がある。だからこそ、少しでもしっかりしていると思ってもらえるように、見つめる視線に目力を込めた。横に視線をずらせば、リーンもいつもの糸目を優しい笑みの形にして頷いてくれる。

『ミューはヒーローなんだもんな？　囚われのお姫様、しっかりその手で助けてこい』

からかうように言われたが、まだまだヒーローには力不足だとわかっている。それでもいつかヒーローになるつもりがあるのなら、ここは踏ん張りどころだろう。

アトラから檄（げき）を飛ばされたミュリエルは、キュッと口角を持ち上げた。

「……お召しと、うかがい、ミュリエル・ノルト、まかり越して、ございます」

　四つの車輪がついたカートに竜入りの籠を乗せて運んできたミュリエルは、たった一人で指定された王宮の一室に足を踏み入れた。庭からここまで来る間はリーンとリュカエルが付き添ってくれたが、今は完全に一人だ。

「こちらが、殿下の竜、かと、存じます。ご検分、いただけますでしょう、か？」

　強い気持ちは持っているものの、緊張はする。せめてどもらないようにひと言ずつはっきりと発音すれば、なめらかとは言い難い話し方になってしまった。

　ヘルトラウダはソファのクッションに体を預けた気だるげな格好のまま、持っていた扇で軽く空気を薙ぐ。声を出すのも億劫なのか、それとも機嫌が悪いのか、そんな仕草一つで控えていた侍女を動かした。ぞんざいな扱いにも表情を動かさず、侍女はミュリエルが押してきたカートをヘルトラウダの近くへと移動させる。

「……どうやら、そのようじゃの」

　はたして、本当に確認したのか。ヘルトラウダはほんの一瞬だけ竜を視界に入れただけで、再び扇で空気を払った。それにより侍女は、竜をカートごと続きの部屋の方にさげに行く。

　しかし、とりあえずミュリエルはホッとした。ヘルトラウダが自分の竜だと認めてくれたのなら、今回呼ばれて果たさなくてはいけない役目のほとんどは終えたも同然だ。あとはサイラスが姿を現してくれるのを待てばいい。ミュリエルはそわそわと部屋を見回した。さすがに背後の扉までは振り返れないが、今か今かとサイラスの訪れを待つ。

「……アレは今、呼びにやっておる。それまでしばし、話し相手をせよ」

「っ！　お、おおせのままに、殿下」

つっかえてしまったが、普段のミュリエルからすれば、すぐに返事が出ただけ上々だ。そんなことはもちろん考慮してくれないヘルトラウダは、片眉を上げてミュリエルを眺める。

「……間抜けな面じゃの」

あくまでぶれない対応に、ミュリエルは所在なく両手を体の前で組み合わせた。即座に気の利いた話題を提供できないことを揶揄されているのだと気づいたが、こんな時にすらすらと口を動かせる力は、生まれてこの方一度も持ち合わせたことがない。それどころか冷めた視線にさらされて、膝が笑わないだけ立派というものだ。

「……じゃが、間抜けな方がまだよい。妾は、笑っている者が嫌いじゃ。楽しそうにしている者など、最も好かぬ」

定められずにいた視線を、ミュリエルはかけられた言葉をきっかけにヘルトラウダに留めた。初対面の時は挨拶さえ遮られたが、今日のヘルトラウダは先の発言通り、内容はどうあれミュリエルとの会話を本当に望んでいるらしい。

「常に思うておるのだ。目に映る者すべてが、妾と同じくらい毎日に飽いていればよい、とな」

しかし、ヘルトラウダを見つめても、視線は合わない。琥珀の瞳は、ずっと手で弄ぶ扇に落ちている。

ミュリエルはそこでふと思った。どんなにきつい言葉をぶつけられても、曲がりなりにも対面し続けられるのは、ヘルトラウダが凪いだ湖のように静かだからかもしれない、と。言葉だけが鋭くても、そこに感情がこもっていなければ、深く傷つけられることはないように感じる。

「……何か申せ。妾は話し相手をせよ、と言わなんだか？」

チラリ、と上げられた視線に射貫かれて、ミュリエルは考えに沈みそうになっていたところを無理矢理引っ張り上げられた。

「で、殿下は、毎日がつまらないのですか？」

「つまらぬな」

「えっ……」

あまりにも即答すぎて、ミュリエルは言葉につまった。するとヘルトラウダは眉をひそめる。

「逆に聞くが、そなたは妾の答えに驚くほどに毎日が楽しいのかえ？　来る日も来る日も何も変わらぬ、変われぬ毎日の、いったい何がそんなに楽しいと申すのじゃ。それともそなたの日常は、そんなにも変化に富んだものだとでも？」

矢継ぎ早に質問されて、ミュリエルは困ってしまった。一般的な令嬢に比べたら、きっとミュリエルの日常は風変わりだ。ただ、聖獣番として考えれば、毎日はそれこそ決まったことの繰り返しになる。頭のなかでもまとまらない答えは、当然口から出すとなればもっと覚束ない。

「な、何に……？　変化に富む、と言われますと、その……。ただ、私には、全部が楽しく感じられますので……」

たっぷりと間を与えたつもりなのだろう。それなのにミュリエルの答えが要領を得ないものだったため、ヘルトラウダは嫌そうに眉間にしわをよせた。

（ご、ご気分を、害してしまったかしら……。だ、だけれど、朝起きて、晴れていても曇っていても雨でも、大好きな皆さんと変わらず顔を合わせることができるだけで、楽しいと思うのは本当だもの……）

いつも同じで、どこか少しだけ違う。そんな毎日を繰り返せることが、それだけでミュリエルには大切だ。一緒に笑って一緒に泣いて、同じものを見て同じ気持ちになれる。それ以上に重要なことは、ないと感じていた。一日の終わりに、今日を想うと同時に明日も想う。それが悩まずできる毎日は、誰になんと言われようと満ち足りたものだと言えよう。

だが、ヘルトラウダが毎日をつまらないと言うのなら、そういった楽しみがないということだろうか。それはひどく味気ないものに思えた。

「ご、ご飯を美味しく、どなたかと一緒に召し上がってみては、いかがでしょうか？」

「……は？」

弄んでいた扇をパチリと閉じて顔を歪めたヘルトラウダを見て、ミュリエルは慌てて言い募った。

「あ、あの、で、殿下が楽しくないとおっしゃったので、何かご提案が必要なのかと……」

「そなたは、阿呆じゃな」

「え……」

嫌味を言われたのはわかるがそこに含まれるものに気づけず、ミュリエルは情けない顔で体の前で組んでいる両手を組み替えた。

「いかにも気弱そうな娘じゃと最後にいじめてやろうと思えば、嫌味の意味も正しく受け取れぬ阿呆では、張り合いもない」

かなりきつい言葉を浴びせられているというのに、ここでも萎縮せずにいられることを、ミュリエルは頭のどこかでまた不思議に感じた。以前であれば、とうに泣いて帰っていたことだろう。

「あ、あの、も、申し訳ありません……」

「その謝罪すら、妾の求める意味を含んでおらぬ。……そのような目で見ても、親切に説明などせぬぞ。泣くことを知らぬ阿呆に涙を教えてやる気概は、妾にはないゆえな」

「わ、私は、比較的よく泣く方ではあるのですが……」

即座に言い返してくるヘルトラウダに合わせ、話し相手を求められたのを忘れていないミュリエルは、かつてないほど一生懸命に口を動かしていた。しかし、ヘルトラウダの眉間のしわは深くなるばかりだ。

「……そなた、意外と図太いのう」

「も、申し訳ありません……」

「……泣いたとて、そのあとには必ず笑えると、信じておろうが」

「そ、そうですね……」

反射的にした返事であったが、ミュリエルはそこに答えを見つけた。この場に来ようと思えたのも、今に至るまで真っ直ぐ立っていられるのも、笑い合える仲間が待っていてくれるからだ。

「私一人では……、泣いて閉じこもったままだと思います。少し前まではそうでした。今は大切に想う方々が、私のことも大切に想ってくださるおかげで、笑えるのだと思います」

はっきりと口にすれば、大切に想う者の顔もはっきりと頭に浮かぶ。どんな自分も無条件で受け入れてくれる場所があること、それを信じられる己の心が、今この場にいるミュリエルを強くしてくれている。

自然と浮かぶに任せた笑顔を向ければ、ヘルトラウダは逆に表情を消してしまった。

「……残酷な娘じゃな」

唇を動かさずに零された呟きは、誰の耳にも届かなかった。スッとこちらを見据えた琥珀の瞳には、やはり温度がない。

「そなたはもし、本当にサイラスと引き離されたのなら、どうしたのじゃ？」

「……っ！　ぜ、全力で傍にいる努力を、します」

遠ざけることができたと思った嫌な未来を再び思い出させられ、ミュリエルは途端に体を強張らせた。それをヘルトラウダは鼻で笑う。

「そんなもの、大きな流れの前では塵に等しいものよ」

「わ、私の周りにいる方々も、力を貸してくださいます」

「ふん。真実、最後まで手を放さぬ者がいかほどいると申すのじゃ」

「だ、誰が疑っても、誰が諦めても、私は最後まで繋いだ手を信じます。サイラス様も、皆さんも、絶対に私を信じてくださるから」

「それは、疑わねばならぬ状況と証拠が、目の前に突きつけられたとしてもか？」

言われた内容を飲み込むために、ミュリエルはひと呼吸挟んだ。

「もし……、もし疑わなければならない状況が目の前にあったとしても、私は信じることを諦めません。だって……、最後まで私が疑わなければ、それが私のなかでは『本当』になるからです」

ミュリエルは、いつもそうだ。自分の気持ちがどこにあるのかわからなくて、何かをきっかけとして口に出してはじめて目が覚める思いで理解する。

「……話し相手をさせたのは、間違いであったな。そなたの話を聞いておると、妾に非があるように聞こえてくる。まるで過去の自分の弱さを責められているようじゃ」

ヘルトラウダはミュリエルからの視線を遮るように、広げた扇で顔を隠した。

「阿呆な者ばかりが、好きに生き、好きに選べるとは……。まったく、理不尽じゃ」

扇の陰から紡がれる声は、今まで以上に気だるげだ。

「誰かの幸せは、誰かの不幸と犠牲の上にある。それを知ってもなお、そなたは心から笑えるかえ？」

開かれた扇の上から、細めた琥珀の瞳だけをのぞかせてヘルトラウダが問う。再びよく考えるために呼吸を置いたミュリエルは、頷くにも首を振るにも迷いをみせた。

「……笑いたいとは、思います。私が誰かの幸せを願ってこの身を削ったのなら、その誰かには笑っていてほしいと思うから。ですが、反対の立場だったら……」

近しい誰かの犠牲を知れば、心は張り裂けることだろう。この場合、犠牲になる者より幸せを与えられた方がつらいように思う。どちらにせよ言えるのは、ミュリエルが犠牲になるのなら、相手に笑っていてほしいということだ。

「ですが、やはり私のために誰かが傷つくのは嫌ですし、だからといって、私が傷つけば悲しむ方がいると知っているので……。できるだけ誰も、私自身も損なわない方法を最後まで探したいと思います」

許し許され、愛し愛される。その場所と相手を見つけた今だからこそ、強くそう言える。胸に芽生えた譲れない想いは、まだ頼りないながらも、ミュリエルのなかにちゃんと根を張っていた。これからもここに在る限り、茎を伸ばし葉を広げるだろう。これは、ヘルトラウダとの会話があったからこそ気づけた想いだ。

だからこそここに来て、はじめて真っ直ぐヘルトラウダを見つめ返せたと思う。気負わず向けた自分の翠の瞳は、琥珀の瞳にどう映るだろうか。しかし、やはり琥珀の瞳はしっかり視線を結ぶ前に扇の陰に隠れてしまった。

「呆れるほどの綺麗事じゃのう。付き合うことも、馬鹿馬鹿しい。……されど」

ふうっ、とヘルトラウダは長く息をついた。

「それをしかと覚えておくがよい。忘れずおるうちは、もう手出しはせぬよ」

「えっ。それは、どういう……」

「同じことを言わせるでない。阿呆に理解してもらおうとは思わぬ」

ぴしゃりと言い切られて、ミュリエルは口をつぐんだ。グッと唇を引き結んだミュリエルを見もせず、ヘルトラウダは続ける。

「正も負も、執着するには相応の熱が必要じゃ。阿呆の相手は、ひどく疲れる……」

聞き返したいことがたくさんある。だが、それを許してくれる気配がない。そのため、ミュリエルは少しでもヘルトラウダの真意に近づこうと、自分の口は閉じた。

「とはいえ、どこぞの阿呆がそれを知り、覚えておくと申すのなら、多少溜飲は下がるというもの。……忘れられることほど、この身を苛むことはないゆえな」

言葉の端々からでも、ぼんやりと伝わるものはある。それがミュリエルの心をざわめかせた。会話の時間を持ってもヘルトラウダの瞳には、結局少しの親しみもこもらなかった。相変わらずミュリエルを見る目は温度がなく、今はもう目を合わせてもくれない。

「そなたらに構うのは終いじゃ。……入れ。甥御殿も、それで文句はあるまいな？」

カチャリと小さく鳴った扉の開く音に、ミュリエルは勢いよく振り返った。

「サイラス、様……」

そこにはサイラスが立っていた。呟くように呼んだ声に応えて、紫の瞳が柔らかく細められる。その瞬間、ミュリエルは完全に気が抜けた。色んなことを考えて働かせていた頭も、からっぽになる。

言葉もなくおずおずと手を伸ばしたミュリエルが一歩進む間に、素早く距離をつめたサイラスが手を取ってくれる。触れた途端に、胸がギュッと縮んだ。求めていたものと隔たりなく体温を伝えあえることに、止めようもなく瞳が潤む。

「裁可はくだされたと判断して、よろしいですね。退出の許可を」

「……よい。早う、去ね」

ミュリエルの向こうに視線を投げたサイラスが端的な言葉で希望を告げれば、ヘルトラウダからの返事も短い。

「失礼します」

「あっ……」

退出の挨拶をしようと振り返るより早く、サイラスに促されてしまい、ミュリエルは肩口にヘルトラウダを見た。軽く目が合ったが、まるで挨拶など必要ないとばかりに扇を振られてしまった。

肩を抱かれて歩を進めるに合わせて流れた視線が、扉をくぐる間際で見知った男性を捉える。ジュスト・ボートリエ侯爵だ。なんとも言えない微笑みを向けられたが、言葉をかわす機会は与えられなかった。

背後で扉が閉まり、廊下を進む。サイラスの急ぐ歩調に合わせて、ミュリエルも速足だ。

「あっ。あの、サイラス様、えっと、リーン様とリュカエルがこちらではなく、あちらの廊下で待ってくださっていて……、だからこちらの道だと行き違ってしまう……、きゃっ！」

サイラスの急ぎ足にそろそろ走る必要がでてきたところで、ミュリエルはひょいっと片腕で抱き上げられて小さく悲鳴をあげた。しかも歩調はさらに速くなる。

しかし、渡り廊下の手前にある少し開けた多目的スペースに着いたところで、柱の陰に回るとストンとおろされた。それと同時にきつく抱き締められる。

どうしたのかと問うよりも、サイラスの香りに包まれたことでミュリエルの頭のなかはいっぱいになった。抱え込むように回されたたくましい腕に、包み隠してくれる広い胸に、深く満たされる。少しの躊躇(ためら)いもなく、ミュリエルも同じ強さでしがみついた。

「君が……。まさか一人で来るとは思わなかったから、気が気ではなかった」

サイラスはミュリエルの肩口に顔を伏せているが、声が聞き取りづらいということはない。気が気ではなかったということは、もしかしたらサイラスはミュリエルが気づくより前からヘルトラウダとのやり取りを聞いていたのだろうか。

「私では……、頼りなかったですか……？」

ギュッと抱き合ったまま聞けば、サイラスは首を微かに振った。頬に触れる黒髪がくすぐったい。サイラスを不安にさせてしまったのかと落ち込みかけたが、その感触に笑顔を誘われた。

「いや、そんなことはない」

「では……、ちゃんとお役に立てたでしょうか？」

「あぁ、もちろんだ」

いつもと変わらぬ低く落ち着いたサイラスの声が、体に沁み渡っていくようだ。ミュリエルは深呼吸をして、サイラスの肩口に頬をすりよせた。そこからしばらく、二人は言葉もなく互いの体温をわけあう。

（とても安心するのに、胸が苦しいわ……。だけれど、少しも離れたいとは思わないの……。

……あぁ、私、やっぱりサイラス様のことが、とても……、好き……)

ずっと感じていたいと思う不思議な息苦しさに、ミュリエルは薄く開いた唇から細くため息を零す。もうずっとくっついていたい、そう思ってますます頬をよせた。

「……駄目だな、どうにも離れ難い」

サイラスも同じ気持ちなのだと聞けば、胸がより苦しくなる。ミュリエルの息が細くなったからだろうか、離れ難いと言いつつも、サイラスは顔を上げてほんの少しだけ腕を緩めた。わずかにできた隙間でミュリエルが見上げれば、紫の瞳は至近距離にある。

するとと心地よさと安堵で満たされていた心が、何かを思い出したように騒ぎだした。心臓が早鐘を打ちはじめれば、顔はもう真っ赤だ。

途端に頬を染めて瞳を潤ませたミュリエルを見て、サイラスは柔らかく微笑んだ。おでこをコツンと触れ合わせると、さらに近くなった紫の色を艶めかせる。

「ますます、離れ難い」

恥ずかしさでいっぱいになったミュリエルだったが、サイラスの背に回した自分の手は、くっついてしまったかのように離れない。自分ではどうしようもなくなって、ミュリエルはフルフルと震えながら涙のたまった瞳で、助けを求めるように上目遣いでサイラスを見つめた。

「……駄目だ、ミュリエル。これは、君がいけない」

何にお叱りを受けたのかはわからない。サイラスはスリッと鼻先でミュリエルの鼻をくすぐると、そのまま唇をよせた。軽い口づけは一度で終わらず、微かなリップ音を立てながら、二度、三度と繰り返される。不意打ちの一度目は目があいてしまっていたミュリエルも、離れる気配が少しもないサイラスに、ギュッと目を閉じて続く触れ合いを受け入れた。

恥ずかしい、恥ずかしいとしきりに心で叫んでも、そこには副音声がついているのをミュリエル自身が一番よく知っている。嬉しい、好き、大好き、と。だからミュリエルは、サイラスにすがりつく手に力を込めた。

軽く触れ続けた唇が、少し長めに触れたのを最後にわずかに離れる。そして再び鼻で鼻をくすぐると、ややしてサイラスは吐息のような呟きを零した。

「……そろそろ戻らねば、怒られてしまうだろうか」

「っ⁉　そ、そうでした！」

夢見心地から急に現実に戻ったミュリエルは、サイラスにすがりついていた体勢からビシッと背筋を正した。アトラ達もリーン達も、今か今かと待っているだろう。二人だけで再会を噛みしめている場合ではない。

　勢いよく甘い雰囲気を振り払って、帰り道に顔を向けてしまったミュリエルに、サイラスは少し残念そうに微笑んだ。

「やはり離れ難いのだが……、抱いて行こうか？」

「っ!?　あ、え、えっと、その……。て、手を、繋ぐので、お願い、します……」

　離れ難かったのはミュリエルも同じだが、抱っこは色々とよろしくない。代案を口にしつつ遠慮がちに自分から大きな手に触れて、そっとサイラスをうかがう。返ってくるのは柔らかな微笑みだ。

　笑顔をかわし、並んで歩き出す。すると数歩も進まぬうちに、サイラスがこちらにかがんできた。チュッ、と可愛らしい音を立てて唇の端に触れられる。

　ミュリエルは驚いて口もとを押さえたが、サイラスは余裕のある流し目でそれを見ただけで、歩みを止めない。再びドキドキと胸が騒げば、やはり顔も熱くなる。

（わ、私はいつも、サイラス様に翻弄されてばかりね……。だけれど……。これから先も、サイラス様とこうしていられたら、きっと、とても幸せだわ……）

　ミュリエルはサイラスに手を引かれ、一歩遅れた距離から綺麗な横顔を見つめた。変わらず隣にあることに、言葉にならない温かな想いで胸はいっぱいだ。

　足が向かう先には、アトラ達だって待っている。そんな変わらずにあってほしいと思うものの傍に、いつだってミュリエルの幸せはあるのだ。

不自由を強いられたのは、たった一日だけのこと。それなのに自分の領分である執務室に腰を据えれば、体に馴染む椅子に帰ってきたのだとしみじみと感じた。サイラスは肩から力を抜くと、深く息をつく。とはいえ、留め置かれていただけの身だ。疲れたなどとは言えない。

(いや……。疲れた、というのとはまた違うな。私は……)

「ちょっと団長殿ってば！　聞いてます？」

「……あぁ、すまない、なんの話だったか」

机を挟んだ向こうにいるリーンに声をかけられ、サイラスは意識を向けた。リーンの隣では、リュカエルも心ここにあらずなサイラスを少し珍しそうに見ている。

「お疲れ様でした、って言ったんですよ。それに、大丈夫だったでしょう？　って、リュカエル君に聞いたところです。ね？」

「……別に、僕も大丈夫だと思っていましたよ」

「いやいや、団長殿のことじゃなくて、ミュリエルさんのことですよ！」

「……」

こうした会話を聞けば、ますます普段通りなのだと実感できる。さらにサイラスは、この夜の執務室でかわされるやり取りに、あの場にミュリエルが一人で来た経緯を垣間見た。扉を隔てて聞こえてきた会話には、スッと胃の腑が冷える思いがしたものだ。ミュリエル自身にも告げたが、まさか一人でやって来るとは思わなかったから。

しかし、ミュリエルはヘルトラウダ相手に自分を失わず、きっちりと己の在りようを示してみせた。もしサイラ人がヘルトラウダに同じようなことを言ったとしても、それでは彼女に響かず、最良の結果を得ることはできなかっただろう。まったく邪気のないミュリエルの態度と言葉が、ヘルトラウダから「手出しはしない」との言質を引き出したのだ。

「今回は……、皆に負担をかけてしまったな。すまなかった。ありがとう……」

サイラスにしてみれば、今回の件も問題なくやり過ごせる見通しはあった。ミュリエルのあれほどの頑張りは正直なところ予想していなかったが、我が騎士団の面々であれば上手く切り抜けてくれただろう。実際、その通りでもあった。よって、不安というほどの気持ちは当初からなかったのだ。ただ、自身が動けない歯がゆさがあっただけで。

「ちょっとした休暇にはなりましたか？」

「いや……、休暇なら皆の近くでとりたい」

これにはさすがに苦笑いを返す。何もしない、何もできない時間を持たされたものの、これを休暇と言われてしまうのは、いくらサイラスとて不本意だ。半分仕事のようになってしまっても、言葉の通り皆の傍にいた方がずっといい。

「そこは『皆』じゃなくて、『ミュリエル』の間違いじゃないですか」

しかも、リュカエルがなかなかに真理をついてくる。だが、サイラスは正面から取り合わず、微笑みを返事の代わりにした。

「まぁ、冗談はさておき、一応丸く収まったと言っていい状況になったんじゃないですか。ね？」

サイラスは頷いた。先刻、リーンはヘルトラウダから、サイラスはジュストから、それぞれ言葉をかわして得た印象や情報をすり合わせた。その結果、彼らに関してはこの先、それほど警戒しなくていいだろうという結論に至っている。

ただ、代わりに考えなくてはならないこともあった。その際におおいに関係してくるのが、ジュストが食えない笑顔で述べてきた長口上だ。

「殿下に笑っていただきたくて、私は花壇に種をまいてみたんだ。種類を問わず、興味を少しでも引けそうな種を。大抵の種は芽が出ても、どこかの誰かに潰されてしまったり、抜かれてしまったり、互いに潰し合ったりして上手に育たなくてね。私も、そもそもそういうことはあまり得手ではなかったし。しかも、ほら、殿下はこの花壇にもう興味がないようだから。そうなると、私もいらないかな、って。だけど、どうも一つだけ勝手に繁殖してしまった芽があるんだよね。だからあとの始末、任せてもいいかな？」

ミュリエルとヘルトラウダが相対している時、壁一枚挟んだところで聞いたこのひどく遠回しで貴族的な口上は、要するに残る不安因子への言及だ。深く考えずとも当たりはつく。非現実的なやり方で竜の復活などというものを目論んでいる、怪しい者達のことだ。

「目で語りあうお二人に割り込む形ですみませんが、僕からも少しいいでしょうか？　リーン様の所見で一応丸く収まって、団長もそれに頷いたのなら、もう一度僕のお願いを聞いてほしいと思うんです」

　もの思いに沈んだところで、リュカエルに話しかけられる。サイラスは頬杖（ほおづえ）をついたまま、視線だけで促した。

「団長のおっしゃる通り、騎士としての成長も捨てずに励みます。ですがそれは、スヴェンの足手まといにならない程度で十分だと思うんです。ですからやはり今すぐにでも、僕の本分をここでの執務に置いていただけませんか？」

　近いうちに言い出すだろうとサイラスも思っていたため、別段申し出に驚いたりはしない。そもそもリュカエルの言う通り、我が隊の現状を考えると戦力は十分すぎるほどで、足りないのはどう考えても実務関係だ。諸々（もろもろ）を加味しても、今リュカエルが言った提案は妥当だろう。

　選択の幅を狭めてほしくなくて、先日は答えを保留にした。だが、今この場にリュカエルを置いていることこそが、サイラスとリーンの答えでもある。

「団長殿、ここは試験といきましょう」

　すっかり招き入れるつもりでいたサイラスは、いきなり試験などと言い出したリーンに向かって軽く首を傾げた。だが、何か思惑（おもわく）があるのなら、別段止める気もない。

「リュカエル君、では貴方から見た聖獣騎士団を取り巻く環境を、今回の件を絡（から）めてお聞かせください」

　サイラスが黙認したためリーンは続けて言ったわけだが、これはいささか意地が悪い。ずっと物事を通して見ているサイラスとリーンに対して、リュカエルの聖獣騎士団加入は最近だ。どんな答え方をするかによって、どこまで繋げて考えており、どこまで理解しているのかがすべてわかってしまうだろう。

「嫌がらせが回りくどかったり手ぬるかったのは、そもそも元締めがその程度を目的としていたことが理由でしょうか。下請けに横の繋がりがいっさいなく、監督不行き届きが重なれば、行動に一貫性がないのは当然のことかと。元締めは一応撤退したようですが、となれば、この先は力を持ってしまった下請けの処理が面倒になりそうです。件の研究施設、調べ終わったのならあれだけでもさっさと潰してしまったらいかがですか？　……と、これで、合格はいただけるでしょうか？」

それなのにリュカエルは、なんでもないことのように言い切った。知り得ることなど直近の出来事と、漏れ聞く話だけのはずなのにたいしたものだ。微妙な笑顔でこちらをチラリと見てくるリーンに、サイラスは頬杖をつき直した。優秀であるのも、少し悩ましい。

「これはリーン殿にもよく伝えるのだが……。リュカエル、あまり危ないことはしてはいけない。それは約束できるか？」

思わず念を押してしまったのは、先走ってほしくないからだ。だが、リュカエルは心外そうに口を曲げた。

「僕、生来面倒臭がりなので、危ないことをわざわざしたりしません」

「リュカエル君……。あまり説得力ないですよ。ミュリエルさんが関係すると、むきになるくせに……」

　即座に突っ込みを入れられたリュカエルは、今度は嫌そうに横目でリーンを見ている。それを正面から笑顔で受けたリーンだったが、リュカエルの態度が軟化しないため、何食わぬ顔で話題をそらした。

「では、団長殿と僕の内緒話に、これからはリュカエル君も参加するということで！　歓迎しますよ！　どうします？　今日は初回ですし、お酒でもあけちゃいますか？　あ、リュカエル君はまだ……、駄目か……」

　お酒の力は借りられないと途中で気づいたリーンが、あらぬ方を見ながら頬をかく。

「お二人のために、何か見繕ってきましょうか？」

「えっ、いいんですか？　リュカエル君、話がわかりますねぇ」

「ええ。お酒があれば、団長の機嫌がもう少し回復するのかな、と思いましたので」

「あ。やっぱり思っていました？　執務室に帰ってきてから、とくに様子がおかしいですもんね。ということで、団長殿、なんで元気ないんですか？」

「……」

　止める間もなくポンポンと会話が弾むと、あっという間に関心が自分に向いている。二人分の視線を浴びる気まずさに、サイラスはそっと視線を横にずらした。気づかれてしまっている以上なんの解決にもならないが、少し猶予がほしい。

「やっぱりお酒、見繕ってきますね」

「いや、待ってくれ……」

それなのにリュカエルがすぐにでも執務室から出て行こうとするので、口を開かざるを得なくなる。しかし、なんと話せばよいか迷い、横に視線を逃がしたまま口もとを押さえた。

「団長殿、僕、当てましょうか？」

「いや……」

短く否定したきり言葉は続かなかったが、話す気はあるのだと視線を二人に向け、手も口もとからおろす。少しだけ前かがみになりつつ執務机の上で指を組み合わせれば、もう話し出すしかないだろう。

「今回……、私は皆に世話をかけるばかりで、少しもいいところがなかっただろう？」

「否定したいところですが、とりあえず先をどうぞ」

「気にするようなことじゃないと思いますが、そうですね、続きを聞きます」

思いやり深い相槌に感謝しながら、サイラスは頷く。

「ミュリエルに……、ちゃんとプロポーズをしたい、という話をしたと思う」

「はい、聞きました。すればいいのでは？　ミュリエルさん、絶対に喜ぶと思います」

「今が色々と都合がつきますしね。いいんじゃないですか？　すれば」

あっけらかんと返された言葉に、サイラスは眉を下げた。

「どの口で、言えと……？」

二人を順に見てから、視線を組んだ指に落とす。

「助けられた身で、好いた女性に未来を乞うなど……。恥ずかしすぎて、できそうもない……」

沈む気持ちを如実に表して、声はため息に乗ってかすれる。緩く首を振ると、前髪がひと筋乱れた。

「あっ……。ちょっと、団長殿。そのしっとりとした雰囲気は、男心にもやばいです」

「……姉上が気絶すると言っていたのを馬鹿にしていたのですが、納得してしまいそうな自分が嫌です」

顔を上げれば、目を見開いたリーンと逆に目をすがめたリュカエルがいる。サイラスは乱れた黒髪をそっと手で流した。殊更ゆっくりとした仕草は、誰が見ても気だるげだ。

「あぁ……。その、すまん……」

謝ったもののサイラスの憂いは晴れず、拭いきれない艶めく気配が執務室を包んだ。

「いえいえ、団長殿の元気がないのが心配なだけで、謝っていただきたいわけではなく！」

「そんなに気落ちしないでください。考えすぎです。姉上は、絶対に気にしていませんよ」

サイラスはほのかに微笑んで頷いた。沈んだ気持ちを悟られたうえ、これ以上心配させてしまうのは本意ではない。ひと晩寝て覚めたら気持ちを切り替える。それを言い訳に、サイラスは優しい二人に甘えてそっと視線を伏せた。

三人そろって、しばらく沈黙に甘んじる。しかしその間、個人の心のなかで発せられた言葉は、様々だ。

5章　聖獣番なご令嬢、おねだりをする

平和な小鳥の鳴き声に鼻歌を合わせつつ、あくる日からもミュリエルは聖獣番の通常業務にあたっていた。誰もいない獣舎の掃除をしているが、庭の方にはひと訓練終えたアトラ達が帰ってきている。様子をのぞいた時には晴れていて日が高いせいもあり、それぞれが日陰にばらけていた。

『おい』

「っ⁉」

そろそろ掃除も終わりだと用具を片手に額の汗を拭っていたミュリエルは、突然背後で鳴らされた歯音に飛び上がって驚いた。振り返れば、庭でくつろいでいたはずのアトラが音もなく立っている。しかも、なぜか難しい顔だ。

『……サイラス、元気ねぇよな？』

「えっ？　ア、アトラさんも、そう思いますか……？」

ミュリエルが即座に返せたのは、なんとなく感じているものがあったからだ。どこがどうかと聞かれると困ってしまう程度のため、気のせいかと思っていたのだが、アトラが言うのなら間違いない。

『気のせいのような気もしたから、今まで黙ってたんだけどよ。やっぱり、元気ねぇよな？』

ミュリエルはうんうん、と頷いた。そろって神妙な顔を見合わせる。アトラとしても、はっきりと言い切れるほどの確証はないが、ふとした時の顔に元気がないように見えるらしい。

今日ミュリエルがサイラスと顔を合わせたのは、アトラを連れて行った時と帰ってきた時の二度ほどだ。そのどちらでも、やはり同じような印象を受けた。

そこまで考えて、ミュリエルはよくない事態を思いつく。自分の言動のせいで、サイラスに悲しい思いをさせている可能性だ。色々なことが起こりすぎて忘れていたが、ここのところのミュリエルは「悪女、ダメ、ゼッタイ」を標語に掲げている。

しかしここ数日は、目の前で起きることに向き合うだけで精一杯で、標語のことをすっかり忘れていた。そのため、いちいち言動を照らし合わせて行動するようなことはしていない。

「わ、私は気づかないうちに、またサイラス様を……、傷つけてしまったのでしょうか……」

茫然と呟くミュリエルに、アトラは眉間にしわをよせた。

『なんか思い当たることあんのか？』

そう聞かれて振り返ると、ない、との返事が出る。そしてこの「ない」は、今までの「わからない」という意味も含んだ「ない」とはわけが違う。自分の過去の仕打ちと向き合ったミュリエルが、その視点をもって判断しての「ない」だからだ。順序立ててそれを説明すれば、アトラも納得顔だ。

結局原因ははっきりしないが、アトラとミュリエルが同じように感じたのだ。サイラスの元気がないのは確かだろう。こうなれば、他の聖獣達にも聞くしかない。掃除用具を片づけると、ミュリエルはアトラと共に庭に移動した。

『あら、そう？　アタシには普段通りに見えたけど……』

日陰に集まった面々に聞けば、レグは首を傾げている。訓練の間も同じ空間にいたはずなので、一緒にいた時間はそこそこ長いはずだ。だが、違いはわからなかったらしい。ミュリエルは再度アトラと顔を見合わせた。

『アトラ君とミュリエル君が言うのだから、そうなのだろうな。まぁ、ワタシもいつも通りに見えたがな』

『ボクも右に同じです。せやけど、ほら、スジオはんとリュカエルはんも帰ってきたようやし、お二方にも聞いてみたらええと思います』

パートナーとなって日の浅いリュカエルとスジオは、今日も特別日程だ。アトラ達より訓練の時間が少しだけ長い。そのため、帰ってきたのは今だ。ミュリエルは集まっている日陰から手を振った。

「おかえりなさい、お疲れ様です！」

集まっていたのが馬房に向かう途中にある日陰だったため、方向転換をすることなくリュカエルとスジオは近くまでやって来る。今日の調子を聞いて頑張りを労いつつも、会話はすぐさま先程のものへと移った。意見を求めれば、スジオはすぐさまいつも通りと答えたが、リュカエルの方は思案げだ。

「思い当たることはあるのですが、僕の口からは言えません」

考えている様子に期待したのに、返事を聞いてミュリエルはがっかりした。事情を知っている口ぶりなので、本当なら無理矢理にでも聞き出したいところだ。だが、考え中ならまだ可能性はあっても、言えないとリュカエルが言い切った以上、どんなにお願いしても絶対に口は割ってくれないだろう。

「な、何か、ヒント的なものや、助言をもらうことも駄目ですか……？」

手を祈りの形に組んでお願いすれば、リュカエルは再び考え込む。

「……、……、……あぁ。では、姉上が『ご褒美（ほうび）』のおねだりをすればいいですよ」

「えっ？　ご褒美……？」

何を言われているのかわからなくて、微妙な間があく。少しの時間を要して思い出したのは、竜モドキを捕獲する際にした約束だ。

『は？　ミューがご褒美もらって、それでどうしてサイラスが元気になるんだよ？』

まったくその通りの意見に、ミュリエルもリュカエルに同じことを聞こうとした。しかし、レグの鼻息の方が早い。

『やっだぁ、アトラってばわかってないわね！　ミューちゃんがご褒美ちょうだい、って可愛（かわい）くおねだりするのよ？　そんなの、完全にサイラスちゃんへのご褒美じゃない！　元気がなくても一発で元気になるわ、間違いないわね！』

興奮気味に吹き荒れた鼻息にミュリエルは髪を吹き飛ばされながら、唖然（あぜん）とした。ずいぶんと飛躍した論理展開に思える。

『なるほどな。しかし、ご褒美の内容次第だろう。それを目的とするのなら、色気のあるおねだりにせねばなるまい』

『でも、ミュリエルさんに任せてると、色気のいの字もないものになりそうっスよ』

『そこは、アレや。ボクらできっちり監修すればいいんとちゃいますか？』

そしてノリのよい聖獣達は、超理論の脇を固める相槌を打つ。それらは引き続き唖然としているミュリエルより、当然早い。

『まぁ、確かにそうか。しかもミューはほっとくと、自分じゃなくてオレ達のご褒美になりそうなもんお願いしそうだからな。……おい、駄目だからな？』

しかもアトラに釘まで刺され、ミュリエルは引きつった笑顔を浮かべた。思考は完全に読まれている。しかし、このまま黙っていれば押し切られるのは間違いないだろう。

ミュリエルはせわしなく全員の顔を見回した。アトラ達を巻き込んだご褒美が駄目だと厳命されてしまった今、助けを求める相手はこの場において一人しかいない。

「リ、リュカエル！　参考までに聞きたいのですが、自分がもしご褒美をお願いするとしたら、何にしますか⁉」

「は？　僕のを聞いてどうするんですか。参考になんて全然ならないですよ」

「い、いいんです！　そこから何かが繋がって、いい案が出てくるかもしれません！　ぜひ聞きたいんです！　私のこととかサイラス様のこととかを考えずに、完全に自分のことだけを考えた、リュカエルにとってのご褒美ってなんですか……!?」

勢いよく聞いて、その勢いを殺さないままに答えを求める。必死な姉の様子にやや眉をよせたリュカエルだったが、あごに手を添えた。考える姿勢をとってくれたので、どうやら答えてくれる気はあるようだ。

「……歓迎会をしてもらうこと、ですかね」

「歓迎会……」

ミュリエルはオウム返しをした。確かにリュカエルが聖獣騎士団に加入したのに、歓迎会をしていない。聖獣番である自分がしてもらったのだから、騎士となったリュカエルがしてもらわないのはおかしいだろう。しかし、意外だ。この弟がご褒美に歓迎会をねだるのは、なんだか普段の印象からだと違和感がある。

「ずっと『するから、するから』と言われ続けているんですが、時間の都合がつかないらしくて延び延びになっているんです。僕は別にしなくていいと言ったんですが、申し訳なさそうに謝られるのが、そろそろ面倒になってきました。……といっても、今回の件が片づいたので、やるとなれば今日とか明日とか、近日中になりそうですけど」

違和感を覚えた通り、続く説明で見えた本心に、ミュリエルは納得した。ね？　参考にならなかったでしょう？　とリュカエルは言うが、それには首を振る。

まだまとまらないが、なんとなく糸口のようなものをつかんだ気がしたのだ。ミュリエルは黙り込んで、視線を地面に固定した。熟考に入ったため、もちろん周りは見えなくなっている。

当然、アトラ達もリュカエルも声はかけない。どうせ聞こえないとわかっているからだ。

『けどよ、リュカエルのヤツ、絶対に欲しいもんは他にあっただろう』

『そこは、策士なリュカエルちゃんを褒めてあげて』

『うむ。ミュリエル君の参考にならないものを、あえて選んだとみえる』

『それならリュカエルさんの欲しいもの、ジブンがなんとかしてあげられるっスかねぇ』

『スジオはんがしてあげることなら、リュカエルはんはなんでも喜ぶと思いますよ』

ミュリエルに聞こえないことをいいことに、聖獣達は待ち時間を使って好き勝手に話している。しかし、目と耳がいっせいに同じ方へと向けられた。

「あぁ、いたいた！　なんだ、皆で集まって仲良しだな！」

しばらくの間固まっていたミュリエルも、やって来たレインティーナの大きな声で再起動する。考えに沈んでいたところから浮上して、近づく男装の麗人の姿を認めた。レインティーナは集まっている面々に軽く挨拶をすると、レグの隣で足を止めて力強くなでながら口を開いた。

「リュカエル宛ての伝言を預かってきた。団長が、『午後の休憩はちゃんと規定の時間をとるように、私もちゃんと休むから』と。目つけ役は私だ。休憩終わりに執務室まで送る」

ミュリエルがバッと弟を振り返ると、相反してリュカエルはゆっくりと顔をそむけた。目が合わないことを承知で、ミュリエルは非難めいた視線を向ける。仕事の量が多いサイラスを、諫めていたのはどの口だ。

「せっかく皆で集まっているなら、ここで一緒に昼寝でもしようか？　あぁ、だが、そもそもなんで集まっていたんだ？」

　姉弟の無言に潜むやり取りを感知せず、男装の麗人は朗らかに笑う。聞かれたことに答えないままリュカエルを見つめ続けるわけにもいかず、ミュリエルはレインティーナに向き直った。

　そして、サイラスの元気がないように見えることと、ミュリエルのご褒美を口実に元気づけようとしていることを伝える。

「えっと、それで、唐突なのですが、レイン様がご褒美をもらうとしたら、何がいいですか？」

「ん？　私か？　私なら、そうだな……」

　レインティーナは足を肩幅に広げて腕を組むと、雲を見上げた。しばし風に銀髪をなびかせてから、ニッコリといい笑顔を浮かべる。どうやら思いついたらしい。

「内輪で仮装祭をしてもらうな！」

『えっ⁉　やだわ、レイン！　まさかまた、アレをかぶろうとしてるのっ⁉』

　さすがの速さで突っ込んだのは、レグだ。その素早さに、今までの苦労が偲ばれる。

『これは、しばらくは引っ張りそうだぞ。レイン君の強い執着を感じる』

『レグさんのことが好きだから、レインさんは気に入ってるんスよ。ある意味、愛っス』

『愛の形は色々やけど……、ひ、ひひっ、やっぱ駄目です。思い出させんといて～！』

　あっという間に賑やかになってしまったが、ミュリエルは二人分のご褒美を聞いて再び考えに沈みはじめる。

『おい、ミュー。リュカエルのも、レインのも参考にならねぇよ。腹くくって、ちゃんとオマエがサイラスにねだれ。……いいか、オレ達のことはくれぐれも加味すんなよ』

アトラに再度念を押されながら、ミュリエルは見えかけた閃きをつかむためにギュッと拳を握った。盛り込みたい条件は、サイラスを元気にすること、歓迎会、仮装祭、されど前提は、ミュリエルのためのご褒美だということだ。

「わ、私……」

パパパッと浮ぶのは、断片的な単語と場面ばかりだ。しかしこの時それは、ミュリエルのなかでいい感じに一つに繋がった。

「私、何をおねだりするか決めました！　すみません、少し席を外します！」

思いついたのなら、善は急げだ。ミュリエルは誰の返事も待たずに駆け出した。

サイラスにおねだりをしたその日の夕方、聖獣番の仕事を早めに切り上げたミュリエルは、叙爵された折に与えられたというリーンの邸宅にお邪魔していた。王宮から近い位置にあるものの、リーン本人の希望を汲んでいるらしく、造りはこじんまりとしたものだ。

こちらの邸宅にはほぼ帰らず他人の手もあまり入れないと言っていた通り、庭の緑などは自由奔放に生い茂っている。しかし職業柄、普段から草木と近い距離にあるミュリエルは、まったく気にならない。むしろ気軽で肩肘を張らない感じが、ミュリエルがこれからしようとしていることにはちょうどいいだろう。

伸び伸びと枝ぶりを広げる木々を使って、急な雨にも対応できるようにタープを張り、居心地はよさそうだが屋外使用には向かない、背の低いテーブルやソファを力業で設える。飲食もする予定だが、各自で取り分けて自由に食べる形にするため、白いクロスのかかった背の高い長机も用意してある。気分を出すための飾りつけは急拵えのため少ないが、そのぶん連日の雨で色を濃くしている緑が雰囲気を添えてくれた。日が長くなっているのでまだ明るいが、暗くなってきた時のために各所に吊るしたり置いたりしているランプも趣がある。

それらは仕事を終え次第、ここにバラバラと集まってくれた聖獣騎士団の面々が、レインティーナを筆頭に引き受けて設置してくれたものだ。ミュリエルがラテルとニコに手伝ってもらい、街での特別な買い物を終えて帰ってきた時には、食べ物以外の用意はこのように終わったも同然だった。ちなみに食べ物の準備や提供は、リーンの屋敷内にあるキッチンを使って、派遣のコックや給仕係が担当してくれる。料理ばかりは無理をせず、専門家に任せるのが安心だ。

これにてリーンの邸宅の庭には、即席ながら素敵な会場ができあがった。買い物を無事に終えて帰ってきたミュリエルと、見栄えよく場を整えた騎士団の面々は、互いによい仕事をしたと称え合う。

「あとは、サイラス様がリュカエルを連れてきてくれるのを待つだけですね！」

ミュリエルは弾んだ声で言ってから、ラベンダー色のワンピースのしわを伸ばすようになでた。左手の薬指では、アメシストが光る。

「おっと、さすが団長殿。ちょうど到着のようですよ。では、皆さん、用意はいいですか？」

リーンのかけ声で、全員が示し合わせたようにビシッと整列する。ミュリエルもメンバーの一員として、その列に加わった。

おおいに茂った植木の陰から、まず二人ぶんの足が見え、道を曲がって姿のすべてが見える。

「ようこそ！　聖獣騎士団へ！」

そして、一糸乱れぬ歓迎の言葉を、本日の主役に向かって笑顔でかけた。

「僕のために場を設けてくださるのは嬉しいのですが、これは……。どこぞにある、特殊性癖を満たすための喫茶店のようですね……」

場にいる面々を見回したリュカエルの言葉に、ミュリエルも騎士達も笑った。企画して全員がそれを身につけた時に、誰ともなく同じことを言っていたからだ。ミュリエルの歓迎会が前例として、記憶にもあったからだろう。

本日の聖獣騎士団の出で立ちは、服は個人の自由だが、一つだけそろえたものがある。それは、仮装を取り入れること、だ。参加者は全員、自身のパートナーに由来するもので身を飾っている。聖獣番であるミュリエルだけは、街でサイラスと共に買った茶色いウサ耳だ。

今回の仮装祭の流行が聖獣であったために、各パートナーの仮装グッズを入手するのは比較的容易であった。しかも祭りが終ったあとということもあり、新たに探していたぶんは格安で購入することもできた。

自分で事前に購入していた者、要するにレインティーナは、例のお気に入りのかぶり物姿をしている。おかしな格好になっているのを、再びあげつらうことはしない。だが、ミュリエルが街で見繕ってきた耳つきカチューシャはもとより、少し特殊度が上がってラテルが自力で見つけ出してきた背負える亀の甲羅などと比べても、その出で立ちは一線を画していた。

ただ、服装に関してだけならいつもより地味だ。銀製の呪われそうなアクセサリーは標準装備だが、かぶり物の色に合わせて茶色で統一しているからだろう。しかし問題は、異彩を放っているのがレインティーナだけではないということだ。

リーンだ。なぜかリーンもかぶり物姿なのだ。おでこの部分に土竜の鼻先がある形状で、口の部分が丸く穴あきになっており、そこから顔を出している。さらにこだわりが見える部分が、グローブだ。手の甲に乗る形のため指先は自由に使えるのだが、土竜らしい厚みも大きさも、立派な爪もよく表現されている。もちろんミュリエルが用意したものではない。リーンはいったいどこで見つけ、いつの間に用意していたのだろう。

ミュリエルとしてはレインティーナの欲求に添ったつもりだったのだが、これを見るに意外とリーンもノリノリだ。

そんなリーンはわざと爪をニギニギと動かしながら、リュカエルに機嫌よく糸目を向けた。

「リュカエル君、大丈夫ですよ。ちゃんと貴方のぶんも用意していますから。ミュリエルさんがわざわざ探してきてくれたんです。ほらほら、こちらをどうぞ？」

リーンに茶色の犬耳を渡されたリュカエルは、受け取ったものと並ぶ面々を見比べる。若干諦めの境地に至っているようにも見えなくもないが、文句もなくそれらを装着した。よく似合っている。ミュリエルは満足した。そして、こうなると残るはサイラスだけとなる。

「あのっ、サイラス様のぶんもご用意してあります。私が、選びました。受け取っていただけますか……？」

黒いウサ耳を手に距離をつめたミュリエルを見て、サイラスは瞬きをした。それから、自分のぶんだと言われたものに目を留める。

「ミュリエル、これは……」

「わ、私が、つけてさしあげても、よいでしょうか？　い、いえ、あのっ、やっぱり、ぜひ私につけさせてください！　ですので、その、かがんでいただけますか……？」

言われる前につけてしまいたい。そう思って返事を待たずに一気に言ってみたが、サイラスの目は黒いウサ耳のある一点に注がれている。それがわかったために、ミュリエルは素早くサイラスの頭に向けて手を伸ばした。

黒いウサ耳には、エメラルドがあしらわれたイヤーカフが輝いている。

街でミュリエルが購入した、イヤーカフだ。折よく完成の知らせを受けたこの贈り物も、サイラスの元気を取り戻すのに有効ではないかと思ったのだ。だが、もともとはアメシストの指輪に対するお返しの品でもある。そのため、大げさだったり恩着せがましくなる渡し方が、ミュリエルにはどうしてもできなかった。それゆえの苦肉の策だ。

サイラスがアメシストの指輪を、アトラのぬいぐるみであるコトラのついでを装って渡してくれたように、ミュリエルも黒いウサ耳のついでに渡せばよい、と。

見知らぬ大勢の前でウサ耳を装着するのは恥ずかしいと言っていたサイラスも、仲間内で、しかも全員が何かしらの仮装を取り入れている場ならば受け入れてくれるだろう。そういう考えもあった。

そして有り難いことに、サイラスはそれ以上追及しないでくれる。こちらに向かって下げられた頭に、ミュリエルはウサ耳のカチューシャを差し込んだ。

「とても、嬉しい。その……、似合っているだろうか……？」

カチューシャにいい感じに黒髪がかかるよう、ミュリエルは丁寧に最後のひと筋を流す。それを待ってから、サイラスはゆっくりと顔を上げた。

ミュリエルは、固まった。これは、似合いすぎてやばい。街でサイラスがウサ耳を装着したところを想像した時も、同じような衝撃を受けた。しかし、実物がもたらす衝撃は想像を絶している。

（な、な、なんということなの……。現物の、破壊力が、ぜ、絶大すぎる、わ……）

恥じらいにそっと伏せられた紫の瞳、うっすらと染まる目もと、はにかむような微笑みを浮かべる形のよい唇。ふわりと咲きはじめた黒薔薇は、水分を多く含む夕暮れの気配のなかで瑞々しく潤み、艶やかな香りを立ちのぼらせた。ミュリエルの反応をうかがうように伏せ目がちに向けられた眼差しは、長い睫毛に彩られ、信じられないほどの色気をたたえている。

しかも服装が、今日はミュリエルと見事なまでにそろっていることも、高揚する気持ちに拍車をかけた。羞恥と一緒に、ごちゃまぜの感情をまとめて煽ってくる。

ミュリエルが約束通りラベンダー色のワンピースを着てくると、サイラスも思っていたのだろう。白シャツと、青味の強い紺色のベストとズボン、そこにラベンダー色のクロスタイが合わせられていた。茂みの陰からその姿が見えた時、それだけで素敵だと思ったのだ。それなのに今はその素敵さが、色気が、サイラスの醸し出すすべてのものが、何倍にもなってミュリエルを包んでいる。

そんなサイラスの頭には、ウサ耳が。ミュリエルは固まるどころか震えだした。するとサイラスは、イヤーカフに手を伸ばして長い耳を折り曲げる。エメラルドの石を目の前まで持ってくると、優しい眼差しでじっくりと眺めた。それから、イヤーカフとウサ耳の陰に隠れるようにして、もう一度ミュリエルに囁くように聞く。

「似合って、いるか……?」

いくらウサ耳が長くとも、隠れきることなどできない。だが、いかにも恥ずかしげで心細そうな仕草が、ミュリエルの心臓を打ち抜いた。衝撃で息がつまり、体温の上昇も止まらない。しかもその間ずっと、紫の瞳は潤んで艶めき、ただミュリエルだけを映している。適切な距離は守っているはずだ。それなのに紫の色の深さに惑わされ、まるで至近距離で見つめ合っているように感じる。

「と、と、とても、お似合い、です……」

悲しげな気配が漂いだす前に、口にできただけミュリエルは頑張った。ふっ、と幸せそうに目もとを緩めたサイラスは、イヤーカフをもう一度キュッと摘まんでからウサ耳を放す。

あまりの色気と素敵さに動けず、目もそらせなくなっているミュリエルと、嬉しそうに微笑むサイラスは見つめ合う。そんな一部始終は、この場にいる全員によって見学されていた。

「えーと、ではでは、改めまして……」

だが幸いなことに、場面の切り替わり時を読んだリーンが、目配せをする。その視線にミュリエルも気がついて、流れに慌てて乗っかった。

「聖獣騎士団へ、ようこそ!!」

再び口をそろえて歓迎の言葉を贈れば、そのまま注目はリュカエルに集まったままになる。ミュリエルの時と同じだ。ここは歓迎される者の挨拶が求められている。

「聖獣騎士団での日々は、僕にとって好ましいものです。それもこれも、型にはめようとせず、ありのままの僕を受け入れてくださる団長をはじめ、諸先輩方のおかげだと承知しています。ですので日々感謝と努力を忘れず、少しでも早く聖獣騎士団に貢献できるよう、励んでいきたいと思います。これからもどうぞ、よろしくお願いします」

ミュリエルは弟の挨拶に一生懸命拍手を送った。自分とは違ってリュカエルの挨拶は素晴らしい。感動して力が入り、拍手のしすぎで掌が熱い。

熱心な拍手は、手際よくグラスが配られたことで止まった。飲み物が行き渡ったのを見て、サイラスが音頭を取る。

「今宵は楽しもう。いつも通り無礼講だ。では、リュカエルの我が隊加入を祝して、乾杯」

かんぱーい！　と全員で手にした飲み物を掲げ、身近にいる者とグラスを鳴らす。誰も彼もがとても楽しそうだ。ミュリエルも笑顔でジュースに口をつけ、そしてサイラスの横顔をそっとうかがった。

（サイラス様、これで元気になってくれたかしら……？）

ミュリエルがサイラスにした、ご褒美のおねだり。それは、リュカエルの歓迎会の幹事を自分にしてほしいということだった。

アトラ達はサイラスを元気にするためには、いかにもミュリエルだけが必要そうに言っていた。しかも可愛くおねだりすることに重点を置かれたが、ミュリエルとしてはその効力について懐疑的だ。

そんな疑問から自分なりに考えた末に思ったのは、ミュリエルを含めた仲間を、サイラスが大事にしているということ。ならばミュリエルだけではなく、騎士団の面々とも仲良く楽しく過ごせた方が、元気になるのではないだろうかと考えたのだ。そして、皆で楽しく過ごすのなら、個人の希望も取り入れた方がよりよい。よってたどり着いたのが、この仮装歓迎会だ。

人間が飲食をする場に聖獣が居合わせるのが適切ではないため、アトラ達が一緒にいられないのだけが残念だ。しかし、それについては白ウサギからの厳命がある。

ミュリエルは、テーブルに並んでいた前菜をあっという間に平らげ、からの皿を手に次の料理が来るのを待つ騎士団の面々を眺めながら、グラスにちびちびと口をつけた。そして、なおもチラチラとサイラスを盗み見る。

日中、サイラスの様子に違和感を持ったのは、ほんのわずかのことだった。だからよくよく眺めて普通に見えたとしても、今は少し自信がない。

グラスに形のよい唇をつけて、サイラスが中身をあおる。グッと上に動いた喉仏に色気を感じ、妙にドキドキとしていたら、紫の瞳はいつの間にかミュリエルを見ていた。

「君から見つめられていると、アルコールの回りが早くなりそうだ」

いっさい酔った気配などないくせに、サイラスはそんなことを言う。

「同じだけ、見つめ返しても？」

「っ！」

すっかり日が落ちた庭は、夕闇を溶かすようにランタンが灯る。その柔らかな光をいくつも紫の瞳に映して、サイラスはしっとりと甘い微笑みを浮かべた。

「だ、だ、駄目です……。私も、酔っぱらってしまいます……」

「君が持っているグラスは、ジュースだと思っていたが？」

グラスで顔を隠すミュリエルに、わかっているくせにサイラスは聞いてくる。酒に酔うのではもちろんない。サイラスの甘い色気に酔ってしまうのだ。

クスクスと小さく笑いを零すサイラスを、ミュリエルは恨みがましく見上げた。しかし、綺麗な顔に憂いはなく、いつも通り穏やかだ。それを見て取って、力んだ視線をやわらげた。

「いっ、てぇぇぇぇっ!!」

急に響く絶叫に、ミュリエルは慌てて声の方に視線をやる。どうやら騎士団の面々は、料理の待ち時間に腕相撲大会をはじめたようだ。勝ったのはレインティーナで、負けたのは栗鼠の耳と尻尾をつけたシーギスだ。

「こんの、馬鹿力がっ。……よし、もうひと勝負だ」

「待て、次は俺の番だろ！　ちゃんと順番守れって！」

ドン、とテーブルに右手を用意したシーギスだったが、鼠の耳に尻尾をつけたスタンが割って入る。大柄なシーギスを小柄なスタンが体当たりするように椅子からどかし、鼻息荒く肘をついた。すぐさまレインティーナと手が組まれ、ニコの静かな応援の声を聞きながら、ラテルが開始を合図する。

「ぐはっ!!」

瞬殺により、レインティーナの勝利が決まる。

「おい、もっと粘れ、スタン！　その筋肉は見せかけか！　レインの細い二の腕を見ろ！」

「くっそぉ！　マジでどうなってんだっ!?　俺の筋肉信仰が崩れていく……っ！」

レインティーナは細いと言われたにも関わらず、力こぶを出すように両腕を曲げると二人に見せつけた。表情が変わるはずのない猪のかぶり物の顔まで、誇らしげに見えるのはなぜだろう。レインティーナも意思のないはずの猪も、負かした二人を完全に煽りにきている。

一方、スタンはオレンジ色のツンツン頭を抱えてかきむしり、シーギスは細い二の腕を指差しながら、自身の丸太のように太い腕と見比べて吠えていた。

そんななか、大騒ぎする一角を気にもせず、己のぶんの料理を皿に死守した二人がこちらにやって来る。一人は、紺色の髪を七三に整え、鹿の角をつけたシグバート。もう一人は、長い紫の髪を大蛇のぬいぐるみごと緩く三つ編みにした、プフナーだ。

「えっと、プフナー様とシグバート様は、参加しなくてよろしいのですか？」

「えぇ、わたくし、負けるとわかっているものに燃えるような、被虐趣味はございませんから」

大蛇のぬいぐるみをマフラーのように巻いたプフナーは、左肩から顔を垂らすヘビの口をパカパカと開閉させた。このぬいぐるみは、口の部分がパペットになっている。

言葉に合わせて上手にパペットを動かすプフナーに見入ったミュリエルだったが、発言には疑問が残る。すると、すかさず補足をしたのはシグバートだ。

「プフナーは都合よく被虐と加虐の嗜好を行き来します。しかし、今まで重度の実害は報告されていません。ですので、安心してお付き合いください。そして腕相撲は、私も遠慮します」

鹿の角をつけていても、シグバートは真面目だ。静かな説明口調も崩さずに、銀縁眼鏡をクイッと上げた。

こちらでそんなふうに会話を楽しんでいる間も、あちらでは腕相撲大会が白熱し続けている。料理がそろうまでの前座のはずが、着々と聖獣騎士団内の力関係に順位をつけていた。とりあえずレインティーナは勝ち続け、椅子にずっと座ったままだ。

見ていると、次は二人同時に相手をするつもりらしい。レインティーナ扮する猪は、挑戦者席に座った犬耳の右手と猫耳の左手を同時に握った。

そして開始の合図と同時に、瞬殺する。テーブルにドゴンッと重い音がするほど、二人分の手の甲を叩きつけた。負けた二人は、声もなく悶絶している。

「そういえばお二人がそろった場で、まだお伝えしていませんでしたね。団長、ノルト嬢、このたびのご婚約、おめでとうございます」

向こうで続く大騒ぎをサラッと流し、シグバートがお祝いの言葉をくれれば、それにプフナーも続く。

「本当にそうでございますね。団員一同、大変嬉しく思っております。誠におめでとうございます」

嬉しくも恥ずかしい気持ちで、ミュリエルは隣のサイラスを見上げた。微笑みをかわしてから、お礼の言葉を返すために二人に向き直る。

「あぁ、ありがとう」

「ありがとう、ございます……」

サイラスは微笑んだまま応えたが、ミュリエルの眉はこの時、下がってしまっていた。笑顔もぎこちなくなる。シグバートとプフナーはそれには気づかず、サイラスと談笑を続けていく。

その間もミュリエルの眉は下がり、微笑んだ口もとの角度はいつもより元気がない。上手に直すこともできなかった。なぜなら微笑みをかわす一瞬前、サイラスの表情の変化に気づいてしまったからだ。瞬きするほど一瞬で、よく見ようとする前に消えてしまっていたが、間違いなく憂いに陰る、気落ちした表情だった。

「ミュリエル？　どうした？」

サイラスの表情に驚いたミュリエルは、頭のなかがからっぽになっていた。そのため、声をかけられてやっと現状を思い出す。

「あ、あの、私……、い、今来たお料理を、いただいてきます！」

挙動不審気味に目を泳がせたミュリエルは、視界の端に映った運ばれてきたばかりの料理に逃げ場を求めた。言動がおかしかったのを、恥ずかしいから、もしくはおなかがすいていたからだと勘違いしてもらえるといいな、と期待しながら。引き止める言葉をかける隙を与えずに、ミュリエルは少し離れた場所にあるテーブルに突進する。

腕相撲に白熱していたレインティーナ達は、隣のテーブルですでに山盛りの皿と個人戦を繰り広げていた。ミュリエルはグラスを置いて皿を手に取ると、来たばかりなのに申し訳程度にしか残っていない料理に手を伸ばした。輪切りにして焼いた芋の上に、味の濃そうな少量の具とハーブが乗せられているものだ。最初は平皿に、見栄えよくタイルを敷きつめたように並べられていたはずだ。今は人気の具を乗せた芋だけがなくなり、まばらに二種ほどが残っている。

「姉上……。何をやっているのですか？　よそうならちゃんとよそってください」

芋はつかんだものの具を平皿の上にポロリと落としてしまったミュリエルに、横から同じく皿を持ったリュカエルが声をかけてきた。ミュリエルの手からトングを奪うと、落とした具をちゃんと芋の上に乗せ直してくれる。

「あ、リュカエル君、僕もそれ欲しいです」

さらにその横から顔を出したリーンは、リュカエルに向かって自分の皿を差し出した。たぶんリュカエルは、トングをリーンに渡すか一瞬悩んだのだろう。しかし、やってあげることにしたようだ。その代わり無言で、一番あまっている具の芋を三つも乗せている。

「姉上、ぼんやりしていると今度は皿を落としますよ？」

ミュリエルに向かってフォークを取ってくれたところで、リュカエルは姉の顔を見た。そして眉をよせる。

「……どうしました？」

リュカエルの声に、フォークはさすがに自分で取りながらも、リーンもミュリエルの顔をのぞき込んだ。

「わ、私……」

一瞬前までは誰かに甘えることなど考えつきもせず、一人で飲み込もうとしていたのだ。しかし、心配してくれている弟の顔は簡単にミュリエルの虚栄を見抜いて崩す。そうなれば、途端に翠の瞳には涙が盛り上がった。

「さっきまで……、今回はサイラス様を悲しませるようなすれ違いや、思い違いをさせていないと思っていたんです。自分でも、その……、まだまだですが、頑張れていると思っていましたし。ですが……。やはり、サイラス様のことを悲しませていたのは、私だったみたいなんです……」

黙って聞き続けてくれるリーンとリュカエルに、ミュリエルは先程婚約を祝う言葉をもらった時のことを話す。翠の瞳に浮かんだ涙は、もはや決壊寸前だ。

「ちょっと僕、団長のところに行ってきま……」

「あー！　リュカエル君！　それは待ってください！」

ミュリエルの言葉を聞くや否や、リュカエルは背中を向けた。しかし、即座にリーンが皿を持っていない方の手を、リュカエルの肩にガシッと回して止める。そのままこちらに背中を向けて、小声でコソコソとやり取りをはじめた。

こうなると、ミュリエルは完全に蚊帳の外だ。急な放置と見るからに不審な二人の動きに涙は止まったものの、今度は疎外感に涙ぐみそうになる。

しかし男二人は、ミュリエルを泣かす前に肩を組んだまま振り返った。そして、その場にしゃがむ。どちらかというと、リーンがリュカエル共々強引にしゃがんだ形だ。

迷惑そうにしたリュカエルは芋の乗った皿を守りつつ、肩に回る腕をポイッと捨てた。だが、リーンは気にせずにミュリエルに手招きをする。立ち上がる気配のない二人に合わせて、ミュリエルもスカートを膝裏に挟みながら、皿を手にしゃがんだ。

内緒話なのかリーンが顔をよせてにじりよったので、ミュリエルからも三人で作る輪を狭める。三人は額を突き合わせるようにして声を潜めた。

「団長殿の元気がないのは、ミュリエルさんのせいではありません。これについては安心してください。ですが、ミュリエルさんが関係していることではあるんですよ」

テーブルの陰に隠れてはじまった会話に、ミュリエルは真剣に耳を傾けた。ただ、リーンの言っていることがよくわからない。自分が関係しているのに自分のせいではない事由とは、いったいどんなものがあるだろうか。

「だから、ご褒美をおねだりしろって言ったんです。僕がせっかく参考にならないだろうと歓迎会だなんて言ったのに、なんでよりにもよって、レインティーナ先輩の仮装祭まで拾ってこんなことになっているんですか」

しかもリーンの言葉を受けたリュカエルの相槌も、ミュリエルからしたらもう少し丁寧にしてほしいものだった。ただ、お叱(しか)りを受けていることはわかったので、情けない顔のままリーンの次の言葉を待つ。

「ミュリエルさんが何を考えたのかはわかりますが……。まぁ、もし団長殿を元気づけたいのが目的だったのなら、今回ばかりはご褒美を可愛くおねだりするのが正解でしたね。ただ、終わったことを考えても仕方ないので、今は次の手を……」

「あの……」

とりあえずわかったのは、「ご褒美のおねだり」の重要性だ。そのため、次の手を考えてくれようとするリーンの言葉を、ミュリエルは控(ひか)えめに遮(さえぎ)った。

「実は、ご褒美のおねだり、まだ残っているんです……」

左右から疑問の目線を受けたミュリエルは、サイラスにご褒美をねだった時のことを話すことにした。確かにミュリエルは今回のご褒美に、リュカエルのために開く歓迎会の幹事を任せてほしいとおねだりした。サイラスもそれを承知して、しかも今夜と最速で聞き入れてくれた。

しかし、これにはまだ続きがある。サイラスから言われたのだ。歓迎会の幹事はこちらから頼みたいものなのだから、たとえ本人の希望により任せたとしても、ご褒美には相当しない。よって、ご褒美のおねだりは別の機会にとっておくように、と。言う隙間がなかったので報告を怠っていたが、こういう経緯によりミュリエルのご褒美はいまだに残っている。

「なぁんだ！　では、可愛くご褒美をおねだりする、もうこれ一択ですよ！」

ミュリエルとしてはまだ深刻な空気を背負っているのだが、リーンはあっけなく脱ぎ捨てた。フォークでブッスリと芋を突き刺すと、笑顔で口に運ぶ。

「で、ですが、具体的には、いったい、何を……？」

咀嚼していて口の開けないリーンは、発言をリュカエルに視線で譲った。

「……二人きりの時間を作れば、あとは成り行きに任せればいいと思いますけど」

ずいぶんと心配してくれていたくせに、答えがやや適当に聞こえるのは気のせいだろうか。ここで芋を飲み込んだリーンの発言が挟まれる。

「リュカエル君、急におおざっぱになりましたね。でも、僕もそう思います」

それでもやっぱり適当だ。ミュリエルは二つ目の芋に取りかかったリーンと、つられるように一つ目の芋にフォークを刺したリュカエルを見て、ここからは自分で考えるところなのだと理解した。

「ふ、二人きりの、時間……」

皿に乗った自分の芋を凝視して考える。芋はとくに助言をくれるわけではないが、ミュリエルを焦らせるようなこともしてこない。

「えっと……。こ、ここがお開きになったあと、湖上ガゼボを少しだけお借りすることは、できるでしょうか……？」

至った答えを口にすれば、噛む動作を同時に止めた二人が目を軽く見張った。その後、二人は思い出したように芋を飲みくだして口を開く。

「おっと！　これは、びっくり！　ですが、さすがです。なるほど、なるほど……」

「今、どういう思考回路を経たんですか？　いつもそうなら手がかからないのに……」

どうやらミュリエルのたどり着いた答えは、二人から見て正解のようだ。しかし、どんなふうに考えたかなど、そんな大層なものではない。あくまでも、普段のミュリエルらしい考え方をしただけだ。

まず、いくら忙しいのが落ち着いたとはいえ、それでも多忙なサイラスにわざわざ時間を作ってもらうのは気が引けること。そして、二人だけになれる場所といっても、元引きこもりのミュリエルが考えつく候補などたかが知れているということ。さらに、いつでもミュリエルの味方になってくれる者達に力を借りられたら、より上手く行きそうだし、何より少しでも見知った場所の方が、余計な緊張をしなくてすむということ。これだけだ。

だが、リーンもリュカエルも好感触な反応をしたものの、まだちゃんとした許可の言葉を聞けたわけではない。よってミュリエルは少しの不安を感じながら、皿を持つ手に力を入れた。

「湖上ガゼボの使用、大丈夫だと思いますよ！　ですが、それには……」

「聞かせてもらったわい！」

「……僕も」

シュバッと現れたと思った時には、ラテルはリーンの隣に、ニコはリュカエルの隣にギュウギュウに幅よせをしながらしゃがんでいた。並んだ姿の可愛さと、漂う仲良しの気配にミュリエルは目を丸くする。右から亀、土竜、狼、熊、と大変目に楽しい。

「ラス坊と可愛いミュリエルちゃんのためじゃ。わし、ひと肌でもふた肌でもいくらでも脱いじゃうわい！」

「リュカエル、はじめての、同じ年の、友達。大事にしたい。お姉さんの、ミュリエルさんも、大事に、したい……」

しかも、元気いっぱいのラテルと物静かなニコ、どちらも向けてくれる好意は同じように温かい。ミュリエルはそれを有り難く受け取って、笑顔を浮かべた。頭にある兎の耳を引っ張って、自分もおそろいだと改めて確かめる。

そして、リーンが立ち上がったのに合わせて、そろって立ち上がった。テーブルには食欲旺盛な皆のペースをつかんだシェフが、いつの間にかどの料理も山盛りでそろえてくれている。

そのなかに自分の好物も見つけたミュリエルは、まずは手もとの皿をからにすべくフォークを動かす。やっと口に運んだ芋は冷えてしまっていたが、皆で食べればとても美味しい。

ところ変わっていつもの獣舎にて、ミュリエルは聖獣達、とくにレグに乞われるままクルクルとウサ耳姿をひと通り披露する。それからやっと、ここに戻ってきた経緯を説明した。

空にある糸のように細い月は、まだ天頂には届かない。前回のミュリエルの歓迎会ではエイカー公爵家にお泊りする事態となったが、今回は誰もが優等生を語れる時間での解散と相成った。なんのことはない、翌日も全員が出仕の予定で、急遽休みを取れる者もいなかったためだ。

しかし、これはミュリエルにとって追い風だ。だからこそ、こうしてアトラ達に協力をあおぎ、サイラスにおねだりをする隙間がある。本来であればミュリエルとて、今夜は仮装歓迎会の終わりをもって自室へ直帰する予定だったのだから。

「……ということで、アトラさん。もし、おねだりにサイラス様が頷いてくださったら、湖まで乗せていただいてもよろしいですか？」

『んなもん、改めてお願いされなくったって、いくらでも乗せてやる』

細い月の明かりは頼りない。星の方がまだ明るいほどで、ランプも持たずに訪れた獣舎は、目が慣れても少し先さえ真っ暗だ。だが、アトラの体はそんな闇のなかでも白く明るく感じられる。ぶっきらぼうに快諾してくれる声と相まって、ミュリエルを勇気づけてくれた。

サイラスの気落ちの原因は自分ではない。そうリーン達に言い切ってもらったものの、関係があるとなればどうしても気を揉んでしまう。だからこうしたアトラの何気ない様子が、ミュリエルには大変有り難かった。そしてミュリエルに元気をくれる存在は、白ウサギだけではない。

『ねぇ？　リーンちゃんとリュカエルちゃんは、成り行き任せでいいって言ったのよね？　でもね……。アタシはミューちゃんの心の準備のためにも、ここで展開予想と予行練習をしておいた方がいいと思うの！』

向かいの馬房からブフッ、と力強く吹き出した鼻息にミュリエルが振り返れば、いつものごとく同意の鳴き声が連鎖していく。

『うむ。一理あるな。慌て者のミュリエル君には、有効な手だろう。用意もなしに事にあたれば、結局すれ違ってしまうのが目に見える』

『そもそも、可愛くご褒美をおねだりって話になった時に、ジブン達で監修しようって話にもなってたっスよね？　じゃあ、一緒に考えるっスよ！』

『ひひっ。もうすでに楽しいです！　え、どないします？　ねぇ、どないします？　色っぽい展開となると……』

夜の静けさはあっという間に崩された。もうすでに方向性が怪しいが、続く鼻息はさらに遠慮がない。

『ミューちゃんからのチューは、絶対に外せないわよね！』

「っ⁉」

せめて、遠回しに言うことはできなかったのだろうか。容赦(ようしゃ)なくミュリエルを追い込むレグは、とても楽しそうだ。しかし、ミュリエルとしてはたまったものではない。刺激の強い言葉を突然聞かされたことで混乱し、目をグルグルさせる。

（な、な、なんというか、薄々、わかってはいたの……。ふ、二人きりになって、キ、キキ、キス、の一つもせずに、終わるはずはないって……。も、もちろん、するのは嫌ではないし、むしろ、う、う、嬉しいわ。でも、わ、私から、するなんて……）

できればここは口にせず、見て見ぬ振りをしてほしかった。今までのミュリエルのサイラスに対する仕打ちに信用できる部分が皆無なため、レグ達にすれば必要な助言だとでも思っているのかもしれない。しかし逆に、ここで先の行動を読まれてしまうと、ミュリエルとしては恥ずかしさの限界が本番前に突破してしまう。

『まぁ、当然そうなるだろう。だが、問題はそこに至る工程だ。レグ君が先程言ったのはそういうことだろう？』

『クロキリさんの言い方だと固いっスけど、要するに雰囲気作りってことっスよね？』

『あ、考えてみたら、えらい難易度高いです。ミューさんにそれ、全部同時にこなせますか？』

暗闇でもわかるほど真っ赤になったミュリエルは、両頬を手で押さえながらよろめいた。転ばないように、すかさずアトラが襟首をくわえる。お礼も言わずにされるがままなのは、考え事に夢中でいつも通り気づいていないからだ。

（き、気落ちしているサイラス様に、元気になってほしいと、そればかりに夢中だったから……。ふ、深く考えはじめてしまったら、わ、わ、私……）

正式に婚約し、両想いでもある二人だ。夜の湖上ガゼボという空間における触れ合いは、きっと今までより一歩ほど進んだものになるはずだ。いや、一歩ではすまないかもしれない。なぜならサイラスは、穏やかな物腰でさらっと無茶なことを、さも簡単なことだと言わんばかりに勧めてくることがある。そうなると一歩どころか、二歩、または三歩か四歩……。

ミュリエルは意識を飛ばしかけた。だが、ここで今までの成長の証を見せる。自ら踏みとどまると、沸騰した頭は湯気ではなく、自分的にはよいと思われる閃きをひねり出した。

（……はっ⁉ で、では！ キ、キスはいったん置いておくとして、サイラス様に流れるままにお任せするよりも、やっぱり私から頑張った方がいいかもしれないわ。だって皆さんの言う通り、私が頑張る側であれば、まだ一歩の範囲で収められる可能性がある気がするもの……！）

しかし、そこまで考えてミュリエルはピタリと止まった。

（……、……、……ま、待って？ だけれど、私からって……、いったい、どうやるの……？）

一人で無言の大騒ぎをしているミュリエルを、聖獣達はずっと待っている。この一瞬の停止さえ、再び大慌てがはじまる前兆かもしれないと見極めるために待機していた。

しかし、ミュリエルが瞬きもせずに止まり続けるので、とうとうアトラとレグから久方ぶりの気つけが入る。ドスンブフゥッ、とスタンピングと鼻息を同時に受けたミュリエルは、やっと自分を取り戻した。

『あんまり色々考えすぎんな。オマエがへこんだ時は、どんなふうにサイラスから元気づけてほしいんだよ。まずはそこからだ』

アトラの助言は飾らないぶん、いつもミュリエルの目を覚ましてくれる。そして好き勝手に盛り上がっていた他の面々も、結局ミュリエルには甘いのだ。

『ミューちゃんの場合は、傍にいてくれるだけで十分なのでしょうけど』

『だが、それでは、サイラス君が不憫だ。もうひと声ほしいところだな』

『じゃあ、ここがミュリエルさんの成長の見せどころってことっスね』

『せやな。なんたって今回、ミューさんは……』

優しい眼差しがミュリエルに集まる。励ましの言葉の最後を引き受けたのは、もちろんアトラだ。

『ヒーロー、だもんな？』

数度瞬いたミュリエルは、襟首をアトラが放しても、自分の足でちゃんと立っていた。しっかり立って、翠の瞳で真っ直ぐ白ウサギを見返す。するとアトラは、赤い目を細めてニヤリと笑った。

『最後まで頑張れ。物語の終幕には、ヒーローの見せ場と決め台詞が必要なもんだろ？』

からかい混じりの声でも、それが激励なのだとミュリエルはちゃんと気づける。

『オマエには仮面はねぇ。けど、代わりに何がある？』

「仲間の、皆さんがいます！」

間髪入れずに答えたミュリエルに、アトラも他の聖獣達も満足そうに頷いた。

『お膳立て(ぜんだ)は任せとけ。ミューは素直な気持ちで、まぁ、できればいつもより踏み込んで、サイラスの傍にいればいい』

ミュリエルは信頼するアトラの言葉を、しっかりと胸に刻む。それを確認するのに胸を両手で押さえてから、コックリと頷いた。

『……ほら、ご期待通りにお姫様の登場だ』

頼りない星明かりに、薄い影が獣舎の入り口に伸びる。待ち人の訪れに、ミュリエルは鼓動を俄か(にわ)に高鳴らせた。

「……ミュリエル？」

呼ばれて、一歩、二歩と足を動かす。三歩目からは少し駆け足だ。

「サイラス様……、あ、あの……」

アトラへの終業後の挨拶を日課としているサイラスは、たぶん今夜もここに来るだろうとは思っていた。しかし万が一もあるため、リーンに獣舎に行くようにほのめかす役目を任せてもいた。ただ、リーンがどこまで伝えているかわからず、直前まで違うことを考えていたミュリエルは、すぐさま会話を繋ぐことができなかった。

しかし、サイラスは少し首を傾げただけでせかすようなことはしない。たっぷりミュリエルに時間をくれつつ微笑むと、つけっぱなしになっていた茶色のウサ耳を軽く引っ張った。

何が楽しいのか、サイラスは笑みを深める。思わずそれに魅入(みい)ってしまってから、ミュリエルはハッとした。

「サ、サイラス様、あの、ご褒美のおねだりはいつでもいいというお話でしたが……。やっぱり私、今欲しいんです！」

ほのかな星明かりに相応しい、静かな空気を散らす勢いでミュリエルは訴えた。サイラスが驚いたようにウサ耳から手を放せば、ミュリエルの気持ちを表すように両耳がピンと立つ。

「私を、夜の散歩に連れて行ってください！」

暗がりで輝く翠の瞳は、星明かりより強い。

アトラの背に二人乗りをして、夜の森を行く。時々思い出したように、梟のこもった鳴き声がした。どこの方向から聞こえてくるのか、はっきりとわからないのが不思議だ。今はもう外してしまったが、ウサ耳をつけていれば聞きわける気分だけでも味わえただろうか。

「皆が寝静まっている夜に、こうして散歩するというのも、なかなか楽しいものだな」

夜の空気感を壊さないように、サイラスがそっと呟いた。手綱を持つために、ミュリエルの体を緩く囲む腕や手に視線を落として頷く。

「わ、悪いことをしている感じがして、とてもドキドキします……」

ミュリエルはアトラとの同衾を例外として、消灯時間を過ぎての外出はしたことがない。聖獣番業務の特性上、門限や外出の規制が他の者に比べて緩いのだが、それにも関わらず実に模範的な生活態度をとっていた。誰にも咎められない現在の行動にも妙な罪悪感を持ってしまうのは、このように根が真面目で小心者だからだろう。

「この距離には、もうドキドキしないのか？」

サイラスはミュリエルの耳もとまで顔をよせると、先程の声よりさらに音を落として囁いた。

「……し、します」

途端に跳ねた心音にミュリエルが背を伸ばすと、体ごとよせていたサイラスの胸にぶつかった。すぐさま囲っていた腕を狭められて、そのまま囚われる。触れ合ったままになった背と胸に、ミュリエルは恥ずかしさを感じた。しかし、それ以上に心を占めるのは嬉しさだ。そのため、激しく鳴る鼓動と羞恥の熱を受け入れて、サイラスに身を預けた。

森の木々の間を、風がささやかに抜けていく。その風に添うように、微かな笛の音が流れた。

「どうやら、ラテルが呼んでいるようだ」

『カプカが、こっちに来いって言ってるぞ』

サイラスとアトラは立て続けに言うと、そろって笛の音がする方へ顔を向けた。ミュリエルは今まで進もうとしていた道と、これから進もうとしている道を見比べた。呼ばれた方向では、湖上ガゼボから遠ざかってしまう。

しかし、止める間もなくアトラは道を外れ、サイラスも手綱を引くことはしなかった。疑問には思ったが、ここはラテル達の呼び声に従うべきだろう。任せた彼らがした判断なら、必要な過程に違いない。

「あら？　あの光は……」

夜の森の切れ目から、小さく弱い光がいくつか見える。呼ばれて着いた場所には、いつも訪れていたものとは別の湖があった。目の前の湖は大きいわけではないが、ちょっとした舟遊びをするには十分な広さがある。岸には、屋根のついた小ぶりの舟形ガゼボが用意されていた。

最初に目に入った光は、どうやら湖面に散らばるように浮かべられているランプのものだったらしい。色硝子越しに蝋燭を灯しており、湖面の揺らぎに溶けてしまいそうなほど控えめに、ほんのりと色づきながら光を漂わせている。

「これは、見事だな……」

「とても、素敵ですね……」

暗く沈む森のなかに現れた、ランプの灯りを抱いた湖。そして、そこに静かに浮かぶ湖上ガゼボ。それはとても幻想的で、どこか秘密の気配がする。

周りを見回しても、すでにラテル達の姿はない。ミュリエルがアトラから降りようとすると、すぐに察したサイラスが手を貸してくれた。地面に両足がついてからもその手を放さず、ミュリエルは逆に握り直す。

「あの、サイラス様、ご一緒してくださいますか？」

「あぁ、もちろんだ」

二人そろってここまで背に乗せてくれたアトラを見れば、さっさと行けとばかりにサイラスの肩を鼻先でトンッと押す。笑顔にお礼を込めて、湖上ガゼボに足を向けた。

サイラスがあいている手で、湖上ガゼボが少しでも安定するように押さえてくれる。その隙に、ミュリエルは慎重に足をおろした。乗り込んだなかは、中心に厚手の絨毯(じゅうたん)が敷かれ、クッションもそろえられている。

『蝋燭が全部消えた頃、迎えにきてやるよ』

ミュリエルが座り、遅れて乗り込んだサイラスも並んで座ったのを見計らってから、アトラが顔をガゼボの入り口によせた。返事をしようとしたミュリエルだったが、白ウサギが少し悪い感じに笑ったのを見て、動きを止める。

『じゃあな。ゆっくりしてこい』

「え……、きゃっ！」

突然グンッ、と傾いたガゼボに体がよろめけば、自分で立て直すまでもなくサイラスに抱き留められていた。どうやらアトラが、ガゼボを湖の中心に送るために後ろ脚で蹴ったようだ。

一度強い力を加えられれば、あとは惰性(だせい)で進み続ける。絶妙な加減で蹴りだされたガゼボは、鏡のような水面に波紋を広げながら、上手い具合に湖の中心で進む力をなくした。しかし、サイラスが腕を解く気がないようなので、ミュリエルは広い胸に体の右側半分をよりかからせてもらったままだ。

（へ、変に距離をとるのは、拒否をしているように、見えるわよ、ね……？　は、恥ずかしいけれど、こうしていられるのは、嬉しいのだもの。このまま素直に、自然な感じで、サイラス様のお傍に……）

あまりにも周りが静かすぎて、このままではミュリエルの心臓の音がサイラスに聞こえてしまいそうだ。ただ、触れた部分の温かさは大変心地よく、離れたいとは思わない。

「綺麗、だな……」

些細な動作一つで、ミュリエルは心のなかで大騒ぎをしているというのに、サイラスはくつろいだ様子で呟いた。よりかかる胸はしっかりとミュリエルの背を支えてくれているが、おなかに回っている腕や手からは適度に力が抜けていて、気も抜いているように感じられる。

「は、はい、とても……」

その雰囲気に包まれて、ミュリエルもいささか落ち着きを取り戻した。体は動かさずに首だけを巡らせて、左から右へと順に辺りを見渡す。どの方向を見ても、あるものは湖とランプと囲む森、そして細い月と星ばかりだ。

森で聞いたよりも、遠くで梟が鳴いている。ガゼボの揺れはもう体では感じられないが、チャプンと水があたる音は繰り返し聞こえていた。時折ごく微かに風が吹くも湖の中心にいるせいか、ミュリエルの耳では葉のさやめきは拾えない。

とても静かだ。静かで、穏やかで、ゆったりとした、二人だけの世界にいる。

「サイラス様……、……、……き、綺麗ですね」

不自然に同じ言葉を繰り返してしまったのは、漂う空気感に引っ張られ、落ち込んだ気持ちが持ち直したかを実直に聞いてしまいそうになったからだ。背中を預けて正面を向いたままのミュリエルは、後頭部にもの問いたげなサイラスの視線をひしひしと感じた。何事も察することに長けているサイラスが、気づかないわけがない。

「……私のために、この場を用意してくれたんだな？」

「えっ！　あ、う、そ、その、えっと……、……、……そ、そうです」

一瞬色々と言い添える言葉を探したが、結局ミュリエルは簡潔に白状した。おなかに緩く回っていた手が力を失って、ため息と共にミュリエルの太腿の上に落ちる。

「かなり気をつけていたつもりだったのだが、皆にそろって見抜かれてしまうとは……」

手だけではない。サイラスは項垂れたように、おでこまでミュリエルの右肩に預けた。その仕草に瞬間的にドキンと鼓動は脈打つが、ずいぶんと力ない声に恥ずかしいよりも心配する気持ちが上回った。

「い、いえ！　サイラス様は上手に隠してしまわれるから、アトラさんと私で迷ったんです。レイン様達は、普段通りだとおっしゃっていましたし……」

力はなくしても両腕がおなかに回ったままなうえ、肩におでこを預けられている状態では大きく振り返れない。軽くサイラスを見ようとしただけで、頬と伏せた頭が触れ合った。すると、頷くような擦りつけるような曖昧な動きで、サイラスが頭を小さく振る。

「……それで、君はどこまで把握している？」

「把握、ですか……？」

説明するほど多くのことを、ミュリエルはわかっていない。リーンとリュカエルは何かしら知っているような感じではあったが、詳しくは教えてくれなかった。それなのにサイラスは、ミュリエルの肩におでこを預けたまま、いまだに返事を待っている。

元気づけたかったはずなのに、今日で一番悄然とした様子を見せられて、ミュリエルの眉もどんどん頼りなく下がってしまった。

「あ、あの、一生懸命考えたのですが、サイラス様が何に気落ちしているのか、わからなくて……。ですので、その、お聞きしてもよろしいでしょうか？　も、もちろん、話したくないのであれば、これ以上はお聞きしません！」

頬と頭をくっつけたままミュリエルが聞くと、そこでやっとサイラスはゆっくりと顔を上げた。様子をうかがうように、至近距離でミュリエルの瞳をのぞき込む。

あまりの近さに身じろぎしたくなる欲求を、ミュリエルは根性で押さえつけた。今自分が動けば、せっかくの話してくれそうな雰囲気が壊れてしまいそうだ。そんな我慢の甲斐があったのか、たっぷり三呼吸ぶんの間をとってからサイラスは躊躇いがちに呟いた。

「今回、皆に助けられてばかりだったから……」

「えっ？　ですが、それは……」

「……というのは、建前だ。君の前では頼りになる男でいたかったのに、逆に守られてしまったのが少し情けなかった。そして、今も甘えてしまっている……」

ミュリエルが目を丸くすると、サイラスは顔を曇らせながら、また脱力したようにトンッと肩にあごを乗せた。微かに首を傾げたため、サラリと黒髪が揺れる。上目遣い気味に向けられた紫の瞳に、黒髪がわずかにかかった。

「いつでも、この手を引くのは私でありたいと、願っているのに……」

黒髪の隙間から向けられる視線はそのままに、おなかに回されていた右手が膝に乗せていたミュリエルの左手に触れる。告げられた言葉の意味と、包むように上から乗せられただけの手の温かさが、じんわりと沁み込んだ。

ミュリエルは、サイラスの気落ちの原因にようやっとたどり着く。気づいた途端に、自分の手をひっくり返して指を絡ませ、繋ぐ形に変えた。

「わ、私も、サイラス様とずっと手を繋いでいたいです。これから先も、変わらずそうでありたいと思っています！」

肩に乗ったあごを落とさないように、身をひねる。黒髪の陰からのぞく紫の瞳は、切なげだ。その色に胸がキュッとなったミュリエルは、自然とあいていた手で瞳にかかる黒髪をそっと流した。遮るもののなくなった紫の瞳を、斜めに見下ろす。

「わ、私はサイラス様より、足は遅いですし、力も体力もないですし、注意力もなくて、挙げ句によそ見も多いです」

気持ちばかりが先走るせいで、ミュリエルの話しはじめはいつだって唐突だ。だがそのおかげで、サイラスは真意を読み取ろうと気持ちを動かしたようだった。それを感じて、ミュリエルは言葉を続ける。

「だから、ほとんどの時は、手を引いてもらうことになってしまうと思うんです。も、もちろん、自分でもちゃんと並んで歩けるようにも頑張るつもりですが！　そ、それで、何が言いたいかと申しますと、えっと……」

言葉がつまってしまうし、脈絡もない。すると視線だって泳いでしまう。だが、慌てなくてもいいのだ。なぜならこうした時、サイラスであればいつも待ってくれるのだから。

現に今も、肩からあごを上げたサイラスはわずかに瞳の色を揺らしながらも、こちらに真っ直ぐ紫の瞳を向けてくれている。であればこそミュリエルも、見つめ返す勇気と伝えようと思う前向きな気持ちを持つことができるのだ。

「た、大抵いつもサイラス様に、手を引いていただくことになると思うのですが……。こんな私でも、少しの間なら気を引き締めて、人並みくらいにはちゃんと周りを見ていられると思うんです。あの、説明がいつも下手で……、その、伝わっていますか……？」

不安になってきたミュリエルが聞けば、その気持ちに応えるようにサイラスが姿勢を正しながら頷いた。それに頷き返せば、自然と手を繋いだまま、互いに正面に向き直る。

目もとを緩めて先を促すサイラスは、次第に気落ちの色を薄めていく。早くすべてを拭ってしまいたくて、ミュリエルは黙って聞いてくれるサイラスに感謝しつつ、まとまらない言葉をなおも気持ちのまま口にした。

「サイラス様だって、たまには考え込んだり、景色に気を取られたり……、しますよね？」

今回のように、それは対外的にもたらされることもある。だが、どちらの場合にしろミュリエルは、サイラスの隣にいたいと思う。そしてそれは、ただ隣にいるという意味ではない。

「そんな時くらいは、私がちゃんと前を見ていますので……。任せていただけませんか？　それとも私が隣では、ふと足を止める余裕さえ持てないでしょうか……?」

握った手に力を込め、今は見上げる形になっている紫の瞳に翠の瞳を熱心に向ける。言葉だけでなくミュリエルのすべてをもって、余すことなくサイラスに伝えるために。

「これから先ずっと傍にいるのなら、それがどんな時であっても、どんな形であっても……。自然と受け入れてより添い合えるような、そんな関係で、ありたいんです……」

一生懸命に伝えたつもりだが、説明の上手ではないミュリエルにはこの辺りが限界だ。しかし、頑張りが実ったのか、紫の瞳に気落ちしている色はもう見られない。

ただ、その代わりサイラスは、なぜか眩しいものを見るように目を細めている。その表情は、やはりどこか切なげだ。笑顔が見たい一心のミュリエルは、そんなものを見てしまえばまだ何か言わなければと、気持ちが急いていく。

(……どうすれば、いいの? どうしたら、サイラス様のお気持ちを晴らすことが、できるのかしら? いつもの、柔らかい笑顔が見たいの。サイラス様には、笑っていてほしいから……)

言葉を発するために口を開かなくてはいけないのに、ミュリエルは逆に唇をキュッと引き結んだ。もどかしさに、翠の瞳が潤みはじめる。

こんな時は、何をするべきなのか。自分だけではどうにもならなくて悩んだ時、ミュリエルが助けを求める相手など決まっている。そしてその相手は、まるで今の状況を予知していたかのように、助言までくれていた。

（今回の私は、未熟であってもヒーローなのだもの。ハッピーエンドにたどり着くために、やるべきことをしなければならないわ。最後まで、ちゃんとそのお役目を……）

ヒーローならば終幕間際の見せ場で、決め台詞を吐く必要がある。アトラにだって言われたではないか。今がその時だ。ミュリエルは決意すると共に、頭のなかでアトラ達の激励を聞いた。そうするとだんだんとその気になってきて、言葉を発するために息を吸う。しかし、はたと固まった。

（あ、あら？　でも、待って？　決め台詞って、何を言えばいいのかしら……？）

ミュリエルはこの場における決め台詞を、今さら考えはじめた。その間、瞬きも忘れて固まっているため、紫の瞳からもいっさい視線をそらさない。しかし、焦点が合っているだけで考えに没頭している脳は、視覚から得るものの優先順位を限りなく下げていた。

（ヒーローの決め台詞って、やっぱりこう心に響いて残るようなもの、よね？　しかも端的で、わかりやすくて、言われた相手がハッとするような……）

ミュリエルの頭に最初に浮かんだのは、ヒーローという立場に引っ張られて、悪役に啖呵を切る強い台詞だ。しかし、今からそれを告げるのは、悪役でも敵でもなく婚約者のサイラスである。ビシッと断罪やスパッと改心させる必要はまったくない。

（あっ、ヒーローだと思うから、いけないのだわ。そもそも『怪人百二十面相と塔の姫』からの流れで、ヒーローだなんて話になったんだもの。そうなると、この物語の最後の台詞って、確か……、……、……、はっ!?）

ミュリエルは天啓のような閃きに、翠の瞳を瞬かせた。口にするにはかなり恥ずかしい台詞だが、この時はこれしかないと思えたのだ。端的で、心に響き、相手がハッとする。それらすべてを、この台詞は兼ね備えている。ミュリエルは自身の思いつきを信じて疑わない眼差しで、サイラスをしかと見つめた。

すると意識外とはいえ、ずいぶんと長いこと見つめ合っていた紫の瞳は、今やひどく甘やかに艶めいている。理由のわからないミュリエルは少々気おされたが、それをサイラスの期待の表れと思うことで気を取り直し、大きく息を吸った。

「サ、サイラス様！　わ、わ、私と……」

きっと本物のヒーローなら、最高の見せ場でどもったりしないだろう。なんとも締まりがないが、ミュリエルはさらにグッと瞳に力を込める。なぜかここでサイラスがハッとしたが、出かかった言葉はもう止まらない。

「け、けけ、けっ……、んむっ」

「待ってくれ、ミュリエル」

しかし、ここぞと叫ぼうとした決め台詞は、中途半端に止められる。繋いでいない方の手を素早く持ち上げたサイラスが、人差し指でミュリエルの唇をムニッと潰したのだ。

「その言葉は、駄目だ。君が言ってはいけない」

け、しか言わせてもらえなかったミュリエルは、唇を潰されたまま情けない顔をした。ヒーローとしての見せ場だったのに、これではあまりにも消化不良だ。

「私が黙っていたせいだな。すまなかった。君の向けてくれる想いの深さに感じ入り、言葉が出せなくなっていたんだ。とても、嬉しくて。私との未来を、君がそんなふうに想い描いてくれているのだと、知ったから……」

しかし、サイラスがふわりと嬉しそうに微笑んだので、そんな気持ちはすぐに消えた。決め台詞を言おうとしたのは、この柔らかい微笑みが見たかったからだ。

「だが、だからこそこの言葉は、私から君に贈らせてほしい」

夜の湖と浮かぶランプの光を映した紫の瞳が、色を濃くしてミュリエルを見つめる。しっとりと黒薔薇（ばら）が花弁を広げる気配を漂わせれば、星よりもランプよりも目の前のサイラスの方が煌（きら）めいて見えた。微笑みに胸を温かくしたミュリエルだったが、黒薔薇の香りに包まれてすぐにうっすらと涙目になる。ゴクリと喉を鳴らせば、もはや自分がヒーローであることはすっかり忘れていた。

「ミュリエル・ノルト嬢、どうか私と結婚してくれないだろうか。サイラス・エイカーの妻として、この先の未来を共に歩んでほしい。いつまでも、いつであっても、この身も心も傍にあると、約束するから……」

匂い立つほどの色気をまとったサイラスは、ミュリエルの言葉を奪った人差し指を、ゆったりと唇にはわせた。ただ触れただけではない意味深な動きだと、さすがのミュリエルでもわかる。切なそうに緩めた目もとに、色気の粒子が潤んで艶めく。

ボンッと勢いよく発火したミュリエルは、あとを引くように人差し指が離れても、もう細い息しかできなくなっていた。しかし、微かに首を傾げたサイラスを見て、返事をしていないことには奇跡的に気づけた。

「は、は、はいっ、と、とても、嬉しい、です……」

なんとかそれだけ言って、いったん呼吸を整えようと息を吸う。すると、黒薔薇の香りに肺を満たされてしまう。体の内側から染められる、そんな錯覚にミュリエルは陥った。すぐに目が回りそうなほどの色気に酔う。

しかし、ミュリエルは何度か生唾を飲み込み、ギリギリのところで自分を保った。翠の瞳は限界まで潤んでいるが、それゆえに瑞々しい光をたたえている。

「い、いつまでも、いつであっても、お傍に置いてください……。わ、私、ミュリエル・ノルトは、サイラス・エイカー様の、お、お嫁さんに、なりたい、です……」

その途端、ミュリエルはサイラスの腕のなかに閉じ込められた。視界が広い胸に埋まってしまったどころか、抱えられるように膝に座らされている。

「幸せすぎて……。どうしたらいいか、わからない……」

何か言おうにも、あまりにもきつく抱き締められていて、それさえもできなかった。顔を動かすことさえ、サイラスの唇が押しつけるように頭に落とされていてできない。

「好きだ、ミュリエル。愛してる……」

「っ!? あ、ああ……、あ、い、あい……、……、……」

脳天に触れたままの唇は、ミュリエルの体に沁み込ませるように言葉を紡ぐ。髪の毛の一本、

その毛の先すべてに至るまで、サイラスの吐息の波動が巡ったようだった。ビリビリとした甘い痺れは、首筋をなでるように全身に広がる。二の腕を滑りおりて指先、背中を包むようにして腰、そしてつま先へと。

サイラスがほんの少しだけ腕を緩める。見上げる物理的余裕をもらったミュリエルだが、言葉を発する精神的余裕はない。そのためミュリエルは、嬉しさや苦しさや恥ずかしさ、そんな色んな感情がごちゃ混ぜになった顔を、ありのままサイラスにさらした。

「……愛している？」

優しいサイラスからの、頷くだけでいい簡単な質問だ。ミュリエルは表情を取り繕わないまま、何度も強く首を縦に振った。包み隠さずに自分の表情を見せるということは、同時に相手の表情も余すことなく見ることになる。目の前にいるのは、深く満ち足りた微笑みを浮かべるサイラスだ。

そんな顔を見せられると、ギュウギュウと胸が苦しくなる。きつく抱き締められていた時以上の息苦しさを、ミュリエルは感じた。ふくらみすぎた感情に涙は零れそうだし、唇まで震えてくる。

「泣かないでくれ……」

少し困ったようにサイラスが微笑むが、一番困っているのはミュリエルだ。溢れる想いを受け止めたいのに、全然間に合わない。だが、絶対に少しも取り零したくもない。ならば拙くても、想いのほんのひと匙でも、言葉にしてサイラスに渡せば零さずにすむだろうか。

「だ、だって、サイラス様が……、私を望んでくださることが……、奇跡みたいで……」

苦しくてか細くなってしまった声は、囁くようだ。小さなため息に抱えきれない想いを乗せて、ミュリエルはサイラスに渡す。

「私にとっては、君が私を望んでくれることこそが、奇跡だ」

同じ密(ひそ)やかさで応える声は、深く響いた。サイラスの想いの深さと同じだけ。伝え伝わる想いは重なって、二人の間で大きくふくらむ。

「君だけだ。私は、君だけがほしい」

紫の瞳は深く艶めきながら、どこまでも甘くミュリエルを映していた。その色を見ていると不思議な感覚に包まれる。体の外側も内側も、サイラスに染められていくような酩酊(めいてい)感だ。だから深く考えてなどいなかった。気づいた時には、もう言葉が零れたあとだ。

「どうぞ、もらってください……。欲してくださるのなら、差しあげます。まるごと全部、サイラス様に、私のことを……」

痺れた脳は、単純だ。サイラスが望むもので自分が与えられるものは、なんでもあげたいという答えを導き出してしまうほどには。

「君は、すぐそうやって……」

くっ、と一度言葉をつまらせたサイラスは、苦悩するように眉間にしわをよせた。しかし、すぐに解くと微笑みながらコツンとおでこをぶつけてくる。

気道は確保されているのに、ずっとミュリエルの呼吸は覚束(おぼつか)ない。紫の瞳の甘さには、際限がないのだ。それが、あまりにも近くで向けられている。さらにはおでこを離さないままに、鼻先が触れ合わされた。そんなことをされては、ミュリエルはもうサイラスを見ていられない。

だが、目を閉じてしまうのは先を期待しているようでできなかった。サイラスが先に睫毛を伏せているならいざ知らず、これだけはっきりと目をあけているのだ。万が一サイラスにその気がなかったら、自分から口づけを誘ったことになり、恥ずかしさで死んでしまう。

「私の気持ちが、少しはわかるだろうか……」

ミュリエルを困らせるのが目的のような口ぶりだった。しかし、そのおかげでわずかに艶めく色気が薄まり、ミュリエルは半歩分だけ正常な意識を取り戻した。それゆえに、サイラスの今の言葉も重なって、あることを思い出す。レグ達の率直すぎる勧めについてだ。

(も、もしかして、今、なのかしら……？　今が、キ、キスをする場面、なの？　わ、わからないわ……。い、いいえ、そもそも、やっぱり自分からするだなんて……、う、くっ！)

ミュリエルは目を伏せた状態で、体を硬くした。せっかくわずかに取り戻した意識が、また薄れていく。すると力の入りすぎで小さく震える体をなだめるように、おでこを離したサイラスが背中をポンポンと軽く叩いた。

「本当は今すぐにでも、すべてほしいと言いたいところなのだが……。一年後にしようか。名実共に君が私の妻となり、私が君の夫となるのは」

「えっ？」

こうした時、サイラスはとても上手だ。雰囲気を壊さないままに、ほんの少しだけ現実を思い出す話題を使って、ミュリエルの意識を引き止める。

「色々なことを加味すれば、すぐには難しいし、半年後ではノルト夫人の体調に障るだろう？　だから一年後が妥当だと思った。それ以上になると、今度は私の我慢が利かなくなりそうだ」

おでこを離してもらったものの、最後に付け加えられたほんのりと不穏な台詞のせいで、ミュリエルは結局緊張を解くことができない。しかしサイラスはさらに二人の間に隙間を作ると、胸ポケットに手を入れた。

「君につけ直してほしくて、持ってきた」

取り出したのは、エメラルドの石がついたイヤーカフだ。伏せている視線の先でそれを見せられたミュリエルは、微笑んでいるサイラスとイヤーカフを見比べた。サイラスはミュリエルの両手にイヤーカフを握らせるついでに、左手の薬指にはまっているアメシストの指輪をひとなでしていく。

指輪をもらった時、この薬指にはめてくれたのはサイラスだ。ならばお返しであるイヤーカフも、ミュリエルの手でサイラスの耳につけてあげるべきなのかもしれない。

内緒話を聞くように、いつも露わになっている左耳をサイラスは傾けてくる。ミュリエルは手を伸ばすと、耳の縁の一番薄いところを遠慮がちに引っ張って、収まりのよさそうな軟骨のくぼみに向けてイヤーカフを滑らせた。

「とても嬉しい。ありがとう」

ミュリエルが手を放せば、サイラスは姿勢を戻してつけたばかりのイヤーカフを摘まんで確かめた。

「よ、喜んでいただけて、よかったです……。あっ。お仕事の時は、外してくださいね？」

「うん？　あぁ、普段はこちらがあるからな」

外出の時以外は、一緒にもらった兎のぬいぐるみであるコトラに指輪を預けているミュリエルは、サイラスにも同じように外すことを勧める。するとサイラスは、イヤーカフに触れていた手を胸もとにあてた。ミュリエルもつられて自分の胸もとを押さえる。

服の下にあるのは、互いの瞳を模した青林檎（りんご）と葡萄（ぶどう）のチャームだ。すっかり体温に馴染（なじ）んでしまっているが、こうして触れれば硬質な感触を肌に残す。

指先でチャームを転がすようにいじっていると、その仕草にサイラスの視線が留まっている。眺められていることに気づいたミュリエルは、顔を上げた。すると同時に、視界の端に映ったランプの灯りが、一つ、二つと消えていくのが目に映った。

「雨……？」

雲を連れずに降る雨は、音もなく湖と一つになる。ランプの小さな炎がチラチラとかすれ、やがて静かに消えていく。サイラスとミュリエルは、しばらく言葉もなくそれを見守った。

雨はすべてのランプを消しても、雫（しずく）の香りを微かに残すだけで降る姿を見せず、湖面をごくわずかに揺らすばかりだ。生まれる小さな波紋は、今までランプの光に負けてしまっていた儚（はかな）い星を映し、ささやかな輪光を散らしている。

まるで、雨と共に星が落ちてきたようだ。澄んだ水は夜空の色さえ鏡のように映し、水底に天の川を抱いている。

「綺麗、ですね……」

「あぁ、綺麗だ」

夜空に浮いたガゼボにいるような気持ちになって、ミュリエルは夢見心地で呟いた。サイラスの返事も同意するものだったが、なぜか言葉と同時に目もとにキスが落ちてくる。景色に魅入っていたミュリエルは、たちまち妖艶に微笑むサイラスに目を奪われた。

「サ、サイラス様、とりあえず、あのっ、お、おろしてください……！」

心の安寧を求めて距離を取ろうとむずがるミュリエルを、サイラスは簡単にいなして逃がさない。

「ミュリエル、私は思うんだ」

広い胸を押し返そうとする両手を、抱きすくめることでやんわりと無力化し、サイラスは少し困ったように微笑んだ。

「今の進捗具合だと、きっと一年後には間に合わない」

「えっ？」

困った顔に騙されたミュリエルは、あっさり大人しくなる。当然これはミュリエルの性格をよく知るサイラスの、考えられた言葉運びだ。よって騙されたあとに残されるのは、選ぶのを余儀なくされた選択肢しかない。

「この程度で恥ずかしがっていては、式の時に皆の前で誓うことすら困難だ」

「っ!?」

驚きに目を見開いたミュリエルに、サイラスはなおも困った微笑みを崩さない。するとミュリエルには、それがとても重要で紛うことなき真実だと思えてくるのだ。そもそも結婚式で口づけをもって誓約とするのは、古今東西変わることなき正式な手順でもある。

大勢の目のある場所で、サイラスと口づけをかわす。たとえそれが神聖なものであっても、想像しただけで全身が火を噴きそうになった。

「だから、今まで以上に触れ合う機会を、設けなければならないと思うんだ」

「で、でで、ですが、だ、だって、そんなこと！　……、……、……あっ！　そ、そうです！　私、まだ大人の階段をのぼりきっていなくて！　まだ二十段も残っていますし、そ、それに、今なんて迷路の途中で、だ、だから……！」

大慌てなミュリエルを余裕をもって見つめていたサイラスは、そこでふっと笑った。

「……それで誤魔化せると、本当に思っているのか？　ならば、甘い。わかっているのだろう？　それとも、しっかりと教える必要があるのだろうか？」

今まで忘れておいて、都合よく思い出したのを完全に見抜かれている。他に逃げ道を見つけられず、かろうじて口にした苦しい言い訳だ。ミュリエル自身よりミュリエルのことをよく知るサイラスが、見抜けぬはずがない。退路を断たれたミュリエルは、盛大に視線を泳がせた。

「以前にも言った通り、意識しなくなった時点で、人はその課程を修了しているものだ。だが、可愛い君がそう言うのなら、私はいくらでも付き合おう」

しかしここに来て、サイラスから譲歩の言葉が出る。定まらなくなっていた視線を、ミュリエルはサイラスに向けた。

「迷路も、二人で進もうと約束しただろう？　怖がらなくて大丈夫だ。君の手はしっかり私が握っているから」

イヤーカフをつけるために離れていた手を、サイラスが再び取る。抱き込むために回した左手が、ミュリエルの左手を握った。

「そしてその迷路を抜けるまで、大人の階段の残り二十段は、とっておいてほしい」

今までさらっと無茶をさせてきたくせに、急にずいぶんと甘い。間に合わないと言ったその口で、とっておいてほしいと言われたことが不思議で、ミュリエルは首を傾げた。

だが、サイラスのこの発言は決して甘やかすことを目的に発せられたものではなかった。ミュリエルはここから、サイラスのサイラスたる所以を見ることとなる。

「君に、もっと知ってもらいたいことがあるんだ」

ゆったりと微笑んだサイラスは、右手の甲でミュリエルの右頬に触れる。

「私が君に、すべてを教えたい」

ほつれた栗色の髪をそっと右耳にかけた手は、優しく柔らかく縁をたどる。

「だから、階段をのぼった先を見るのは、それまでとっておいてくれないか」

露わになった耳にサイラスは顔をよせると、痺れるほどに甘く囁いた。

「必ず私が、最後までのぼらせてあげるから」

ふっ、と余韻のように吐息が耳に触れる。それだけでミュリエルは、全身をガチガチに固めた。顔を少しも離さずに、サイラスは笑う。そしてあろうことか、そのまま真っ赤に染まるミュリエルの耳を優しく食(は)んだ。

触れた場所が手や額や頬、それに唇、それらの場所だったのなら聞こえなかったかもしれない。吐息混じりのリップ音は、それほど控えめなものだった。しかし、耳もとでされたことで、今までのどの口づけよりも深くミュリエルに音を刻んだ。ひどく背徳的に思える、その水音。

瞬間的に頭が沸騰し、耳から全身に向けて度し難いほどの甘い痺れが駆け巡る。ミュリエルは小刻みに震えだした。制御しきれない感情は涙となって、翠の瞳に零れる寸前まであっという間に盛り上がる。

しかし、涙は頬を伝うことはなかった。耳を解放したサイラスが、体勢を戻すついでに両の目尻に唇をよせていったからだ。ミュリエルはサイラスに弄(もてあそ)ばれた耳を、即座に繋いでいない方の手で押さえた。全身が茹(ゆだ)っているが、耳が一番熱くなっている。

「残るは、迷路だが……」

相変わらずサイラスの膝に乗っているミュリエルは、ぬかりなく耳の防御をしながら、説明を続けようとするサイラスをうかがった。

「二人で進むのだから、時には私が道を決めることがあっても、問題はないな?」

余裕がまったくないミュリエルが、先を見通して話を運ぶサイラスに敵(かな)うはずがない。よって止めることも聞き返すことも間に合わずに、上手に導かれてしまうのだ。

「硝子越しではない、君からのキスがほしい。一年後、夫婦になるつもりがあるのなら、君からキスをくれないか」

　このおねだりに、逃げ道はない。結んだ視線さえ少しもそらせなくて、せっかく零れなかった涙が再び翠の瞳を潤ませる。

「それとも、やはり私からした方がいいだろうか。だが今は、私から触れれば歯止めが利かなそうなんだ。いつもより深く触れてしまっても……、君は許してくれるか？」

　全身から艶めく色香が立ちのぼるサイラスが、手を持ち上げたのを見て、ミュリエルは守っている右耳をさらに強く押さえた。小刻みに首を振れば、サイラスは艶やかに笑ってさらに手を持ち上げる。ミュリエルが防御していない、左の耳へ。

「ま、まま、待って、待ってください！　し、します！　わ、私から、します、のでっ！」

　耳が二つあることとさえ思いつかないほど混乱していたミュリエルは、丸見えになっていた片方を狙われて、とうとう叫んだ。一方希望が通ったサイラスは、とても満足そうに微笑んでいる。ここで、やっぱり無理です、とは絶対に言えない。何しろ指でつままれている耳が、感触を楽しむようにフニフニといじられ続けている。

　しかし、します、と言ったはいいが簡単に行動には移せない。するとサイラスは、まるでこのままでも構わないとでも言うように、余裕たっぷりに微笑んだ。耳を質に取ったまま。

　悩む時間が長くなるほどに、紫の瞳は艶を増し、溶かすほど甘くミュリエルを見つめてくる。しかも意地悪な指先は、摘まむのではなく、そっとたどるようにその動きを変えた。触れ方はずっと優しいが、どことなく不埒だ。ミュリエルに限界が訪れる。

「そ、そ、そのっ、では、目を……、つぶって、いただけます、か……？」

切羽詰まったミュリエルは、そうお願いするより他にない。サイラスは微笑みを深くすると、やっと耳から手を放して目を閉じた。それだけでは、色気に陰りなどできない。しかし、艶めく紫の瞳が見つめてこない間に、ミュリエルは心置きなく深呼吸をした。

サイラスをうかがうと、目を閉じて大人しく待ってくれている。ミュリエルはサイラスの足の間に膝立ちをして向き直ると、自由になった両手を広い肩に添えた。合わせたように、サイラスの両手がミュリエルの腰に回る。

長い睫毛が伏せられた、端整なその顔。あまりの美しさに、眺めているだけで呼吸が乱れてしまう。ミュリエルは横を向いて、あまり役に立たない深呼吸をもう一度した。そして心を決め、綺麗な顔を正面にとらえる。肩に置いていた左手で、無造作に顔にかかる黒髪を優しく流すと、そのまま手を頬に滑らせた。

ゆっくりと、唇をよせる。だが、よせた先はサイラスの唇ではない。イヤーカフのある左耳だ。これは、ミュリエルの小さな抵抗だ。キスがほしいと言われたが、場所は指定されていない。チュッ、と音が鳴ってしまったのは、意趣返しではなく不慣れゆえの不可抗力だ。ゆっくり離れれば、サイラスも同じようにゆっくりと目をあける。

膝立ちをやめてペタンとサイラスの足の間に座ったミュリエルは、上目遣いで反応を待つ。ミュリエルにしてみれば、この極限状態でよく思いつけたものだと自分の機転を褒めたい。

自ら唇を触れ合わすのは、まだまだミュリエルには難易度が高い。ならば別の場所にすることになる。その別の場所を考えた時、真っ先に候補に挙がったのは、耳だった。

キスは、する場所ごとに違う意味を持つ。耳へのキスは、本来であれば「誘惑」という意味だ。しかし、サイラスとミュリエル、二人の間では意味を変える。「秘密の共有」に。

人前では恥ずかしいから、今はまだ、せめて二人きりの時に。そんな気持ちを込めて、ミュリエルは耳に唇をよせたのだ。もちろん、サイラスも気づいてくれることだろう。間違いなく、気づいているはずだ。それなのに。

「……大胆だな。だが、大歓迎だ」

その言葉にミュリエルは驚く。見開いた翠の瞳を見つめ返すのは、とろりと艶めく紫の瞳だ。甘い色を濃くする瞳の奥が、少しだけ意地悪に光って見えたのは、ミュリエルの見間違いではないだろう。サイラスは、ゆったりと花開くように深く微笑む。その移ろいは、妖艶と表現するに相応しい。

大輪の黒薔薇により、夜が支配される。潤むほどの色香が、薄布でなでるように闇夜に満ちた。柔らかくもしっとりと肌を包むその気配は、ミュリエルさえも染めていく。

「期待には、応えないといけないいな」

「っ！　ち、違……、んんっ」

ミュリエルの否定は、サイラスの口腔に消えた。食べられてしまう、そう思ったのが正常に作動した最後の記憶だった。前言通りいつもよりずっと深い触れ合いに、ミュリエルの思考は早々に乱されてしまったから。

ぼんやりとした思考が戻ってきたのは、どれくらいたってからだろう。気づいた時には、再びサイラスの膝の上にいた。横向きに座って広い胸にもたれかかり、いつの間にか雫を大きくした雨の音を聞く。身じろぎすれば抱き直され、すぐに頭にキスが降ってきた。

まだまだ夢見心地のミュリエルは、心の赴くままにサイラスの胸に頬をすりよせる。心地よいのだ。触れ合う体のどこもかしこも、今は言い訳をすることなど思いつかないほどに、サイラスを求めている。

「ぼんやりとした君は、ひどく従順だな。今のうちに、もっと教えてしまおうか？」

何かを理解できる状態にないミュリエルは、意味を理解しないまま低くかすれた声に誘われて顔を上げた。するりと頬をなでられれば、男らしくも優しい手の感触に甘えたくなる。自ら頬をすりよせると、唇が意図せず掌をかすめた。

サイラスが頬からミュリエルのあごに手を滑らせる。触れていた唇が、指に引っかかってわずかに開いた。開いてしまった唇は、サイラスによりあごを仰向かされたことで閉じることができなかった。

無防備なミュリエルの唇に、角度を変えながら何度もサイラスの唇が重ねられる。触れては離れるそのたびに、抑えきれない吐息が二人の隙間で幾度も零れた。柔らかさを余すことなく確かめ合えば、時折混じるのは控えめな水音だ。深く求めて触れ合うそこは、手を繋ぐよりも、抱き締めるよりも、ずっと熱い。

(溶けて、しまいそう……。重なる、熱のせい？　サイラス様と、私の境が、わからないの……。溶けたそこから、一つになって、繋がって……、……、……、気持ち、いい……)

好きな相手と触れ合うことは、深く心を満たす。サイラスが教える通りに、ミュリエルはそれを覚えていく。これから先もミュリエルが満たし、満たされるのはサイラスだけだ。混じり溶けていく熱に、夢中になれる唯一の相手として。

より深く触れることを覚えてしまった体は、今まで通りではふとした瞬間に物足りなさを感じるようになるだろう。どんな言い訳を並べても、好きな相手と熱をわけ合う心地よさには抗(あらが)えない。むしろ、もっと欲張りになってしまいそうな予感さえある。

だが、まだこの先を知らないミュリエルは、やはり少し怖くも思うのだ。はっきりとした思考を取り戻せば、羞恥による混乱で大騒ぎだってするだろう。

何より、雨で早くに消えてしまったランプが残す猶予(ゆうよ)は、あといかほどか。

それでも、今だけは――。

解放されてもなお唇に残る熱に、ミュリエルはおずおずと指をはわせる。そして、知ってしまった温度を甘受(かんじゅ)するように、サイラスの胸に抱かれたままそっと瞳を閉じた。

エピローグ

齢二十六にして、ここワーズワース王国の聖獣騎士団団長でもありエイカー公爵でもあるサイラス・エイカーは、執務室にてふと顔を上げ、漂うように降る柔らかな雨を窓越しに眺めた。
雲の隙間からは日がさし、雨に濡れた何もかもが輝いて見える。なかでも、光る雫を溜めた葉の色は、サイラスの目にとても好ましく映った。嬉しい時だけではなく悲しい時も、ただ真っ直ぐに自分に向けられるあの翠の瞳に、サイラスはもうずっと魅せられている。

(どんな時でも手を引くのが、私の役目だと思っていたが……)

降りかかる火の粉は払えるだけの用意も力も持っているサイラスだが、どんなことにも絶対はない。そんなふとした取り零しを、ミュリエルは拾う心積もりを持って、隣に立ちたいのだと言った。その言葉を聞いて思ったのだ。否応なしに変化を求められ、望む望まずに関わらず今とは違う形になってしまったとしても、ミュリエルと二人ならば乗り越えていける、と。それらを当然のこととして語る彼女の言葉に見えたのは、背負ったものを共にわかつ未来だ。
相容れない者が明確になった今、遠くないうちに避けられない事態に見舞われるだろう。それらはサイラスが背負うものだが、ミュリエルがそんな気持ちを持って隣にいてくれると思えば、大変心強い。もちろん、矢面に立たせるようなことは絶対にしないが。

（今回など、危うく一番大事な言葉まで、ミュリエルに言わせてしまうところだったからな）

伝えるのが下手だなんて、とんでもない。小さな仕草、視線の移ろい、戸惑う言葉、そのどれもに正直な彼女の気持ちが表れている。それらを真摯に向けられてしまえば、いつだって心を奪われてしまうのだ。時には言葉も出てこなくなるほどに。

だから、もしや、と気づいた時には「け」の頭文字をつまらせていて、素早く止めなければもっと情けない状況になっていただろう。決意してくれたミュリエルの気持ちは無下にしてしまったが、男としてあの言葉を譲るわけにはいかない。

それにしても現金なものだ、と自分でも思う。不甲斐ない姿を見せて気落ちしていたくせに、終わってみればプロポーズをすませ、一年後という期日の約束まで取りつけているのだから。

サイラスは、なんとなく熱を持っているように感じる唇に指をはわす。すると抑えが利かず、紅など必要ないほどに、ミュリエルの唇を赤く色づかせてしまったことを思い出した。

頭に鮮明に浮かんだものに、思わず顔を覆う。幼げで初心なミュリエルが、深い口づけを終えて見せた表情は、余裕を持っているはずのサイラスの心をかき乱すだけの破壊力があった。

本人がまったくの無自覚だというのだから、困ったものだ。立場と期日を大義名分として触れるにも、無防備にあの顔を見せてしまうのなら、結局時と場所は限定されることになる。

「一年後、か。……、……、……、私の方が、先に降参してしまいそうだ……」

独りごちるとサイラスは椅子に背を沈め、新たな難問に頭を悩ませつつも、覆った手の下でそっと微笑む。窓からさす日に、黒髪に隠してつけた右耳のイヤーカフが光った。

あとがき

こんにちは、山田桐子です。聖獣番もなんと、五冊目のお届けとなりました。これもひとえに、お手に取ってくださった皆様のおかげです。ありがとうございます！

そして恒例となりましたが……。毎回毎回、途中まではすっごくいいペース！なんて思っているんですよ。まぁ、結果はあの、三百ページ越えになるんですけどね。

で・す・が、もう開き直りました。きっとここまでお付き合いくださっている皆様は、この文章量を許容してくださっている方々のはずですし、何より担当編集様がナチュラルに容認方向なので、もはや私の罪悪感も薄くなっているという。

ということで、のっけからウキウキであとがきに突入しており、この勢いのまま内容に触れていきます。ネタバレを含みますので、厳禁の方はご注意を。

ではでは、本編について。新キャラは、おじいちゃんとカメ、少年とクマという組み合わせとなりました。設定を盛っていたのに出番が少なくなってしまい、とくにヨンとカプカには申し訳ない感じでおります。

しかも内容が、自分的にかなりのシリアス展開&ミューがヒーローポジのため、サイラスとアトラが大人しめ（最後サイラスは攻めていたけど）という話運びに。今まで雰囲気が少し違うため、皆様に受け入れてもらえるかしら、と、とても心配です。とはいえ、強気でお勧めできるいつもの賑やかな場面もあるんですよ！　一番気に入っているのは、仮装歓迎会でしょうか。芋を挟んだやり取りなんて、とても好きな流れです。アトラ達の賑やかな様子って外せないですし毎回必ずありますが、騎士同士のかけあいって少ないんですよね。ただ、書くのはとても楽しくて。

本隊の騎士達はとくに登場も発言も限られているので、そのなかでいかに個性と関係性を匂わせるか、みたいなところに勝手に注力したりしています。ですので、なんとなく裏事情を察していただけたら、こっそり喜びます。

そして、触れねばならぬ。まち様によるイラスト、ですよ！　毎回、素敵以上の言葉が出てこないのですが、もう、本当に、素敵でっ！　素敵箇所をあげだすときりがないので、今回は吹き出したポイントについて言及させてください。

カラーピンナップ、です。麗しすぎるサイラスと隣に並んでお似合いなミュリエルから、やや斜め左上に視線を移していただきまして……。猪のかぶり物の目！　怖っ！　こっちを真っ直ぐ見つめる光のない眼。白目には狂気すら感じます。コレの隣は嫌だわぁ、と思いました。何回見ても目が奪われるし、笑ってしまう。強烈に格好いいサイラスが右にいるのに、気づいてしまった時から私のなかの主役はコイツです。

あ、話を少し飛ばします。コミカライズについて。ゼロサムさんの方で大庭様が素敵に連載してくださっているのですが、なんと小説の二巻に突入しました。私はもうウッキウキですよ。レインの私服姿とか！　おびえるミュリエルとか！　さらには、あの水の滴るシーンを、まち様のイラストでも見たうえに、大庭様のコミカライズでも見られるのかと思うと……！　こちらも皆様と一緒に楽しめたら嬉しいなと思っていますので、ぜひぜひのぞいてみてくださいね。

と、ここまでとってもノリノリでパソコンを打っているのですが、そろそろ余白が心もとなくなってまいりました。なので、そろそろ締めに入ります。

今の頑張りがのちの我々を助ける、なぁんて一緒に頑張ってくれる気満々のお言葉をさらっと言っていただき、大変嬉しかったです、担当編集様。立ち襟にクロスタイ、めちゃくちゃ好きなんです、今回も癖になるどうきと息切れをありがとうございます、まち様。いつもご助力くださり大変助かっております、校正様。その他、この本ができるにあたってお力添えくださる方々も、本当にありがとうございます。

そして何より、お手に取ってくださる読者の皆様には、いつも感謝の気持ちでいっぱいです。お気に入りの場面や台詞をお届けすることはできたでしょうか。

本を閉じた時に、皆様の胸にほんわかとした余韻を残せていたら、私はとても幸せです。今巻もここまでお付き合いくださり、ありがとうございました！

IRIS
ICHIJINSHA

引きこもり令嬢は話のわかる聖獣番5

2021年10月1日　初版発行

著　者■山田桐子

発行者■野内雅宏

発行所■株式会社一迅社
〒160-0022
東京都新宿区新宿3-1-13
京王新宿追分ビル5F
電話03-5312-7432(編集)
電話03-5312-6150(販売)

発売元：株式会社講談社
(講談社・一迅社)

印刷所・製本■大日本印刷株式会社

ＤＴＰ■株式会社三協美術

装　幀■世古口敦志・
前川絵莉子(coil)

ISBN978-4-7580-9397-2

●この作品はフィクションです。実際の人物・団体・事件などには関係ありません。

この本を読んでのご意見
ご感想などをお寄せください。

おたよりの宛て先

〒160-0022
東京都新宿区新宿3-1-13
京王新宿追分ビル5F
株式会社一迅社　ノベル編集部
山田桐子 先生・まち 先生